没有奶奶们
查不出的事儿

兆斜——著

喂，你哪位

Detective as Folk

四川文艺出版社

图书在版编目（CIP）数据

没有奶奶们查不出的事儿：喂，你哪位 / 兆斜著.
一成都：四川文艺出版社，2021.6
ISBN 978-7-5411-5719-6

Ⅰ.①没… Ⅱ.①兆… Ⅲ.①长篇小说—中国—当代
Ⅳ.①I247.5

中国版本图书馆 CIP 数据核字（2021）第 077588 号

MEIYOU NAINAIMEN CHABUCHU DE SHIER WEI NI NAWEI

没有奶奶们查不出的事儿：喂，你哪位

兆 斜 著

出 品 人　张庆宁
选题策划　紫焰文化
责任编辑　陈 纯　周 轶
内文设计　史小燕
封面设计　小茜设计
责任校对　段 敏
责任印制　喻 辉

出版发行　四川文艺出版社（成都市槐树街 2 号）
网　　址　www.scwys.com
电　　话　028-86259287（发行部）　　028-86259303（编辑部）
传　　真　028-86259306

邮购地址　成都市槐树街 2 号四川文艺出版社邮购部　610031
排　　版　四川胜翔数码印务设计有限公司
印　　刷　成都蜀通印务有限责任公司
成品尺寸　166mm×235mm　　　开　本　16 开
印　　张　16　　　　　　　　　　字　数　250 千
版　　次　2021 年 6 月第一版　　印　次　2021 年 6 月第一次印刷
书　　号　ISBN 978-7-5411-5719-6
定　　价　58.00 元

目录
CONTENTS

Chapter 1　请问是龚雪吗?　　　　　　001

Chapter 2　老太太的独居生活　　　　　007

Chapter 3　灵机一动　　　　　　　　　012

Chapter 4　史达才其人　　　　　　　　018

Chapter 5　"振邦永远最伶俐"　　　　　024

Chapter 6　好小伙子　　　　　　　　　032

Chapter 7　在于老师家　　　　　　　　045

Chapter 8 "世界是一片辽阔的战场"　　　062

Chapter 9 陈年旧账　　　098

Chapter 10 三口之家　　　116

Chapter 11 老同学　　　155

Chapter 12 在龚家庄　　　196

Chapter 13 潜流暗涌　　　224

Chapter 14 尾声　　　247

后记 没有了英雄的世界　　　252

Chapter 1

请问是龚雪吗？

星期六的露天市场，比工作日来得更加混乱嘈杂。市容城管的一歇双休，就如同猫儿打盹儿，身为老鼠的菜贩子们纷纷焕发精神，从有限的小门面里齐拥出来，你争我抢，各占地盘，将天堂街小区后面一溜小巷铺得满满当当。街道办事处白纸黑字的《占道经营整改通知》寂寞地贴在墙上，上曰："……即日起禁止一切占道经营行为，违者没收……"如今就在该通知之下，摆着个大盆，里面一盆活跳跳的鲫鱼。鱼多盆小，其中就有一条鲫鱼奋勇一跃，跳大发了，跃到街心，三跳两跳，乱拍尾巴。

卖鱼的贩子急了，正待来捉，手上还在找零，分不开身，口呼："那条鱼麻烦帮我抓抓！"

就有好心的中年客人，弯腰撅屁股，帮他去捉鱼。不想鱼身子溜滑溜滑的，抓也抓不上，反而更溜得远了。五六个人，就那么追着鱼跑。

鱼贩子见不是事，回头叫女儿照看摊子，自己拿着鱼捞子跑出去。

那女儿捧着手机，看视频看到酣处，身子转过来了，眼珠却还歪着。蹲那儿给人捞黄鳝，一不留神，水溢满了，两条黄鳝一蹿，"吱溜咕嘟"，好巧不巧，蹿到二指宽的阴沟缝里。

"啊呀！"女儿傻眼，这才暂忘手机。

隔壁同是贩水产的见了，当即咧开嘴笑。

向英晃着个胖身段，拽着个李国珍，在这片混乱场里冲锋陷阵。正是九月的"秋老虎"天气，两个老太齐齐整整出的门，由这条巷子里一过，十来分钟工夫，钻得是披头散发，热得是汗流浃背。

李国珍本来脖子上系着一条牡丹花色的真丝围巾，扮点老来俏。这会儿也不耐烦了，拽掉围巾，草草塞在买菜包里。围巾从包里落出来一截，也不管，只是叫着："菠菜，芹菜，胡萝卜，都买过了……肉不要买，冰箱里还有，就买点虾子好了。嗯，买虾子，买虾子！"将向英一拉，"老向，帮我买点虾子，你买，我给你钱！"

她是个虔诚的佛教徒，不杀生的。然而嘴又想吃，便每每撺掇向英替她去买活物，当场抽刮死了，将一袋子死肉递到她手上。李国珍过后付账，把钱给向英，以示没有破戒。

向英就代她破戒，不下百回，做得十分趁手。这时她被李国珍一拉，拉到个贩水产的热闹门面前——不是方才跑掉鱼的那一个。摊子跟前杵着一个老头儿，刚买完虾子，虚着眼神，在那儿一张一张地数钱："十块、二十……"

李国珍嫌他挡路，一挤把他挤到边上，道："老板，买一斤虾子！"

那老头儿脚下一踩，正踩到一只猫的尾巴，"喵哇——"一声厉叫，吓了老头儿一跳。那猫儿就是这家卖水产的人养的，平日死鱼烂虾吃多了，吃得一张猫脸肥圆，堪比六寸大的盘子，那么凛然不可侵犯；发起威来，连对面卖猪肉家的狗都怕。这老头儿细胳膊细腿，顶上小小的一颗元宵脑袋，远不能比卖猪肉家的大松狮。他这边见猫儿按着爪子，怒目圆睁，一副凶相注视过来，生怕被挠一下，破口子出血，要打狂犬病疫苗，劳民伤财。他珍惜自己的老骨头，不敢久留，本来想对挤他的李国珍数落两句，眼下只好算了，气咻咻地，挤出人堆走远了。

李国珍直瞟着盆里的虾子，评价个头："这只大，这只大！这只老大哎！……老向，老向……"就要向英赶紧去捞那些大只的，别被其他人挑走了。

摊主把捞网给了向英，向英就按照李国珍的指挥，在盆里头搅来搅去。

"这个，这个，哎……那个，那个……"李国珍指手画脚，一丁点儿亏也不肯兜，兴头上来，也不管那菩萨听不听得见，一个劲儿地咂嘴，"再来几个，再来几个，嗯，吃不掉可以分给儿子、女儿……"

向英道："老李过河拆桥，我给你捞的虾子，你不说分我几个，只说给你儿女。"

李国珍就笑："给你，给你！大的都给你，我来吃小的。"

旁人听了都笑，向英也笑。

正忙间，突然一阵歌唱声起："亭亭白桦，悠悠碧空，微微南来风。木兰花开山岗上，北国的春天，啊，北国的春天已来临……"从李国珍的买菜包里传出来。

市音扰攘，包的主人浑然未觉，撅着屁股往盆里拣虾子。还是向英耳尖，胳膊肘连捣李国珍："接电话！接电话！别虾子、虾子的……"

李国珍这才知觉，攒起眉头咧咧："什么了不起的电话能叫我接？三天两头，不是问买商铺就是问贷款。我现在是没得工夫，要有工夫看我不甩一嘴子把这些人骂缩了头，看他们敢再打来骚扰我……"找出手机接通了，猛地进一嗓子，"喂，哪个？"

电话那头是个怯怯的女孩子音色："嗯……请问是龚雪吗？"

李国珍立刻道："不是，打错了！"拇指一摁挂断，忙着兜虾子过秤，看看要几个钱。

摊主横过秤来给她看："大妈看清楚哟，我绝不扣你秤的哟……"

李国珍往前凑，正细细看时，脑子里不知为何飘过个念头："龚雪？怎么又是这个名儿？以前好像也有人打来找过她……"然而念头一飘就过去了，只留下一抹极淡薄的印象，远不敌眼前的虾子来得重要。

又逢摊主在那儿道："怎么样？一斤多一点儿，都是大好的活虾子，你要嫌多我再捞几个下来。你要是要，我便宜点，统共收你……"报出价钱。

李国珍看虾子好，忙着掏钱夹子："行了行了，别拿了，就这些可以……"她拣出钞票来给向英，向英又把钱给摊主，然后手接了找头，还给李国珍。李国珍站在那里，一分一厘地数得不错，这才满意地迈步离开。

她和向英一道，由小巷西挤到小巷东，总算挤离了露天市场，停在岔路口歇脚。向英将买来的虾子交给李国珍。

此时清早利市，太阳还未全上来，知了在看不见的地方叫得乱哄哄的。几条街巷里，人流源源不断地往这边的市场赶。

李国珍从路旁的自行车篓子里捡了张广告单，用来扇风。她哼道："这种天买菜太受罪，还是老解会享福，出几个钱，让老孙老婆每天捎点菜给她。反正那女的在门房里坐着也是坐着，不如挣几个跑腿钱补贴补贴，老孙一个人看门还不够？……"

向英道："老解也是没办法，眼睛看不见，不然她还想跟我们出来跑。而且这几天老孙他丈母娘生病住院，老孙老婆要去服侍她妈，怕就没工夫帮老解买菜。我就说，要不我来帮老解带，什么青菜、白菜的，不太重，老解反正也吃不了许多……"

李国珍不同意："青菜、白菜还不重，你当你自己十八呢！自己的菜都买不过来……再说，真要找人跑腿，不还有刘振邦吗？那小滑头隔三岔五到你家蹭饭，你让他给老解跑跑腿，买些肉啊菜啊带了来，他又有自行车，买米买油也方便。我告诉你，这个活，只有年纪轻的人来干。老向你不要逞能，上回才住了院回来，现在伤疤好了，忘了身体不舒服有多受罪了？"

向英道："那我来问问刘振邦。主要他不是我亲孙子，他又要上班，我不大好开这个口。"

李国珍道："亲不亲，看人情。他到这边上大学，你不也帮他很多忙吗？你就叫他帮忙买点菜，这也算个事。再说老解要给他钱的，有钱干吗不赚……"

两个人走走说说，在迷津般的小巷子里一拐、两拐，拐进天堂街小区，正碰见看门的老孙坐在背阴地里，一口一口地吸香烟。

看见这俩熟悉的老太，老孙举一举那只没有夹烟的手："买菜回来啦？"

李国珍和向英回他："回来啦！"缓步走过去。

走过好一段，李国珍才道："老孙老婆又不在门房，不知道是到医院去了呢，还是给老解买菜了？"

向英笑道："她到哪儿去了，你个老兀鹫整天扒窗户的看不到？"

李国珍拿手指她："那那那，又取笑人……我这是为老解着想。你想想，老孙老婆一心二用，又要跑医院，又要给老解买菜，她能顾得过来？别天天大老晚的买些不新鲜的便宜烂菜，以次充好，给老解吃，蒙混老解。反正老解眼睛也看不见，她正好这么混去吧！跑腿钱还不少拿，老解也不好讲。要我说，就让老解趁这个机会，让老孙老婆别干了，把这事转给刘振邦，让那小滑头也赚点外快，这不是肥水不流外人田？就算干上这一段，等老孙他丈母娘病好了，再让老孙老婆接着干，也没关系……"

正说得头头是道，买菜包里"呱呱，呱呱，呱呱"几声蛙鸣，抢断了风头。搁往常，李国珍绝不理会的，这会儿在向英面前说得畅快，心里一松，听见声音便不由自主地伸手，摸到手机，拿在手里按。

旁边向英道："老李你整天在家没事琢磨这些东西，倒把什么事都安排好了……"

李国珍摊着手："那我还能琢磨些什么呢？妇联又不请我去当顾问……"按开手机，以为又是运营商发来的话费余额提醒短信——她向来称之为"要钱信"，准备扫一眼就按掉。

谁知两眼一扫过，她马上大惊小怪道："老向，老向，你来看，你来看！"
"什么事？"
李国珍把手机往向英手里塞："你读读看……"

向英以为出了什么了不得的事，把买来的菜放地下，捧着手机，一字一顿读来："龚雪你好，不知道你是否还在用这个号码。但不管怎样，祝你生日快乐。于老师。"

向英读了一遍，看不出名堂。"这有什么，短信发错了。"把手机还给李国珍。

李国珍急道："不是发错了。我告诉你啊，这个叫……叫龚雪的，这一年多前前后后有好几个人来问过她了。一会儿打电话，一会儿发短信，就刚才买虾子时的那通电话，也是找她的。我以前还向他们解释，这个号现在是我在用，不是什么龚雪在用，结果到现在还是有人来问……老向，你看这个叫龚雪的，换掉手机号也不跟人讲，偷偷摸摸地不见了，这里面大概有什么故事？"

向英不大以为然："能有什么故事？换个手机号罢了。人家做生意的大老板哪个不是好几个手机，好几个号码？哪天生意不做了，要跑路了，号码也就不用了。就那'喷喷香'酒家的老板娘王小萍，以前开美容店的时候，闹出打人的事，不就连手机都摔了，到外面躲了半年才回来的？后来她美容店不干了，才开的'喷喷香'……"

这事情李国珍也知道，甚至比向英知道得更为详细。不过经这么一说，好像其中真的没什么可琢磨的，她李国珍也就少了一个借题发挥的机会，无法贡献余热了。

心中不无遗憾，李国珍收起手机："好吧，也许又是一个大老板……"说着，她眼睛一闪，仿佛高空中的兀鹫瞄到了猎物一般，伸手一指，"老向，你看前边是不是老孙他老婆？正往你们那栋楼走，大概是去找老解。你快跟上去，听听她今天跟老解怎么说……"

向英定睛一看："是她，没错！那我先走了……老李你也回家，没事把虾子煮出来，分我两个吃吃。"

李国珍道："一定，一定！"

两个老太太就此分手。向英摇摆着个胖大身子，赶去她的七号楼。李国珍则就近上到她的九号楼，至第三层顶西边的那一户，开门进家。

Chapter 2

老太太的独居生活

李国珍一个人住着一套相当宽敞的单元房。跟所有退休的独居老人一样，她喜欢出门溜达，跟人闲扯拉呱，不喜欢一个人坐在家里。每次外出回家，把门一推，看见满屋子冷冷清清，灯也不亮，灶也不热，心里多少有点儿无可奈何的感触。不过，有感触归有感触，这并不表明李国珍希望她那四年前去世的死鬼老头儿重新活过来，继续跟她叽叽歪歪，龇牙咧嘴。李国珍多少次跟向英说："我到底跟我家老头儿不是一路货。不是一路货，怎么能往一处摆呢？我喜欢到处串门、认识人，他说我是二百五；人家家里有事情，我搭个手帮帮忙，他说我没事找事，有劲没处使；我在外边逛街多玩玩，他也不高兴，说我在外面死疯，不回家烧饭……嘿，他当一个个都跟他似的，一个朋友都没有，整天坐家里看报纸装文化人……"

诚然，李国珍个性是呛辣的，并不惧怕死鬼老头儿。但她个性再如何呛辣，也扛不住隔一天一戳，隔两天一挤，窝得一肚皮恼火。又顾着高血压，不能太发作，记得好多次那个气哟……所以后来当死鬼老头儿真的做了鬼，她在传统美德的影响下洒了几颗咸泪水，慢慢地也就习以为常，怡然自得，越过越觉得死鬼老头儿不在了是件好事。

"当然好咧！老头儿住院那一年，真把我磨得要死，磨得我自己身体都不好了！也就他抻腿了，我才得缓口气，现在每天吃啊玩啊，不比以前在医院服侍人快活？"天堂街小区一些丧偶的老太，包括对面得胜村小区的好几位，十来个人有时围坐在一处议论，多数都表示不喜欢老头子，不希望老头子在，那么多张嘴纷纷道："烦都烦死了，这几十年受得够够的！好歹剩下几年让我享享福，快活快活！"还有的说："我家老头儿太霸道，什么事都要听他的，什么家里装空调喽，换个水龙头喽，扔把扇子喽，他不拍板不能动，你说我难不难过？"当然也有想念老头子的老太，老头儿走了很伤心的。大家一问，才知道"我家一直是老头子烧饭，老头儿对我也好……"大家就哄地一笑："难怪，难怪！"一群老麻雀似的欢乐。

李国珍拖着菜和精挑细选的虾子回到家，开了风扇，屁股往沙发里一陷，先把早上吃剩下的酸梅汤"吱溜吱溜"吸了个爽心惬意。碗放下，两脚一搭，坐着吹了会儿风，然后伸手够一够，把买菜包弄到身前，一股脑儿地把里面的东西扒拉出来，什么帽子、围巾、钱夹子、老花眼镜，还有——手机。

看到手机，李国珍不禁想起那个叫龚雪的，想起那些问到她这儿来找龚雪的人。她隐隐约约记得，那些打电话来的人，都是认真、关心的语气，不像是泛泛的生意上的关系，而听见她说打错了以及这个号码现在是她在使用，电话那头的人显然都有点儿惊讶和失望。她当时没有多想，只想着快点挂断——而今手机号码到处泄漏，被人乱打，针对老年人的诈骗又每每见诸新闻，她压根儿不愿意跟陌生人多缠夹。但是今天又接到了一个电话，并一条短信，那短信还是来祝贺生日的，要说这个生日的话——

李国珍视线一溜，去瞧墙上的月历牌，"那就是今天，今天是……九月二十？"她再次看了看，还把电视机打开调到新闻频道核对一番，"还真是九月二十。"

推断出这个来，李国珍有一点儿沾沾自喜，但心肠很快就冷却下来。知道这个龚雪是九月二十号的生日有什么用？她仍然不认得龚雪，不知道人家长什么样，不知道人家是干什么的，更不知道人家现在人在哪里——话又说回来，她干吗要知道呢？那些曾经是龚雪熟人的人都不着急，她一个不相干的老太操的哪门子心？那些人尚且碰灰碰到她这里来了，她一个七老八十的老太还能再上哪里碰运气？再说，就算真要找人，也应该报警让警察去找，她一个路都走不利索的老太又能扯什么大风？

尽管李国珍向来自诩消息灵通，不大肯服输的，可这也就在天堂街、得胜村这一片而言。真出了这一片，不用往远说，就旁边的公卿巷，据说里面住了不少有身家的人，出入坐汽车，讳莫如深，连个照面都打不到，她姓李的才真的叫有劲没处使——被她的死鬼老头儿说中一回。

想到这儿，退堂鼓已是敲得很响。李国珍悻悻然地："得嘞！我这腰胯硬了，再也扭不出花儿来，还是在家里好好歇歇……"一偏脸，五斗橱上死鬼老头儿的遗照正笑容可掬地望着她。立时心中大不悦，翻一下三白眼，将手机往茶几上一丢，忙活去了。

于是这一天，李国珍就跟往常一样，择菜、淘洗、烧煮、进食。菜要是好择呢，就一口气给它择完，边择还边哼哼黄梅戏。要是择得不顺利呢，比如说碰见许多细碎的泥巴小烂叶儿，便连她那双兀鹭眼睛也看得不耐烦，她就把菜一扔，择到一半，跑去看电视。而以她的脾性，看电视也看不久的，经常看到些什么治肾亏的广告，或是一群小男小女一块儿叽叽哇哇，根本听不懂在说些什么，她就两腿一起，骂一句："滚旁边去！"不再看了，跑到厨房去准备中午饭。

中午饭通常是下面条。一大锅水在灶上煮的工夫，她就在窗户边几个罐子里摸些核桃仁、桂圆、蜜枣、芝麻糖来吃，还有超市里散装的一种牛奶味的糖果，源源不断进嘴。就是这个习惯，使得每回她的年度体检报告都不大可喜。社区卫生所的张医生每见到她，总要叮咛："李阿姨，少吃点糖，别吃太多肉。"李国珍嘴上答应得好，结果一转身，就在巷子口买了二两锅贴儿，吃得满嘴流油。一次她对向英说："嘴里明明想吃，又不让自己吃，这是想干什么？张医生自己成天这个吃，那个不吃，小心翼翼讲养生——那是她。要我没滋没味活到一百岁，我是不愿意。"说完这话，她就掏钱买了一百多块钱的一只羊腿，扛回家放锅里炖着。

这边李国珍一边吃着零嘴，一边就不由自主扒着厨房窗户往外面看——这是她的一大乐趣。按理说，她住的这一套是西晒房，位置不佳，酷暑时节若是不开空调就整个一蒸笼屉子。但凡事有一弊就有一利。李国珍的厨房窗口，正好处在两条街巷交会的拐角上。往北瞭，是对面得胜村小区的南门，笔直的纵深，能一直望出很远。东边的窗口呢，开开来就是天堂街小区的北门。下面那条东西走向的横街，作为两个小区的分界，东通公卿巷，西接一大片横七竖八的小街巷，再往西才是大马路。如此看，李国珍的厨房可谓处于这一带的冲要之地上，南来北往的人都得经过她那双兀鹫眼睛无情的检阅——除非他们绕路。

自从搬到天堂街，这些年来，李国珍高踞在她的厨房窗口，多少稀奇古怪的人物，多少莫名其妙的事件，大大小小，阅之不尽，桩桩件件，不胜枚举。每每李国珍稍微听到一些风吹草动——或干脆就是闲极无聊，就无比迅速地、熟练地两只手一搭，搭到窗户台上，迫不及待地向外张望。这一举动，被小区里一些人厌恶地称为"老兀鹫"——由于李国珍的榜样，带动好一些老太太纷纷效仿，捕风捉影，张望来一星半点儿事，回头就与一票要好的老伙伴分享。如此一个传一个，渐渐传得许多人都知道了，闹得当事人莫名惊诧，肚里不爽，对这些老姑婆越发地忌惮，有时候宁可绕远，也不要从这条街上过。向英时而称李国珍为"老兀鹫"，道理就在这里。

而李国珍是不介意的。世上唯一能约束她不要张望窗口的人是她的死鬼老头儿。他生前曾多次警告她"不要惹是生非"，理由是"多一事不如少一事，一个人能没病没灾地活到老不容易"。李国珍每每阳奉阴违，照看不误，多少次被老头儿逮着，两人叽歪一场。

如今死鬼老头儿不在了，无人拘管，李国珍乐得放开手脚，扒着窗户口，每天都看，大看特看，想怎么看就怎么看。比如说眼下这个时刻，快到中午饭的时候，李国珍南北一张，东西一望，不出意料地没看到什么新闻——真正出新闻的是早晚两个高峰，中午是"淡季"，又正值这种"秋老虎"天，人们好像没什么力气造出些磕磕碰碰的事件。说到事件……

李国珍心里冒出些游丝般的念头，正欲动作，灶上的水开了，震动锅盖，"噗噗噗噗"响。她急忙揭开盖子，哗啦一把面条丢进去，再用漏勺搅。她一面搅，一面想，一个个心眼儿开始不安分地舒张。待面条浮了水，捞上来，她又把昨天吃剩的青椒炒肉丝和毛豆炒豆腐干连碗一起放进水里加热。等热得温一点，这两样浇到面上，就是现成的好浇头。嗯，好浇头、好浇头……那个叫龚雪的……于老师……

李国珍心思活动，人朝窗台上一倚。瞥眼间，一个人闯入视野。她一看，正是小滑头刘振邦。

Chapter 3

灵机一动

刘振邦其实并不滑头，只不过看上去一天到晚龇着一嘴大白牙对人"嘻嘻嘻"，好事也"嘻嘻"，坏事也"嘻嘻"，举止不大合常理，让人误以为他有心机。而据李国珍对这个向英妹妹的孙子的了解，要说他有心机，会耍滑头，不过也就是没事蹭蹭饭，托他办事经常掉链子之类。真往大处着眼，他反而显得哼哼哈哈，不那么开窍——所以至今没有发达的迹象。李国珍每每看他踩着那辆五十块钱淘来的二手自行车，风里来雨里去，问他干什么，答曰"跑市场"。李国珍搞了半天，才搞清楚"跑市场"的意思，又顺便旁敲侧击，打听到工资——这才是她最关心的。于是刘振邦自己还未怎样，她倒先替他长吁短叹起来，以为这样下去，"小刘要到猴年马月才能成家立业"？她自己生活中没多少忧虑，就时常做那忧天的杞人，对刘振邦施舍同情。偶尔又在新闻上看见当今年轻人猝死事件多发，她也会联想到刘振邦，叹着气："小刘这样下去怎么行哦！"低落上几秒。然而转眼上趟厕所就淡忘了，只在下次见到刘振邦时才又想起来一点儿。

那边刘振邦骑车由西边过来，"吁"地一打弯，拐进小区。只见他进了大门，蓦地刹住，跳下车，脸向上，叫道："李奶奶好！"眼镜片和牙齿被太阳光刷得雪亮。

李国珍扒在窗上笑："嘿，你知道我看见你了？"

刘振邦照例"嘻嘻"："肯定知道啊！我每次来，十回中至少有八回你在上面瞄人，装老兀鹫！"

李国珍道："讨打！老兀鹫是你叫的？"

刘振邦装蒜道："是啊！"

楼上楼下，一老一少扯了两句淡。刘振邦便推着自行车要上向英家去。刚打过招呼，李国珍头还没缩回来，对着刘振邦的背影，突然一个念头横空出世一般，往她脑海里一蹿，携着巨大的能量，叫她瞬间激动，像真正的老兀鹫要振翅高飞那样张舞手臂，身子探出窗口，呼喊："刘振邦！小刘！不要走，不要走！你上来一下，我有事找……"

刘振邦无奈何，停了自行车，边爬楼梯边想："老兀鹫大概又要把两只橘子给我。"拐个弯，"或者是两个苹果。"

不料到了门口，李国珍拿着手机等他，很兴奋地："来来来，刘振邦，来帮我发一条短信。我来说，你来按。"

"发什么短信？"刘振邦不是第一回干这差事，接了手机问。

李国珍指着道："就是这个，就是这个，发给这个号码！这个叫于老师的，就发给他……"

刘振邦看到消息内容，惊奇地："这个不是给你的哎……李奶奶，你想干吗？人家发错的短信，你回他干吗？"

李国珍挥手："哎，你别管那么多！你代我回他一下。就说，嗯……就说……'谢谢于老师。我最近情况不太好，想跟你聊一聊。你要是方便，请打个电话给我。谢谢。'"完了问刘振邦，"怎么样，怎么样，这个回复还可以？像不像你们现在小年轻说的话？"

刘振邦嘻嘻笑："小年轻多了，各说各的话，什么像不像？不过李奶奶，你干吗要回这个短信呢，你又不是这什么……雪的，你不会又想搞事吧？老兀鹫当到手机里去了，嘻！"然而手里还是娴熟地撰了短信，给它发送出去。他自己就是乐于"搞事"的，对各种节外生枝都充满了勃勃的兴趣。

李国珍笑骂："个小油子！我这哪里叫搞事？现在这么多拐子拐卖的事，

我长个心眼儿多问他一问，又怎么了？万一真有什么事，我这不就是救人一命？菩萨在天上看到，也要保佑我，记我功德。你帮我发短信，也是积个阴功，将来到了阎王爷那里……怎么样，发好没有？"

"好了！"刘振邦把手机给她看，"那——就'已发送'里面，看看，已经发了。按照你说的发的。"又咂咂嘴，"阴功什么的就不要了，还是给点好吃的比较实在。嗯……李奶奶，你烧什么挺香啊，分我一点尝尝……"

李国珍见消息真出去了，精神大振："哎哟，这个中午都是剩菜烂面条，不好意思请你吃。这样，你明天还过来，我和你姨奶奶说好了，明天带虾子给她，到时多多地分你。今天么……"说着，到屋里取了三只橘子并一把糖果，用塑料袋装了给刘振邦。

"今天不好意思，只有这个给你了。"

刘振邦愉快地收下，又扯淡两句，便洒然跟李国珍告别。他跟老姑婆们打交道一向都很愉快，在李国珍这边如此，在他姨奶奶向英那边也一样。

不过向英经常待在隔壁的解德芳解奶奶家，所以他轻车熟路地上了解德芳家，一进门就把刚才帮李国珍冒充他人发短信的事当笑话说了。

向英便道："哎哟，这个老李，真是精神大，弄这么一出！"

解德芳不怎么明白，向英就连早上的事情一块儿说了一遍。刘振邦也跟着听，边听边剥橘子吃："……那明天见了李奶奶，一定要问问她人家回她信没有。"

解德芳却带着顾虑："这……不会惹来什么不好吧？真要是好端端的人失踪了，那么……"

刘振邦慢条斯理地在橘子皮上揩手："管他呢……再说，李奶奶要的不就是这点子不好么？不好的事，才有趣啊！"

李国珍这一天的确过得有滋有味，生趣盎然。她先是不断地猜测那个龚雪是什么人，那个于老师又是什么人，是龚雪的大学老师呢还是中学老师？后来又想，万一那个于老师真的打来电话，自己该有些什么说辞。说一说二说三，吃完中午饭，还对着空了的碗，声情并茂地排练了几下，比如："这个……于老师啊，我不是龚雪，你昨天来短信祝生日快乐……"然而嫌太正式了。又或

014

者："不好意思哦，你们总来问龚雪，闹得我有点怀疑，这个叫龚雪的小丫头会不会出了什么事情啊……"好像也不大得体。又或者……

折腾半天，累得碗也不洗，直接往房间睡午觉去。睡得香极，一觉醒来已是夕照满墙，晚归的市声起了，"滴滴""嘟嘟""丁零当啷"。

李国珍一听，是真的兴奋冲头，滴溜溜就跑去厨房，扒上窗口，去享受这每天的美妙时刻。这个时候，手机啦龚雪啦都是不存在的，只有窗口之下那看了不知多少遍的活泼泼的街巷，以及巷子里许许多多的老熟人——这里的"熟人"不一定含有友好的意思。

头一个望见的就是巷子口摆自行车摊的水正深水老头儿。他退休前是搞机械的，退休后无所事事，就在这条横街上摆个摊子修自行车。一年到头也赚不了几个钱，却是风雨无阻，坐在他的小马扎上，总是跟人聊闲天。他的摊子旁边有露天椅，时而坐着一些老邻居，跟他有一搭没一搭地说话。这其中有"开元"麻将档的老板小沈，外号二皮的，长得矮墩墩一副小财主相。有一对胳肢窝里夹着小叭儿狗的郭姓夫妻，两只狗儿分别名曰"亲亲"和"爱爱"，久而久之，大家就把他俩叫作"亲亲爹"和"爱爱妈"。有口碑不佳的王小凤王老太，以前在单位里跟李国珍是同事。还有王小凤的二女儿王小露，额上总别着一溜发卷出来找她妈。母女俩经常当街吵架，不是王小露吵哭了，就是王老太吵得抹眼泪。

王小露的姐姐就是王小萍，也住天堂街小区，但不大上这儿来——她的"喷喷香"酒家在南边街上，她自己也住得靠近小区南门。常有相熟的食客到她那里去喊一嗓子："老板娘，你妈跟你老妹妹又在后面吵起来了！"王小萍坐在大堂里稳如泰山，她一边喝啤酒，一边嗑瓜子，一边在那儿算账，听了这一句眼皮儿也不抬："吵得好，吵死拉倒！"李国珍看不上王小凤，却觉得王小萍不错。"小萍子人爽快"被她挂在嘴边，每回上"喷喷香"吃饭或买外卖时说得最多。王小萍知她意思，看心情给她打个九折或九五折，完了还客客气气把人送出来。

此时此刻，沈二皮正跟"亲亲爹""爱爱妈"一道，立在水老头儿的摊子前扯闲天。而街西头，黄心红正开着他的那辆"小坦克"——带操纵杆的充电式轮椅，一路披着夕晖过来。他曾号称自己是"扛过枪杆子的"，后来被沈二皮戳破，说他顶多算是在部队里干过炊事，还不定干了没两年就转业了。黄心红就把他给记恨上，成天向人宣扬沈二皮的父亲当年是该市有名的地棍，说沈二皮现在之所以只有"十三个拳头高"，就是被他老子连累的。沈二皮气急跳脚，一次当街寻衅黄心红，两人先动口后动手。结果还没动几下，黄心红就发了小中风，被送去医院。黄家因此三天两头上沈二皮家闹，兼"敲竹杠"。沈二皮无可奈何，动用些余下的地棍关系，双方拉锯半天，沈二皮将他的另一个"通宝"麻将档卖掉，赔了黄家一笔款子，此事才算了结。黄家就用这款子的一部分，给黄心红买了辆"小坦克"，又请了个保姆照料黄心红——其实黄心红除了不能站立，哪儿需要人照顾呢？开着那辆"小坦克"，如履平地，整日价在这一片巷子里乱窜、寻热闹，到点了就回家吃饭。他将原来位于得胜村小区的房子卖了，合着沈二皮给的赔款在公卿巷那边簇新的电梯房里置了一小户。眼下他头脑昂昂地，从水老头儿的摊子前一路开过去。而沈二皮远远地望见他来，脸子一掉，装作没看见。旁人多知道他两个是死对头的，都是但笑不语。

黄心红刚过去，又有马莹平马老太从北边拐进来，还有"安娜"美发店的老板娘一个叫什么娟娟的，以及许多李国珍认得的不认得的男女老少角色。她盯着视野所及的每个人猛看，望见一个人来，就联想起一些往事，嚼得津津有味。一直到日头落了，她才心满意足地转过身子，带着扒窗户口观赏来的愉快印象，择好了菜，剪好了虾子，又烧又煮，一阵大忙。忙完又吃，胃口极佳地剥虾子，就着姜醋碟儿，一挤一蘸，喂到嘴里美滋滋地咀。伴着电视上，一会子新闻，一会子天气预报，一会子又是治疗便秘的广告，一会子又是电视剧。李国珍看得漫不经心的，她以为世上最有意思的是她的那些老邻居老街坊上演的活剧，屏幕上的假剧远不能及。但碰上心情欢畅，她也会屈尊瞧一瞧。这一眼瞧去，顺着电视机，便望到前边的茶几上——茶几上搁着手机。

"对了，还有那档子破事……"李国珍喃喃地，肚里吃得饱，脑筋转得就慢。她如今对那什么龚雪的事情，渐渐已有些冷淡，跟她那些老熟人的奇闻逸事相比，这档子事颇有点儿不够瞧的。"唉——估计也不是什么大不了的事，应该不会有人打过……"

　　说到"过"字，李国珍声音一噎，手机在手，她看到上面分明显示着一个未接电话和一条新的短信。她心里一"咯噔"，手指也比平时来得僵硬。先打开短信，非常简短的四个字："生日快乐。"呆了一会儿，再看未接电话。按开来，李国珍倒吸口气，果然是那什么于老师的号码！再看时间，就是她在厨房扒窗户口那会儿打来的……

Chapter 4

史达才其人

第二天，李国珍从买菜时开始，一直到回家从冰箱里取装虾子的饭盒，跟向英来到解德芳家，坐那里择菜、喝水、上厕所，整个上午就喋喋不休地表达自己的痛心疾首。说自己如何灵机一动，如何吃中饭、睡午觉，如何贪看街景，如何因为贪看街景而错过了那于老师的电话，又如何懊恼，如何为了这破事一晚上觉都没睡好。哩哩啰啰，翻过来覆过去，讲了无数遍，这个细节，那个细节，讲得向英和解德芳的脑子里都全是"手机、电话、电话、手机"，"龚雪、于老师、于老师、龚雪"……

向英首先扛不住："好了好了，老李，你吃过中饭，自己往那于老师的号码打一个过去，该说什么说什么，把话说清楚，这件事差不多就结了。要是结不了，那……那再说！眼下我是要吃饭了，马上刘振邦大概就要到，还有个杂烩没烧。"说着起身去厨房。

解德芳也摸索着跟去："还有老李带来的虾子，也要热，饭倒是有很多……"

客厅里，剩李国珍一个，胸中犹余万千情感，没处抒发，不尴不尬。想着饭后真要打电话，心里又发虚。

如此干站一会儿，向英和解德芳陆续出来，说可以吃饭了。这时，门被敲响，刘振邦的声音十分准时地响起："姨奶奶，解奶奶——"

李国珍离得近，顺手开了门。

门一开，刘振邦"嘻嘻"地，见了李国珍，又道："李奶奶好！"身子一闪，让出门口的位置。

三个老太太便看到，门边还另立着一个大脑袋的年轻人。随着他往屋里挪动，更看清楚这人的模样——圆圆南瓜头，滚滚土豆身；顶上的头发有点儿稀薄了，方片眼镜后两只小牛般的眼睛不安地眨巴着。他手里还抓着吃了一半的煎饼果子。

仁老太太愕然地望着他。只听刘振邦笑眯眯地向她们介绍："这是我同学——史达才。我路上碰见他，叫他来吃顿便饭。"

史达才今天没有上班。

他今天没有上班的原因不是因为今天是星期天，而是因为今天是他失业的第四天。前三天里，他像一只斗败了的鸵鸟一样缩在他那间租赁来的小房间里睡觉，睡得昏天黑地。然而即使睡梦中也得计算着时间，觑着室友下班未归，飞快地使用厨房和卫生间，洗衣、进食、排泄，好避免跟室友撞在一起，彼此见面。

史达才有点怵见两个室友。按理说，大家同属客居的年轻人，住在同一屋檐下，就算不能成为好朋友，也应该有话可说才对。然而无论是那个住在主卧里的"笑如银铃"的姑娘，还是那个住在另一个次卧里的"发胶满头"的同性，当史达才戳着颗大脑袋站在他们面前时，总需要艰难地思考一个问题："我可以同他们聊些什么？"答案至今空白。

这两位室友——"发胶男"和"银铃女"，虽与史达才不甚相投，他们彼此之间倒是相处融洽，搬进来后没多久就谈笑风生，呼朋引伴，一起吃饭、玩耍。一群人在这个租赁来的房子里，唱歌跳舞，播放那种音效奇特的恐怖影片，常常叫一墙之隔正在做三更梦的史达才惊坐而起。每次聚会前，他们还会大张旗鼓地准备。男男女女，七八个人，一大早就用一大堆东西霸占住厨房和客厅，叮叮咚咚，欢快忙碌。当然，他们也自觉询问过史达才："我们在这里小聚会，有没有打扰到你？"态度十二分之亲近。

史达才无奈何，只好也十二分友好道："没、没关系……"

一群人从此心安理得，愈发大吃大喝，大吵大嚷，欢乐通宵达旦，多少夜屋里无人入眠。

这一天又逢星期日，又逢室友们要招待宾朋，又逢一大清早"发胶男"和"银铃女"就跑进跑出，走来走去，手机铃响个不停。史达才牙都没刷，憋着一泡尿，在房间里默默地吃着一包快要过期的饼干，边吃边聆听外边的动静。

守上一会儿，终于守到两人再次出门。史达才竖着耳朵，大门合上的声音一响，他就兔子出洞一般蹿出去，三下五除二，该出的出，该刷的刷，该进的进，紧赶慢赶，赶在室友们携带友人回来之前逃出了门。

出来后就有点漫无目的了，他并没有什么特别的地方可去。他的家不在这个城市，而在这个他读了四年大学又工作了若干年头的城市里，昔日同学和同事之间的交情浅薄，随着时间的流逝，渐渐也不大联系。宿处难回，工作丢掉，史达才站在巷口，望着面前车水马龙的大马路，胸中生出一点子丧家之犬的感情。南瓜样的脑袋缓缓地摇动，他将马路对过一个个去处扫了一遍，最后选了个看上去最僻静的巷口，穿马路走了过去。

这条巷子就是公卿巷，他以前来得并不多。他只知道这条巷子极长，往北可一直通到北湖公园。然而眼下他有点儿想去北湖公园，又有点儿不太想去北湖公园。于是就在这想去又不想去的模棱两可中，他信马由缰，一路茫茫然，走啊走，走啊走，不知不觉走到一条横街上。

横街的街口，摆着个自行车摊，一个精瘦的老头儿坐在小马扎上，面前倒架一辆自行车。他聚精会神地摆弄车的链条，使之转过一圈，又转一圈，发出"吱吱扭扭"的声音；自行车摊对面，又有一只小卷毛犬，天真地蹈着小腿儿，在人家小店门前，绕着绕着，腿一翘，偷屙了一泡尿；又有个驼背的老奶奶，从小店里买了个雪糕，慢拖拖地，走到露天椅上，坐下来舔雪糕，一口两口，舌头探出来老长；还有住在一楼的老阿姨，院墙打通到街上，此刻门一开，由门里扯出一张席子，摺到太阳光下晒……

史达才看着这横街，看这满街的人物，仿佛都比自己过得好，来来去去，心平气和，没有什么想不通的地方。就算有一些意难平之处，随着一天天地过去，时间一长，也就消磨得平了；能禁得住消磨的人，想来应寥寥……

大致说来，史达才也过过一段阳光灿烂的日子。那个时候，他还是一名小小的热血儿童，每天扬着他的小南瓜脑袋，踌躇满志地驰骋在幼儿园和小学的园地里。

说起小史达才，可谓皮实好养，无须大人操什么心。就算有时卷入打架之类的事故，但多是见不得恃强凌弱，与"小恶霸"对垒之故。那时有一个叶老师—— 一个长相温柔的姑娘，笑起来，颊上一边一个酒窝——尤爱小史达才的这些义举，往往袒护他，还会把那些"小恶霸"的家长叫来，告上一状。"小恶霸"的家长呢，也大多态度端正，会赔礼道歉，有的还会买些水果点心之类的，塞给史达才。小史达才和叶老师对此都感到满意。

然而有一次，一个"小恶霸"的家长—— 一位白面无须的叔叔，边听取叶老师的告状，边上下打量史达才，半天，忽道："这就是那位爱管闲事的小朋友？"嘴角一抹似笑非笑，连叶老师都不由一愣。

后来那叔叔走是走了，可那句话却像一根刺扎着小史达才，叫他委屈又惶惶。

那边叶老师见他如此，叹口长气，向他低低道："打抱不平固然好，只是……"

"只是"什么呢？却又不说下去了。

小史达才只好回家去问他的爸爸妈妈——那也是一对热血的夫妻。爸爸史帅听了笑："你那老师就是想打个圆场喽！"妈妈鲁冰花则道："那人就是心虚！他儿子被你管了，他能对你有好脸？"

小史达才受父母的感染，懵懵懂懂，将疑虑抛之脑后，回过头来继续行他的事：对坏人坏事，该举报的举报；对好人好事，该力挺的力挺。师长们对他是鼓励肯定居多，加上没再遇到过那位白脸叔叔一般的角色，小史达才渐渐对这阳光灿烂的日子深信不疑，以为会一直这样下去，直到他一脚跨入中学……

"吱扭"声停止，水正深水老头儿将自行车翻正了，奇怪地看了眼在那儿站了许久的大脑袋小伙子，日头这么辣，是脸也晒白了，唇也晒焦了，衣服前也湿了一块。他忍不住道："嘿，你在等人哪？干吗不过来树荫下面坐着等，要干站在那里？再站下去，我看你要脱水喽！"

史达才一下回神，才发觉脚之酸、腿之软、头脑之沉重。他脸色讪讪，忙去街边小店买了瓶矿泉水，一口气下去大半，并听取意见，到那边露天椅上坐下。而这个时候，先前吃雪糕的老奶奶已经不见了，只留下地上一根光溜溜的雪糕棍。

水正深打量着他，用黑乎乎的手指向他比画："怎么，在等女朋友啊？"

史达才面色半僵，把脑袋摇了一下，又摇一下，接着又连摇许多下，士气极为低迷。

水正深就没什么话了，转而看看天，考虑起自己中午饭的问题。

史达才独自坐着，耷拉着头脑，接着想自己升入中学以后，仿佛一株热带的植物被移植到了西伯利亚，在第一波寒潮来临时就被冻了个半死。

中学的主旋律就是学习和考试，这两个偏偏都不是史达才所擅长的。他喜欢在外面跑腿儿做事情，现在却被要求长时间静坐在教室里；他有一副热血腾腾的软心肠，如今却被要求来解答冷冰冰的考试题。

由于考试成绩开始与教师的绩效工资挂钩，这时的老师们也与之前的不同了。他们常年一副判官脸，拧着眉心肉，见到成绩落后的学生，两根眉毛立马一竖，打心眼儿里认定学生欠了自己的钱——某种程度上可能的确如此。

很长一段时间，史达才都是老师们竖眉毛的对象：成绩不佳心思又不放在学习上，尤为叫老师们痛恶。班主任包剑荣就请鲁冰花去谈话，指出这个问题。鲁冰花对此挺反感，忍了包剑荣几句，突然开口："老师也要因材施教嘛，我儿子又不是没有优点，还是你指望人人都成为华罗庚怎的？"

一语叫包剑荣一噎，以为这一家子都无可救药，从此益发地不待见史达才，一双眯缝眼睛望着史达才时，好像能飞出刀片。史达才也听说了这件事，面对包剑荣的冷眼，心中愈发惴惴。惴惴却又无奈何——他委实对黑板上那什么"α""β""过氧化氢""乙醚"等等缺乏兴趣。他只感觉楼下扫地阿姨的态度都比老师们的态度要和蔼，而听他家爷爷的骂娘则比听包剑荣上课更有趣。

他并没有可分担或求助的对象。那些正值青春期的中学同窗们，视史达才那在儿童时代培养起来的风格为可怪，视他那逐渐剥露出来的长相为可笑。这时的爸爸妈妈呢，作为精力被四分五裂的中年人，面对外婆奶奶轮流生病，单位那头又要减员增效，对史达才也不免怠慢了，毕竟——"你已经快要成年，要学会自己解决问题啊！"

一片萧索之中，史达才惶然地摸瞎生长，越长越觉到世间气候的寒冽。他没什么好办法，也就是找些书来看看，网络上搜索搜索，东听一点，西看一滴，然而仍是不得要领。偶尔，他会想起多年前叶老师那个没有说完的"只是"，想上一会儿，在心里轻轻地叹口气。

Chapter 5

"振邦永远最伶俐"

史达才坐在街头忆苦思甜，肚子咕噜咕噜，打断了他的思路。"无论如何，中午饭还是要吃的。"这样想着，他拿起刚才买的矿泉水，准备喝两口就去小吃店。不料瓶子刚举起来，头仰着，水还没流出，他的脸就跟两张大眼镜片对上了。镜片后一双笑吟吟的眼睛，又戏谑又多情，镜片下一口上好的白牙齿，可以推荐给牙膏厂拍广告。

史达才愕然着，嘴里嗫嗫嚅嚅——此人的面孔异常熟悉，此人的名字他当然也还记得，但他真正想要找回来的是此人昔日的名号，那句当年他的班主任包剑荣常挂在嘴上说的，那句话叫作……

最后还是这位帮了他一把，叫他："大才?"活脱脱老包包剑荣的腔调。

史达才脊梁骨上一串激灵，终于脱口而出，跳起来道："振邦永远最伶俐!"

史达才高中时的外号叫"大才"，同班刘振邦的外号叫"振邦永远最伶俐"，两个外号都是班主任包剑荣给取的，其义为贬。当然包剑荣自己也有外号，就是"老包"，其义为褒。包剑荣教授化学课，自负智商过人，看不得人化学成绩不好，尤其那些成绩不好态度还不端的，包剑荣便跟所有聪明人一样，忍不住调动些过剩的智力，同那些蒙昧的学生玩笑玩笑。他呼史达才为"大才"，自然因为在其看来史达才半点也不才。其实史达才是觉得几分委屈的，他在化学课上一向规规矩矩，眼观鼻鼻观心，除了脑袋里没装着化学符号外，并没有其他不检点的地方，为什么也会被老包给盯上？他又不像刘振邦，任何课上都是两腿一盘，眼神垂落抽屉口，贪婪地阅读着那些不知从哪儿淘来的二手书报杂志，读得忘乎所以，以为包剑荣那两条眯缝眼看不见。

其实包剑荣不仅看得见，而且早有心整治整治刘振邦。他每每拎刘振邦起来回答问题，起头都是："振邦永远最伶俐！这个问题，就请刘振邦来回答……"刘振邦站起来，自然胡扯一气，态度还"嘻嘻"。老包益发地气不打一处来。

一次走班上课，碰着史达才与刘振邦同桌。他们一个"埋头苦读"，一个奋笔记录。记录累了，史达才眼神一斜，瞄着那掉了皮子的杂志上标题曰《少女山匪的一生》，字体鲜明，旁边还有一幅暴露的女性形体素描。这一下，他也恍惚了，刘振邦看，他就跟着看，刘振邦要翻页，他就按着要缓一缓。刘振邦偏要翻，两个人便在抽屉里争争夺夺。其间刘振邦不知怎的觉得可乐，当堂笑出来："嘻！"上课的老师还未有不满，走廊上幽灵般巡视的包剑荣一眼捉住，立马隔着窗子刻薄他们："想不到振邦永远最伶俐和大才倒是志趣相投。"说着便伸手，硬拽走了杂志，又没收了抽屉里的其他读物。接着他对刘振邦祭出了"写检查，请家长"大法。至于史达才，由于早认定他们一家子都不可救药，则干脆忽略。然而被忽略了的史达才低着个头，脸上一红二白；旁边的刘振邦却左右看看，一脸无辜，仿佛受罚的不是他一般。

后来刘振邦的母亲赶到学校，就有好事的学生在办公室门口听得确切，说"刘振邦妈妈大动肝火，一口一个'振邦啊'，痛斥刘振邦，大喷大骂，骂到老包脸色终于变得好看，才不骂了"。骂过之后，刘振邦的确老实了几天。至于那些没收去的杂志和书，一个多星期后又如数发还给他。

然而不知怎的，一个消息很快不胫而走，说是杂志中《少女山匪的一生》那几页被人翻阅过，纸张被捻得熟黑，不像刚到手里时的样子。而在此期间杂志又不在刘振邦手上，那么这个翻阅者恐怕只有……同学们望着包剑荣的眼色，渐渐便带上疑虑，以为所谓道貌岸然，差不多就是老包的样子了。包剑荣大约也听到些风声，两条眼睛眯得更细了，很长一段时间都脸色冷黄，没有再叫学生的绰号。

刘振邦呢，很快又大摇大摆地在课上看闲书，仍是那一套稗官野史、坊间故事、江湖帮派、民间科学揭秘等各个年代的无名氏炮制出来的消遣读物，偶尔也有几本正儿八经的东西夹在其中，看得如痴如醉。老师们倒是再也没来管过他，包括包剑荣在内。

只是自那以后，史达才却尽量避免与刘振邦同桌。直到后来两人同考到临城上大学，同街不同校，彼此也没什么联系。其间史达才撞见过刘振邦两回。一次是大学一年级时，他看见刘振邦蹲在路边书摊上，挑拣二手书。第二次就是快毕业时，他望见刘振邦在街边摊子上，兜售二手书。两回他都是远远地望见了，避在人堆里混过，并未想要上前去打个招呼。他其实有点不大理解刘振邦，虽然觉着他人应该不坏。然而这世上称得上"不坏"的人何其多，也没见一个个都做了朋友。

一晃便到现在。

史达才叫出刘振邦，心里就不怎么自在。所谓"穷则独善其身"，他并不愿意在这样的境况下遇见熟人，尤其这种久别乍逢的，彼此一问工作、工资、女朋友、婚否，处处都是史达才的软肋，随便戳一下都能疼上好久。史达才怕疼，平日遮掩得辛苦，就怕被人戳。谁知今天被室友挤出出租屋，在外随便走走，竟在这样一个背街小巷里遇到"振邦永远最伶俐"，依旧龇着一嘴大白牙，仿佛在嘲笑自己。

史达才胸口一堵，愈发蔫头耷脑，心中暗暗懊恼为什么会跑来这里。

刘振邦仿若不觉，咧嘴嘻嘻地，见了他仿佛很高兴："大才，你坐这儿干吗？在等女朋友啊？"

很好——一张口就给史达才一下，戳得他倒吸一口气，身上不疼也疼，看着刘振邦无瑕的大白牙，突然很恶意地想用老虎钳给他下掉一颗，看他还笑得出来不。

史达才没有好气了，好像他被这个世界作弄得还不够似的，而你刘振邦也并非什么人物呀，便硬呛呛道："母猪都没一只，哪儿来的女朋友？"觑着刘振邦，"你瞧着倒得意，你有了？"

刘振邦很高兴地回答他："没啊！"语气之爽利，好像别人问他的是"有没有吃过饭"似的。

史达才本来斜着眼睛，气哺哺的，想着似刘振邦这般的油滑小子，大约应走点儿桃花运了，肚里正泛酸，不料竟也是没有。于是他一下子变得心平气和，酸水也没了，也不想用老虎钳去下刘振邦的牙齿了。记得以前不知在什么地方（也许是《中学生作文选》）看到一个哲人说过，我们从他人的不幸中总能获得一种秘密的愉悦。眼下看来真是说得非常不错。

史达才咂巴着嘴，同病相怜之下，就不介意与刘振邦多叨几句，什么住在哪里啦，房租多少啦，在哪儿上班啦……刘振邦皆回答得一派坦荡，不像藏私的样子。史达才见此，自己就不好小家子气象，提到工作，也肯支吾两句："我啊，前两天跟公司闹翻，正在家里蹲。"然后赶紧打岔，提了几个老同学的名字，谈了些旧话。

之后，史达才肚子饿，眼溜着旁边小巷子里的食店，嘴里问道："对了，你怎么大中午的跑到这边来，你吃饭没有？"

刘振邦道："我就是来吃饭啊！"指着对面的天堂街小区，"我姨奶奶住这儿，我没事就过来蹭个饭。"

"哦，那好……那你去蹭吧，我也要去吃饭了。"史达才抬脚就要走。

却被刘振邦拽住衣服下摆，把他拽住："大才你也没吃？那正好，你跟我到我姨奶家一起吃！"

史达才马上摇头："不不不……"

刘振邦牙一龇："干吗，看不起人？"

史达才忙道："不是不是……这个……你自己就是去蹭饭的，然后我再跟你去……这蹭一带一，会让人反感……"

刘振邦道："反什么感？大才，你不知道，像我姨奶这样的老姑婆，每天多希望有人上门，好显得人多热闹。我说是去蹭饭，其实就是看望孤寡老人，给她们解闷儿。要不然，你当这些老姑婆能烧什么好吃的给我，山珍海味啊？还不是家常便饭，粗茶淡饭，多一人不多，少一人不少……"拽着史达才不放。

史达才仍然不情愿，两手抓着，要把衣服下摆给夺回来，两人当街拉扯。扯了一会儿，刘振邦突然手一松，责备道："你这个大才，就是不给人面子，就是不热心！老同学见面，邀你吃顿饭都扭扭捏捏的，没劲透顶！"

史达才趔里趔跄，被他一松之下差点跌一跤。站住了后，闻言面子上下不来，心里一恼，就道："我怎么扭扭捏捏不热心了？不就吃个饭么？走走走，去吃饭，正好我现在没工作要省钱。反正是你叫我去的，待会儿要是你姨奶赶我出来……"

刘振邦笑道："好主人不打上门客，就多添一双筷子的事，还能赶了你？嘻，你当我姨奶是老包，见了你就来气？"

史达才气道："老包明明更看不上你！"

刘振邦道："老包是看不上我，但他也不大敢惹我。不像你对老包，都没有还手之力……"

这便是又戳了史达才一下了。史达才气得脸上红起来，猛地刹住脚，扭头往反方向走。

刘振邦在后面叫他："哎哎，大才！"不依不饶地跟上史达才，"大才怎么了，又生气了？啧，我说你这人怎么一点不大气？说不得，碰不得，整天这么苦大仇深的，为着什么事？要不要我来点化点化你？"

说到"点化"二字，他手臂一伸，陡然在史达才背上掏了一拳，把史达才冲得一个趔趄。一招得手，嬉笑着跑开。

史达才终于怒了，身子一掉，拔脚就追。张牙舞爪地，逮着刘振邦，连飞两腿，又暴戳三拳，管他三七二十一，先打几下泄泄愤。

刘振邦连躲带闪，兼偷偷地还手，身上挨了几下，嘴里仍是嬉笑，笑了又叫："哎哟！哎哟！行啊大才，我打你一下，你就还我这么多，你连本带利可赚够了……"

史达才本不是狠角儿，几下一过，气就顺了，听到刘振邦叫，忙住手罢休。他见街两边都有人转脖子来望，口中讷讷："谁叫你先动手的……"

刘振邦掸着身上，"我看你一副气血不畅的样子，帮你活络活络筋骨……怎么样？你现在脸色好看多了，看来是打爽了……"

史达才不答他，只瞟着刘振邦背后半拉鞋印子，乃自己刚才印上去的，刘振邦看不到，就没有掸去。他正犹豫着要不要替他掸掸，却因为刘振邦的话不中听，便决心视而不见，不要帮他，让他出洋相。但转而一想，马上上人姨奶家，衣服上一只鞋印子，若被看到问起来，那可就……不由局促不安。

如此不留神，随着刘振邦走，一走走到个卖煎饼果子的小门面前，只听刘振邦道："两份煎饼果子，要放火腿肠。"又问史达才，"你吃不吃辣椒？"

史达才就奇怪了："不是说上你姨奶家蹭饭么？"

"对啊！"刘振邦道，又问他吃不吃辣椒。

史达才说了吃。

刘振邦便道："两个都要辣椒！"

那摊主应了，手中鸡蛋一磕，打在锅上，糊弄一遭，开始抹酱，加东西。

这时，刘振邦才道："大才啊，我说是去蹭饭，但是蹭饭也有讲究的。怎么做，才能蹭得多，蹭得稳，蹭得时间长，这都是要动脑筋的。你真当我空着两只手，光靠一张厚脸皮去蹭饭？"说到后来，调子上扬，一口大白牙咧得怡然自得。

史达才听出那么点儿意思来，就愿意他往下说："嗯，所以……"

刘振邦便指点他："蹭饭，要蹭到点子上。说是蹭饭，其实蹭的哪里是饭，而是去蹭菜！——大米饭，淘一淘，插上电源一煮，其实不费事。真正费事的是菜，尤其是蔬菜，尤其是洗菜择菜，那么鸡零狗碎的，想想都能烦死。平时上班又累，哪个有劲头来弄？但是又不能不吃。不仅要吃，还要多多地吃，还要讲究品种，不能吃得太单—……

"这种情况下，最好的办法，就是上做素菜的人家去蹭菜。比如我姨奶这样的老姑婆，有大把的时间买菜、择菜，烧各种蔬菜吃，每顿都吃。又注意养生，活到那岁数上了，还越活越想活，不敢多吃肉，每天大把大把地嚼蔬菜。她既然吃，我就可以在边上跟着蹭。她夹两筷，我夹一筷，一顿吃下来，也就不少了。当然了，老姑婆的斋饭也不是容易吃的。老姑婆心疼钱，吃多了她心里会嘀咕。所以得时常自带干粮，干粮打底，作为主食，蔬菜跟着夹夹，最好再来一碗汤收尾，这样一顿饭吃下来，啧啧……"刘振邦那模样，好像已经把饭吃到了嘴似的。

史达才听了，又是惊奇，又是好笑："所以这个煎饼果子，就是你自带的干粮。"

"大才聪明。"刘振邦笑道，"不过今天我本来没带干粮，准备多蹭点儿算了，但因为多了个你，所以又得带上干粮了。不然凭咱们两个的胃口，能把老姑婆的饭锅吃空了，也不一定饱！"说着，见煎饼果子已好，就摸出钞票递过去，"两个一起。"

史达才一见之下，忙道："哎！各付各，各付各，你别替我……"手忙脚乱，不知想要找手机还是掏皮夹子。

那摊主瞟他一眼，接过刘振邦的钞票，淡定地找了零，将两份煎饼果子递给刘振邦。

刘振邦分一个给史达才："不用那么麻烦，下一次你请我就行。"

史达才一想也是，便就心安理得。正好煎饼果子刚刚起锅，闻着分外香，又逢着肚里饿，手捧着煎饼果儿，迫不及待咬了一口，咕吱嘎吱。那薄脆，那芫荽，那花生，那火腿肠，和着那辣椒浓酱，咕吱嘎吱，真是说不出的好滋味。

史达才闷头吃，刘振邦也吃，两人站在街面上对吃，顷刻就消下去一半。史达才吃得兴起，咕吱嘎吱，嘴角粘着片香菜叶儿，还想啃下去，被刘振邦给拦住："行了，省着点儿！别到了老姑婆那儿没得吃，还得再买一份。"

史达才一想对极，把嘴抹了，恋恋不舍地收起。

刘振邦又到路边，将自行车给推来，引他一起往小区里走，边走边道："除了老姑婆那里，还有个地方可以吃素菜，那就是庙里面。喏，就北湖公园后头的鱼米寺，天天都有斋饭供应。五块钱一份，量少少的，买两份都不饱，完了还得自己到庙门口去买面条。要是你没钱呢，也好办，出卖劳动力，到后檐下给那些和尚叠纸元宝，叠上百来个，就能免费吃一回，量还多多的。不过叠元宝也挺累，所以我又骑自行车上城郊。那些小铺子里，现成的纸元宝，两块钱，一大包，就这么捧到庙里去，和尚也喜欢。这样也能吃到好斋饭。"说完嘻嘻地笑。

史达才听着有趣，兴致上来，跟他一块儿笑，道一句："振邦永远最伶俐!"心情开朗，再看刘振邦就顺眼多了，望着那背后的鞋印子，伸手替他使劲儿地掸。

轮到刘振邦来奇怪："大才你干吗?"

史达才狠掸了几下，这下可看不出来了。他道："你衣服上粘了只虫子……"

刘振邦狐疑地眨眼睛，却也没再多问。说笑间，两人就来到解德芳家。

Chapter 6

好小伙子

史达才对着仨老太太，不安地站着。他相当懊恼自己："为什么要跟着刘振邦来蹭饭呢？原以为只有他姨奶一个人，哪儿知道会有三个老奶奶，那么老眼瞪瞪的，真叫人……"偷眼张望着，也不知道开口。

还是刘振邦给他一一介绍："这是我姨奶。"指着其中一个老奶奶，生得最为胖大，饱满的脸盘子上，一只肉鼻子跟一大滴黄油似的挂着。

史达才跟着道："姨奶好！"

刘振邦又指着一个精精干干的老太太，双目炯炯，一只尖鼻子，猛一看像是某种禽类。"这是李奶奶。"

史达才恭敬道："李奶奶好！"

接着是最后一个老太太，五官柔柔和和，脸上平平静静，戴着副茶色眼镜，看不清是个什么表情。"这是解奶奶。"

史达才于是更加小心翼翼："解奶奶好！"几乎鞠了半个躬。

向英就乐了："老解，人家小伙子给你鞠躬咧！我们三个人，他就只给你鞠，你脸上多有光彩！"

解德芳不明所以："鞠什么躬？"

李国珍笑道："老解眼神不好，给她鞠也是浪费。这个……小伙子，你给她鞠，不如给我鞠，一会儿吃虾子，我多分几个给你。"

"拉倒吧，老李！你那虾子总共才几个，又给这个，又给那个，你够分么你！"向英来拆她的台。

李国珍不理她，冲着史达才："小伙子，刚才说……你叫什么？"

史达才还没张口，刘振邦抢着道："大才，他叫大才！"

史达才不乐意，纠正道："我叫史达才！"

刘振邦偏说："就叫他大才！所有人都叫他大才，我们班主任老包就这么叫……"

史达才怒视刘振邦。

李国珍就试着来和她并不擅长和的稀泥："大才，达才，达才，大才，反正都差不多，这个就别争了……来，大才，快坐下来吃饭。"

解德芳也道："是啊，坐下来吃吧，饭都好了。"

向英已经去到厨房，把碗筷碟子拿出来，其他人也来帮忙。

一切齐备，大家围着桌子，姿态各异地吃。一面吃，老太太们一面轮流给史达才夹菜，什么虾子、皮肚、鹌鹑蛋，连刘振邦都给他递了两个荸荠。史达才受宠若惊。向英又带头问他一些问题，"跟振邦是什么时候的同学？""现住哪里？""哪里上班？"……几个问题，问得都极是关节，叫史达才一惊一乍。尤其是"哪里上班"这个问题，史达才嘴里吞虾子，含糊其词，"嗯……刚把工作辞掉……"幸而向英问过就算，并不来多盘。

其间李国珍一反常态，居然没什么话。搁平常出现个新面孔，她可是不能放过，非穷根究底把人的来龙去脉都给打探得一清二楚不能尽兴。今天，由于有别的记挂，她就顾不上研究身边这个大脑袋的小伙子。那边向英话一停，她就道："哎，你们不要盯着人大才问来问去的，让人家吃不下饭。有这个劲头，不如来帮我想想，待会儿给那边打电话，该怎么个说法……正好刘振邦也在，都来参谋参谋。"

"啊，什么东西？"刘振邦吃得快，一个煎饼果子、一碗面条，加上面前一堆虾壳子，眼下他又在啃荸荠，一只接一只。

向英笑道："还有什么东西？就昨天，你们冒充人家发短信，人家现在打来了……”

"真的?"刘振邦笑得牙龇龇的,"那你们怎么说的?"

"什么都没说,"向英指着李国珍,"因为她没接到。"

"噢——"刘振邦幸灾乐祸地望向李国珍。李国珍晦气地对他挥挥手。

解德芳道:"现在老李就想自己打过去,把那个……龚雪的事情说清楚。"

"那就打呗!是不是就昨天那个,那个……于……老师?"刘振邦鼓动着。

李国珍道:"就是那个……"望望刘振邦,见他伶牙俐齿、兴兴头头,忽然找着撂担子的好人选,"小刘,怎么样,你来打这个电话吧?昨天短信是你发的,电话也由你来打,正好一条龙……来来来,我手机在这儿……"她饭也不吃了,就去拿手机。

刘振邦忙叫起来:"什么一条龙?我不干……我什么都不知道,我打过去,你叫我说什么?"

李国珍抓着了手机:"这有什么不知道的?我讲给你不就行了,我告诉你……"便把收到别人电话和短信,都来问她找一个叫龚雪的,一大老套,啰里巴唆,又重复了一遍。还把手机翻给刘振邦看,"那那那,就昨天晚上,又来一条信息,来祝生日快乐的……你把这个记一下,一会儿告诉那个什么老师……"

刘振邦苦着脸:"记不住啊……"

向英道:"刘振邦你就帮她打一下好了!不然你看老李这样,你叫她打,她照样说不清楚。"

解德芳也说:"是啊,这个电话要是不打,老李今天晚上又要睡不着觉,她昨天已经没睡好了。"

刘振邦压着眉毛,去看史达才,还在桌底下故意踢了他一脚,意示他说话。然而史达才装傻充愣,专心致志地埋头吃饭,吭都不吭一声。

刘振邦在肚里磨着牙。"好你个大头鬼,我叫你装死……"想一想,又变得笑容满面:"那么,我到底怎么说咧?又是电话又是短信的,是不是拿个笔,记一下比较好?不然不好说清楚啊……"

"对对对,小刘说得对!"李国珍眼里放出光来,忙把纸笔取来给刘振邦,捧着手机站在旁边，一条一条地指给刘振邦看，"那——这个是昨天来的短信……号码也记一下吧。这个是昨天一个小姑娘打来的，可惜我说了一句就挂了……"

向英道："老李，你不是说之前也有人打过电话给你吗？那些号码还在？你还记得是什么样的人？"

"哎哟，这我哪儿还记得？"李国珍勉力地回想，想得眼皮直往上翻，"有男有女吧，年纪应该都不大。但是这个号码……"说着话，在手机上翻找，翻了半天，"太乱了，太乱了，找不见了。好多陌生的号码混一起，有推销的，有打错的，我也对不上号。"

刘振邦把笔在手里转："号码就算了，看看有没有短信之类的……"手一伸，将手机抢过来，扒拉了一阵，翻检以前的旧短信。李国珍凑头跟在边上看。

片刻，刘振邦把手机一横："喏，这里不是有一个？五月八号的，说什么'龚雪，你还好吗？好久没你的消息了，给你发消息也不回'。"说完，唰唰地抄写在纸上。

"哎，哎！还真是，还真是的！我都忘记了，我现在这记性……"李国珍欢天喜地，等刘振邦写完了，她又把手机夺过去，"我再来找找，看还有没有短信了……"

刘振邦用笔敲着纸："差不多得了！又不是警察，弄那么严谨干吗……"

趁他们说得纷杂，这个时候，史达才悄悄地伸过他的南瓜头，歪瞅着那纸上所写，口中还在不断咀嚼。他其实是好奇的，早想说点儿什么，但由于初来乍到，又是蹭饭来的，自觉不大好意思插口。之后刘振邦在下面踢他，他好像知道刘振邦要他做什么，又好像不知道，摇摆在知道和不知道之间，他索性就当不知道，以避免妄言。要知道，他可是吃过一次妄言的苦头了……

于是他见到如下所录：

9.20

一小姑娘来电询问龚雪，号码为1×××××××××

一短信内容为"龚雪你好，不知道你是否还在用这个号码。但不管怎样，祝你生日快乐。于老师。"号码为1×××××××××

一短信内容为"生日快乐"，号码为1×××××××××

5.8

一短信内容为"龚雪，你还好吗？好久没你的消息了，给你发消息也不回"

其间至少男女各一曾来电询问龚雪，号码已不详

他瞧得仔细，立刻去拍刘振邦："哎，这个五月八号的短信，号码你没记。"

刘振邦转过脸看看他，再看看笔录，忽而一笑："噢，我还当大才你吃饭吃得太入迷了，两耳不闻窗外事了都……"笑得斜吊起眼睛，声音幽幽的，意味深长。

史达才讪头讪脸，知道刘振邦这是揶揄他刚才不帮忙，自认有愧，整个人矮下去半截。

刘振邦这才高兴了，大白牙一龇，呼道："李奶奶，别扒了，手机拿来，我再抄个号码！"

李国珍扒得兀鸶眼睛发花，也再没找到更多有关龚雪的消息："行了，我看是没有了！有时候我女儿来，给我删删搞搞的，有也给她弄没了。"又把手机交给刘振邦。

刘振邦翻到五月八号那一条，照抄号码，完了打量两眼，又叫起来："嘻！这五月八号的号码跟昨天那小姑娘的来电是同一个啊！"

"啊？"

"真的！"

"我看看！"

除了解德芳之外，几个人的大头小头圆头扁头纷纷抢上前来，头碰着头，围得黑压压的，争相看那两串阿拉伯数字。结果眼睛的焦距还没来得及调整，未曾看个真切，那桌上李国珍的手机突然唱起来："亭亭白桦，悠悠碧空，微

微南来风。木兰花开山岗上，北国的春天，啊，北国的春天已来临……"

大家惊得一哄，头颅登时散开，各个瞪着眼睛，望着唱歌的手机，谁也不想去触碰，好像那是个毒药或炸弹。接着，大家你看看我，我看看你，都暗暗希望别人去接听。

"故乡啊故乡，我的故乡……"手机继续耐心地歌唱。

那边解德芳催促他们："你们倒是接一下呀！万一是老李的女儿或别人打来的呢？怎么一个个都呆掉了……"

终于，是刘振邦拿起手机，看了眼上面显示的号码，又瞄了瞄纸上的记录，陡然将手机一抛："大才，你来接——是于老师！"

"呃？"手机飞来，史达才下意识地用手接住。这一下，所有人的眼睛都望过来，花落此家，落地生根，这下可不能轻易易手了。大家均面带希冀地望着史达才，仿佛都在道："大才，接吧，接吧……"

史达才兀自犹豫。

刘振邦忽地拍案而起，眯着眼睛，音色憋喉咙里，阴阴凉凉道："大才，快接——"是以假乱真的包剑荣的声腔。

史达才一哆嗦，再无二话，马上老老实实拿着手机接通了："喂……喂喂？"

刘振邦笑眯眯地将那张纸摆到他面前。老太太们也都很高兴，一个个向他身边凑拢。

"喂，你好，我是于老师。"一个不再年轻然而非常利落的女中音在话筒里这么说。

史达才一听更加紧张——事情往往是这样，对方越是沉着，越是利落，他就越是紧张，一开口像是口吃患者："你、你好，我这儿一个奶奶……你、你们打电话，哦不，是发短信给她找一个叫龚雪的……"

"你不是龚雪？"对方一下警觉起来，反问道，"你是谁？"

史达才一噎："我、我们不认识龚雪，是我的这个奶奶……我奶奶现在用的这个号码，好像是龚雪以前使用的……"

"哦，这个样子……"于老师的态度缓和了一些，"所以，我是找错人了，对吗？"一阵淡淡的失望由声音里面流淌出来。

史达才忽然感到有点抱歉："嗯，嗯……是这样的，我这个奶奶总是接到一些电话和短信，都问她找一个叫龚雪的，已经有一段时间了。我奶奶开始没有在意，直到昨天——直到昨天你们又来祝龚雪生日快乐，她才觉得有点儿不对劲儿，心想这么长时间了，你们跟龚雪还没联系上，这个龚雪会不会出了什么事情……如果是换了手机号，怎么不跟你们说一声。我们刚才还稍微整理了一下，至少有五六个人，都来问我奶奶找过龚雪……像是昨天九月二十号，除了你之外，还有两个人……"便照着纸上所写，逐一地念出来。

屋子里的其他人和电话另一头的于老师全都不作声地听。史达才念完了，话筒里仍是静静的没有声音。

他等上一会儿，不禁又期期艾艾："这个……就是这些了。你看……你看，龚雪是不是没什么事情？她可能……只是换了号码没来得及告诉你们？"

于老师沉吟着："这……我也不好说。龚雪是我好几年前的学生，我们很久没见面了。平时也就偶尔通个电话，发个消息，还多是她打给我。直到前段时间，祝明霞告诉我龚雪好像不用这个号码了，我才试着联系一下龚雪……"

"那……那是谁？"史达才不禁问。

"谁，祝明霞吗？她是我另一个学生。她给龚雪打过电话，你奶奶接到的那些电话中，应该就有祝明霞打过去的。"说到这儿，于老师再度沉默下来。

史达才却为多知道了一点儿而隐隐雀跃："那、那这个祝明霞，她是不是知道更多龚雪的情况？我是不是再联系一下她比较好？我……"

"谢谢，不用了。我会跟祝明霞联系的。你们能打电话来告诉我这些，已经很仁至义尽，我很感谢，大多数人根本不会管这些事情……不过，昨天你们为什么冒充龚雪给我发那一条短消息？你们……真的不认识龚雪？"于老师的声音再次变得冷冽。

史达才一呆，随即结结巴巴地："那个、那个……是、是我奶奶，她想让你打给她，才、才编出来的……她、她有点担心龚雪……"

于老师道："嗯，原来还是你奶奶……也难怪，老年人时间多，所以有工夫管别人的闲事。"

一句轻飘飘的讽刺，仿佛一根鸿毛落在史达才的心上，不知搔到了哪个心窍，搔得他如坐针毡，如鲠在喉。肚子里漫上一些苦涩，催发出一点点血气，叫他捧着一只沉重的手机，艰难地想要表明自己的意思——一些他早就想说出口的意思，一些他生怕会遭人冷嘲热讽的意思，一些大约永远也不会合时宜的意思。

只听他道："这……这不是在管闲事。这也不是什么闲事。这怎么能算是闲事呢？龚雪是你的学生，你的学生无缘无故换掉号码消失不见了，你们作为她的朋友不过问，反而觉得我们这些过问的人是在管闲事？这是闲事么？你们心里就是这样认为的？还是你们看来，一个老朋友不声不响突然换了手机号不再跟你联系是件非常正常的事？你们觉得现在的人都这样子的？还是你们认为，只有人站在你面前大喊救命才叫出了事，如果没人叫就代表大家都过得很好，一点事情都没有——

"真的没有事情吗？因为大家都不说'我很难过''我需要帮助'，所以就真的没有人难过，没有人需要帮助了？就因为街上的每一个人看上去都过得很好，好像都有自己的目标，行色匆匆，所以这些人就真的过得很好了？于是就没有人想过，也许他们当中相当一部分人只是在强颜欢笑，故作坚强？也许他们中相当一部分人正在经历非常艰难的事情？也许……也许就那个站在街头的小……姑娘，看上去平平静静的，但很可能正因为什么事情感到沮丧、懊恼、束手无策，不知道以后该怎么办……"

史达才脸涨得通红，对着手机，慢慢地越说越利索，越说越慷慨。正说得快活，突一转眼，他望见其他人脸上的表情——全都一脸惊奇，其中刘振邦还耸着眉毛，像是瞧见了一幕西洋景儿。

他登时不好意思，心头一乱，胸中那口气跟着散了，呜呜噜噜，说不下去，又变得结巴起来："我……嗯……对、对不起，我、我不是在说你，我不是在说……"心想这下一切休矣，这个于老师大概要像当年的老包那样，把他不见血地讥刺上一通，也许还要把李奶奶这个号码拉入黑名单……他的大脑袋缓缓地耷拉下来，口里语无伦次。这一回他是真的沮丧了，比之前立在街口时还要沮丧许多倍。

片刻，耳筒里传来轻轻的叹音，并没有料想中的怒火喷发，于老师的声音听上去也并未生气："……你的性子倒有点像祝明霞。嗯，这样吧，你先到我这儿来一趟，我要看看你奶奶手机上的记录。你人过来，我们聊一聊，我还可以告诉你一些关于龚雪的事，你应该也想知道的吧？到时候，如果我觉得没什么问题，再帮你联系到祝明霞，怎么样？"

峰回路转，柳暗花明，史达才忙不迭答应："好，好，没问题，没问题！你、你住在哪里？"

"你有笔吗？我住在……"于老师报了一个地址。

史达才抓过笔，就在面前那张纸上记录。刘振邦和俩老太太好奇地凑过来看。

"记好了？你什么时候来？我后天下午有时间……还是你只有周末有空？"于老师又道。

"可以，可以，后天就可以。"史达才连忙应下来，反正他如今不上班，不存在时间上的限制。

"嗯，那就这样，后天二十三号你来，两点钟样子，我们见见，不要忘记带你奶奶的手机。对了，你贵姓？"

"我姓史。"

"好，那再见，小史。"

史达才一愣："再……再见。"小史？——多么别扭的两个字，他还从来没被人这样叫过呢。

正胡思乱想，"嘟嘟嘟"，通话已经结束了。

史达才后知后觉地把手放下，手机搁回桌上。他轻呼一口气，真是一场非比寻常的谈话。

李国珍见电话挂了，立马问道："这个东西是……？"指着纸上以"运河大道"开头的一串地址。

史达才道："这个是于老师给的地址，她要我九月二十三号下午去见她……"一五一十，将方才于老师所说，重复一遍给他们听，什么"祝明霞"啦，什么"要带上李奶奶的手机"啦，什么"于老师会跟他说龚雪的事"啦，听起来收获真不少哩。

"哎哟，好小伙子！真是好小伙子！"李国珍乐得两手拍不到一块儿，可谓喜出望外，"你来接这个电话还真接对了！我一开始还担心你不会说呢，谁知说得还不赖，真不赖！那么一套一套的，啊呀呀，可见人不可貌相……"她原来瞧史达才大脑袋显呆，还不大以为然，而今才知道了，脑袋大到底是有用的。

向英笑道："大才真是不可预料啊！突然就变得口齿伶俐，那个气势也起来了……想必那什么于老师就是被你的气势给镇住，才松的口……"

解德芳说："大才的话说得很好，大家将心比心，那个于老师是被大才的话说动了，才愿意跟他见面……"

三个老太太你一言，我一语，都夸奖史达才。夸得史达才颇不好意思，抓着后脑瓢儿赧颜——他已经很多年没有被人夸奖，以至于乍一被夸，他从头到脚都生出不自在，暗暗在心里怀疑：我刚才的话真的讲得那么好？

不经意间一瞥，瞥到对面的刘振邦，"咕吱咕吱"地啃着荸荠，对他似笑非笑，好像一眼就看穿他的心底所想，笑他此时在老姑婆们的赞美声中枯木逢春、如沐春风。

史达才就不乐意。"振邦永远最伶俐"在某些方面酷似老包，喜欢笑话人、作弄人，好显示自己多高明似的。哼——你果真那么高明，刚才怎么自己不接于老师的电话？把这烫手山芋抛给我，现在又想来捉我的短，这什么人呀这是……

干脆不理刘振邦，转来对李国珍道："李奶奶，那到后天，你这手机得给我，于老师说的……你看看，什么时候方便，我到你这儿来拿。"

"行，行，什么时候都行！我告诉你啊，我就住在后面那栋楼，你上到三楼……啊不不，你记下我的电话，到时候打给我，我送下楼来给你……啊不不不，不用不用，可以这样，我觉得可以这样……"

李国珍忽地又想到个点子，一个两全其美的好点子，喜得她抓着史达才直摇，"可以这样，可以这样……大才，你刚不是说你现在不上班吗？那正好，你这段时间，替老解跑腿买买菜，老解会出钱补贴你。你呢，你帮我过问龚雪的事，我也会补贴你，不能叫你白费工夫。这样子，你又给人帮了忙，自己又不吃亏，一举两得。好小伙子，怎么样？你要是愿意，老解就得救了，省得那个老孙老婆，整天吊着她，欺负她眼睛不好，不好好帮她买菜，以为她找不到别人，只能靠着她……"

史达才没想到还有这一出，一时反应不及："这个……"听上去真新鲜啊！

解德芳害怕他为难："老李你别瞎拉人，大才万一明天就找着工作呢？"

"才怪！"许久没有开口的刘振邦突然开口，"李奶奶的建议很好，这件事就适合大才干！大才干什么工作都没干这个来得合适……对不对，大才？"他又嘻嘻起来。

史达才哑然，面子上不置可否，但心底最深的地方已然蠢蠢欲动——买菜、跑腿儿、找人，他……好像……的的确确不排斥干这些事啊！何况还给补贴……

然而不能够答得太干脆了，否则又一次让刘振邦显得高明，怎么说怎么中，好像自己被他牵着鼻子走，跟个提线木偶似的……所以史达才"嗯嗯啊啊"，一时没个准话。

向英也当他为难："不要勉强，愿意就愿意，不愿意就不愿意。原来帮老解买菜的人也是临时有事，这段时间没工夫。再加上老李不喜欢，觉得她总给老解买不新鲜的菜，所以……"向他解释一番。

史达才仍不紧不慢地装呆，想再等一等，用个什么说辞，好显得是自己心甘情愿，主动应承下来，且让人觉得是自己热心、有主见，而不是刘振邦说的什么"干别的都不合适"。正在专心犯想，脑袋上突然一痛，对面刘振邦"嘻嘻"地对着光线瞧一根头发："乖乖，大才——你这么拿乔，拿得头发都变少了！你再这么拿下去，不到四十岁就要变秃顶！"

史达才抱着脑袋，手在头上抹，心疼得什么似的。他知道自己头发少，向来爱惜每一根毛，偶尔还会往头皮上擦生姜片，希望过后那里能长出一片茂盛的头发。平时有意无意地，把头发往上拢拢，好"地方支援中央"，盖住那一处荒芜，叫人看不出。如今刘振邦一出手就生生拔去了他一根上好的毛，他气愤不能自已，偏偏还不能发作，否则大家就都会被吸引到"他是不是在拿乔"这个问题上来。这个问题嘛，自然还是不要引起关注为好……

因此他忍着气，望着刘振邦那一口洁白的好牙，默默地又想用老虎钳给他下下一颗来——一根头发换一颗牙，这非常公平，对不对？

李国珍察言观色，知道火候到了，忙又出来和稀泥："好了好了，都别闹了，大才这是已经同意了！老解，明天你就去跟老孙老婆讲，就说大才是你亲戚家孩子，这段时间正好有空……叫她这段时间安心在医院，不要东跑西跑。等她妈的病好了，可以……可以再说嘛！"

台阶铺到这里，史达才不下也得下了。于是慢慢地，又重新欢乐一堂，由李国珍领头，老太太们叽叽呱呱，将余下的事跟史达才商量。什么几点买菜，买些什么菜，几点来拿手机……为方便联系，史达才把老太太们的号码都存了。这时刘振邦也龇着牙挤过来。史达才心里有数，顺便也跟"振邦永远最伶俐"交换了号码，为省钱起见，又在社交软件上互加了好友。其后解德芳又把钱提前给了史达才，李国珍见状，也不落后地给了。史达才大方收下。

到这个时候，饭菜已经凉透，然而经过这么热火朝天的一场，大家也不在乎，微波炉里转一转，照样吃得不亦乐乎。史达才如今对几个老太太充满了亲切的感情，吃完后，自告奋勇要帮忙洗碗，为此赢得了仨老太太的一致好评，不只是李国珍，连向英和解德芳都夸他是"好小伙子"。与此同时，刘振邦则靠在沙发上捣鼓手机，顺便将解德芳冰箱里的果汁倒了半杯，喝得直咂嘴。

史达才一洗完碗，刘振邦就提出要走。既然他要走，史达才也不便再留。老太太们假意挽留了几句，但那都是客气账——经过一中午的高度兴奋，老姑婆们急需一场午觉来补充体力。于是在李国珍"后天别忘记来拿手机"的嘱咐声中，史达才跟刘振邦两个一块儿下了楼来。

来时意兴阑珊，去时兴致甚高，史达才重新回到外面，回到九月的阳光之中，尽管身份上仍然是一介无业游民，心境却已大不相同。仅仅一顿中午饭的时间，他就一扫先前的愁闷，变得欣欣然，这么看，生活还真是一件奇妙的事哩！

正独个儿在欢畅，冷不丁地身边响起刘振邦的声音："大才，问你一个问题……"尾音悠扬，尽管口吻温和，也叫人不得不防。

史达才心中摇起警铃："干吗？"

刘振邦的眼镜片迎着太阳反光，让人看不清他的眼睛，偏偏嘴角弯弯的，咧出个微笑："吃饭前我见到你的时候，你干吗一副愁眉苦脸的样子？你电话里对于老师说的那些，其实说的都是你自己吧？"

史达才脸上轰地一烧，坚决予以否认："不是！"

"是吗？我怎么觉得你就是在顾影自怜，而且很可能就是为了跟前面的公司闹掰的事……话说你跟公司怎么闹掰的？"

"不告诉你！"史达才彻底耍赖了。

刘振邦推车在前边走，闻言停下来，乜着眼睛看他："你个大头鬼，可以啊……"目光锐利，含义曲折。说完头一掉，拐出小区，单独往西走，把史达才扔后面。

看着他背影孤子，史达才莫名地感到些气短，思来想去，怀疑自己是不是有点儿过河拆桥了？毕竟今天这一切，亏得"振邦永远最伶俐"，要不是遇到他，由他牵线……见人愈走愈远，不及多想，他连赶几步，喊道："我、我以后再告诉你呗！"

只见刘振邦胳膊一扬，当空挥了挥，也不知何意思。接着走几步，飞身上车，一溜烟地骑不见了。

落史达才一个人立在街心，又懊恼上半天："这个振邦永远最伶俐，简直伶俐过头了，哪壶不开提哪壶。这样一来，倒显得我忘恩负义，小气巴啦，真是……"腹诽一番，望望街市一派太平景象，头顶上依旧阳光灿烂，想到后天到运河大道于老师那里见面的"重任"，心情很快就复归愉悦。他觉得天气不错，脚步溜溜达达的，准备一个人上北湖公园逛逛。他知道，北湖公园沿湖有许多身穿跑步服的姑娘们，面目姣好，四肢修长，仔细瞅瞅，不定还能找出一两个面相温柔带酒窝的，就跟叶老师一样……

想到这个，史达才简直心花绽放，如果可以的话，他真想做一个体操表演中的屈体前翻——可惜不能够，便只好哼着歌儿，扬着个南瓜脑袋，由水正深的自行车摊旁散步而过。

水正深讶异地望着史达才，见他一顿饭工夫，就像是换了个人似的。同时，他听见他哼的那歌调分明是："亭亭白桦，悠悠碧空，微微南来风。木兰花开山岗上，北国的春天，啊，北国的春天已来临……"

Chapter 7

在于老师家

　　九月二十三号这天，上午还艳阳高照，一过中午就开始变天。于立莉的老母亲本来坐在院子里晒太阳，抱着她的叭儿狗。老人和狗已经眯上了觉，一上一下吹着呼噜子，气声和谐。忽然就起了阵风，天色迅速暗淡，附近树上的雀子惊起一片，叽叽喳喳飞。叭儿狗首先知觉，拱动肥硕的身子，爪子踩上老太太的手，把老太太踩醒了。

　　"啊——"老太太打了个长长的哈欠，带着午眠未遂的惆怅。

　　于立莉洗好了碗，从屋里出来："妈，太阳没了，回房睡吧！"她个头不高，腰背挺拔，秀气的头颅上长着个小小的狮子鼻，跟那边老太太脸上的鼻子一模一样。

　　老太太叹一口气，撑着拐棍起来，举止缓慢，没有了昔日的威严。她一步一步踏上台阶——她已经是只"老狮子"了，不能再同当年相比。那只几乎跟她同样老的叭儿狗在她身后亦步亦趋，随地乱蹭，对需要自己走回房间这个事实感到不满意。

　　走到于立莉身边，老太太停下来，道："你中午不睡觉么？"

　　于立莉说："不了，待会儿有客人来。"

　　老太太点点头。她的女儿也是一头"狮子"，而且正当盛年，远比她要精力充沛。"谁啊，是明霞吗？"于立莉教过的那么多学生中，老太太如今只记得一个祝明霞，不仅仅因为祝明霞来的次数最多，还因为祝明霞给她的感觉也是一头"狮子"——虽然人姑娘并未长着一个狮子鼻。人么，总是对同类更有好感的。

于立莉摇头："不是明霞，是另外的……"心里想着龚雪的名字，却感到跟母亲一时半会儿也说不清，也就不说了。

老太太倒还有一点头脑在："是别的女孩儿么？你常提的那几个？唔……她们也跟明霞差不多大吧？现在也都还好？"

于立莉道："谁知道呢……"她不经意望着墙上的一张合影。

母女俩各顶着一个狮子鼻，慢悠悠地说话，叭儿狗在她们脚边频频地扒爪子。它不耐烦地看着这两个人，不知道她们到底在啰唆些什么。眼下，它只想有人抱它到那个朝北的凉爽的房间，好趴到它的小席垫子上美美地呼上一觉。它长得太老了，又生得太胖，关节还出了问题，因而痛恨走路——除此而外，它也长着一个小小的狮子鼻。

叭儿狗的反应成功引起了老太太的注意。因为那个狮子鼻，她一向对它极尽宠爱，这回也不例外。老太太嘴里喃喃地："女娃娃……嗯，不容易啊……"说着，弯下腰去，张手抓住颈上的皮肉，把那一只痴肥的老畜生给提起来。

"妈，小心点。"于立莉看不过，要替她接下叭儿狗。

老太太拒绝了："没事，不用……你忙……"一手挂拐，一手提着叭儿狗，迟缓地朝另一头的房间去。叭儿狗挂着四只脚爪，沉甸甸的身子好像被拉长的猪尿泡，在老太太手底下一晃一晃。

于立莉看着老太太把房间的门关上，才掉过身来，若有所思地望着墙上的那一张合影。龚雪就在其中。这两天，她把那张合影看了又看，将过去有关龚雪的点滴想了又想，却得不出什么头绪。老实说，她并不相信龚雪会出什么事，至少那天同那个愣头青通话之前她还没有怀疑过。以她对龚雪的了解，那样一个随和、沉稳又有脑子的丫头，难道会出什么了不得的事情么？真说起来，她倒常觉得祝明霞比龚雪更有可能出状况呢，毕竟明霞总表现出一种无所畏惧的骄傲，夺人眼目。所以她经常对祝明霞说："要谨慎一点啊，现在外面这么乱……"

是啊，正因为外面这么乱，所以就算是看着不容易出事的人也有可能出事。何况——于立莉忽然想到，何况龚雪依然年轻，不管她再怎样沉稳有头脑，她依然是一个年轻人，一个经验、阅历以及其他一些方面都相对单薄的年轻人。在单纯面对她的同龄人时，也许她有一些优势，但如果她面对的是远比她更加老练的家伙……

说到老练——于立莉有点自嘲地想，自己好像就算不得多老练，否则那天不会被那个不知道是不是骗子的愣头青一讲，就忽然心热，愿意同他见面，聊一聊龚雪。一般人在她这个年纪，对于后辈的话——无论多么动人，大多也是不屑一顾了吧。他们的血已冷，他们的心已硬，他们已经不允许自己再心有旁骛。他们对于那天那般的愣头青，大概最有可能的反应是骂一句，嘲讽几声，果断挂掉电话，然后在茶余饭后得意地向人提起："今天又被我识破一个骗子，这个骗子还真好笑……"

于立莉其实不太认为那个"小史"是骗子，而就算他是，她也饶有兴趣地想要知道，如此孜孜不倦地打听龚雪，他的目的何在。她更有兴趣知道，如果最后找到了龚雪，他又想做些什么。当然，在她心底，她非常不希望那个愣头青是个骗子……那样一番话，如果不是发自内心，又该怎样想得出来，说得出口？

她在屋里边走边想，最后在墙上一张自己的照片前停下。那是她十二岁那年，在某个小型比赛后获得铜牌后拍下的。照片上，年轻的于立莉穿一身宝蓝色体操服，翘着狮子鼻，昂首挺胸，眼睛亮亮地注视着远方，仿佛那里有未来。

于立莉凝视着这张照片，突然想到，这样一个昂首挺胸的小女孩的形象其实从来没从自己身上消失过。从那时到现在，虽然几十年过去，她的身上始终隐隐地流着一股热血。而自己之所以愿意同那个"小史"见面，是因为她从对方那儿感受到了相同的热力，一种认出了同类后的喜悦。而人么，总是对同类更有好感的。

有人在敲门，很规矩很小心的一种敲法。于立莉沉浸在自己的思绪里，半天才反应过来。

"对了，是那个愣头青！"她忙去开门，心想着这个愣头青会生就怎样一副面貌。

门开了。

史达才胳膊下夹着折叠雨伞，两手握着手机，头发趴趴的，正不安地快速眨巴眼睛。

于立莉从上到下审视过他的南瓜头、土豆身，忽然想这个小模样子还真的是非常适合长成一个愣头青。于是抑制住一股想笑的冲动："是小史吧？"

史达才忙道："是，是我，史达才——发达的达，才子佳人的才。"

于立莉笑了："我就是于老师，进来吧！"

她把史达才让进屋里，就是墙上挂照片的那间客厅。"随便坐。"她说一声，就去厨房倒水。她猜也许现在的年轻人更喜欢喝冷饮，但自从儿子上大学住校，她家里没人喝这些，想来想去，还是用白开水来招待。

回到客厅时，她看见史达才立在墙壁前面看照片。这不奇怪，几乎所有上门的客人都会不由自主地去欣赏一番墙上的照片。其中她跟她学生的合影最受人瞩目，其次就是她自己的体操生涯中若干值得彰显的瞬间。人们通常会恭维地评价几句，顺便问几个问题，一场谈话便自然而然地展开——客人们的兴趣也到此为止。墙上面，还有两三张她最喜欢的体操运动员的照片，抓取的是她以为她们最辉煌的时刻。然而从没有客人对她们多加注意——他们根本不认识这些异国的姑娘们，何况她们长得也并非多么宜人。

可是眼下，史达才却仰脸望着那几张相片中的一张，对着上面着黄黑色体操服的身影出神。

于立莉有点意外："你也知道她——普罗杜诺娃？"放下杯子，也走过来看。

史达才抓抓脸，感到不好意思："嗯，我……我看过她的这个视频。"他算不上一个体操迷，只是有点喜欢看女子体操中的高低杠和自由操，尤其是自由操，那种音乐和动作之间的配合，常常令他大有感觉。他收藏了一些最中意的自由操视频，其中就有普罗杜诺娃的这一套。由于黄黑的服色，对比鲜明，又由于动作风格遒劲，所以印象极为深刻，一眼就认出来，虽然他常记不清普罗杜诺娃这个长而拗口的名字。

于立莉开口一笑，她越来越觉得史达才是自己的同类了。她念了一句普罗杜诺娃的网评："在所有热爱她的体操迷心中，普罗杜诺娃的名字本身就是一个形容词，词义等于她本人。"

"嗯，对，对！说得真好，真好！"史达才点头不迭。他虽算不上一个体操迷，但他依然为这一句评价所感动，并且懂得这一句话的价值。

于立莉也懂，所以才显得更加遗憾："但她没有拿过任何一个世界冠军，裁判也不怎么待见她。"

"这不要紧。"史达才脱口而出，一脸热切地望着照片上雄姿英发的姑娘，了不起的姑娘，"她表现力好，又有力量，落地那么稳……"

于立莉同意，但不得不说："力量很重要，但光有力量是不够的。很多事情都是这样。"

史达才有些气馁，他明白于老师的意思。他暗暗地想，他自己差不多就属于空有力量的类型，而这是不够的。这真叫人沮丧。

"对了，祝明霞的风格就像她，你见到她，有机会可以向她请教。"

"真的？"史达才又惊又喜，注意力全部落在"向祝明霞请教"上面，并未想到这句话其实表明于老师已经认可他，相信他不是个来行骗的了。

"嗯，不过——我还是要先看一下你奶奶的手机，你带来了吗？"于立莉坐了下来。

史达才即道："带了，就在这儿……"口袋里摸出李国珍的手机以及那天做记录的那张纸，把两样东西一齐交给于立莉，"喏，这张纸就是那天我们整理的……"

于立莉点点头，接了东西过去，先看手机，再看纸上所写。史达才就近坐下，跟着解释一两声："……这个是你那天来的短信，这是另外一个人的……这个电话是一个小姑娘打来的……"

于立莉对照着翻了一遍，还用自己的手机又重拨了号码。《北国之春》的乐声响起，李国珍的手机上果然显示出自己的来电。可见史达才所说，是一字都不错的了。

确认了这一点，于立莉轻叹一气，听不出是高兴还是不高兴。片刻，她将手机交还给史达才："谢谢，你奶奶很热心，虽然还是古怪了一点儿。那天她冒充龚雪发来那条短信，很出乎我的意料……要知道，那不是龚雪的风格。"

"哦……"史达才好奇起来，"那龚雪是……"

于立莉停顿一会儿："就我带她练操的观察看，她是比较令人放心的女孩子，人缘不错，为人随和，人也沉稳有主见，遇到事情喜欢自己解决。这种向人求助的口气，很不像她的风格。"

史达才道："那不一定……真的遇上大麻烦，向人求助也很正常。不过你说——练操？你是教龚雪……体操的？"他突然恍然大悟为什么墙上那么多体操相片。

于立莉讶道："是啊，我教龚雪体操，我没对你说？你不会以为我是教龚雪什么数学之类的老师罢？"

她说着笑了笑，向史达才做一番说明："我自己是体操转健美操的，你知道，生计问题……我带学生也是以健美操为主，平时练练基本功，帮学生考考二级运动员。过来的学生都是想考二级运动员，一考过就不来了。同时我也带业余体操班的课。有的练健美操的学生，也会来上体操课，龚雪、祝明霞她们都是这么转过来的，算是对体操感兴趣吧。当然，我也不是用专业运动员的标准带她们，教她们也是以自由操为主。"

原来如此——史达才望望于立莉，怪不得他感觉于老师有一股不一样的精气神呢。

于立莉续道："我教她们的时候，龚雪是上初中、高中吧。到高二下学期，因为要高考冲刺了，她跟祝明霞一块儿从我这里结业的。不过之后我们也有保持联系，像我之前说的，她偶尔会来电话。但跟祝明霞比起来，她跟我不算太亲近。龚雪……其实有非常强的个性，虽然表面上看不出来。祝明霞说过，龚雪的脾气看上去很好，其实并不好。我也是这个感觉。

"所以她这次突然换号码，我们才没去太追究，去刻意地联系龚雪，去问她原因。她给人的印象是，如果她真的出了什么事，别人最好不要去过问、去插手。等到事情过去之后，一切又恢复正常，她自己会主动说出来的，会毫不避讳地和盘托出。但如果事情正在发生，一切还没有了结，除非她主动提出来，否则别人最好不要去自作多情，想要向她提供帮助什么的……当然，这只是我个人的感觉，或许仅仅因为我跟她关系并不亲，她才会这样。如果换了是她的家人……但这也很难说……"

史达才知道这等于是在向他解释。一想起那天电话里他那一通慷慨陈词，他就觉得分外尴尬。嘴角扯出一个虚弱的笑，他道："那个……我那天的话说得有点冲，我不知道……"

于立莉一摆手："没什么冲不冲，你的话说得很好，我们的确是怕麻烦的。现在的人情也确实就是这么寡淡。人人都认为，我自己的事都忙不过来，还去管别人的事？多管闲事已经成了贬义词，是要被打击嘲笑的。你奶奶肯来问龚雪的事，不管她动机是什么，是闲得没事干还是别的，客观上都是一种热心。我那天说她多管闲事，是我自己被带偏了。活了几十年，活到这个岁数，人多多少少都要染上点玩世不恭，说起来，也是没有办法的事。我们……咦，这个号码是？"

正当史达才以为于立莉要跟他认识的很多中年人一样，就一点点小事就要抒发一番见解或感慨的时候，于立莉突然打住，抓着那张做了记录的纸，用手指着："这个号码好像是……"

她拿起自己的手机，点到某一页上做对比。她又问史达才："你说这个号码是个小姑娘打来的？"

"谁？哦，哦对！二十号那个电话，跟五月八号的那个消息，是同一个小姑娘……"史达才如今对这些可谓烂熟于心。

于立莉望着手机通信录："那应该没错了，这个就是顾盼盼的号码，你看……"她把两个手机并排，指着上面一个叫"顾盼盼"的名字。

史达才的大脑袋一倾，看得清清楚楚，果然是同一个。于是又有问题了："那这个顾盼盼……也是你的学生？"这一堆练操的，还真是扎到一块儿去了。

"是啊，喏……就是她。"于立莉说着站起来，走过去指着墙上相片中的一个人。

史达才忙好奇地蹦跶过去。他刚才只顾着欣赏普罗杜诺娃，没顾上其余。

这回经于老师一指，他才注意到这里有一张许多人的合影。照片上一群妙龄的女孩子，挨挨挤挤，言笑晏晏，犹如花团锦簇。一眼看过去，各有各的神气，各有各的风采，把史达才看得眼花缭乱，仿佛一头撞进了大观园，见到园子里众多的大姑娘小姑娘。最边上是年轻一些的于老师。

此时此刻，于立莉指着一个看上去格外羞缩的女孩儿，眉眼弯弯，含娇带怯，颊上隐约有酒窝。那副模样，好像一只初生的食草动物一般惊奇地望着这个世界。

史达才看了一会儿，不禁动起怜香惜玉的心肠："这……这个就是顾盼盼？"真真的人如其名哩。

"是啊！当年那一群学生，算是我最喜欢也最得意的，尤其是跟我练自由操的那几个……你看，这个是祝明霞。"

史达才随之而望。

只见后排靠左，一个高挑轩昂的少女，束着马尾，眼睛又大又亮，神采奕奕。她一边眉毛微微挑起看镜头，下颌微抬，好像草原上的食肉动物那样带着一股子骄傲不服输的意味，随时准备应战似的。

史达才盯着祝明霞看，心道：这一个好凶啊！怪不得说她风格像普罗杜诺娃呢，可是人家也没她这么咄咄逼人啊……还有，这个子也太高了吧，真是……练体操还长这么高，这落地能稳吗？

心有所思，嘴里不觉地就念出来："她个头有点高了吧，对于练体操的来说……"

于立莉点头："这没办法，现在的人营养好，个子说蹿就蹿上去了。以她的个头而言，祝明霞平衡性、稳定性算是很好的了，但还是不能跟最好的相比……不过拍这张照片的时候，她已经考过二级运动员，没什么影响了。"

史达才呆瞅着照片，忽然问了个问题："哪一个是龚雪？"

于立莉笑了笑，手指一动，换了个位置一点："喏，这个。"

这回史达才几乎踮起脚尖，像壁虎一样贴在了墙上。他目不转睛地想要看清楚引发这一整件事情的人的模样——

那是一个浅浅微笑的女孩子，长着一双杏眼。然而是一双非常平和的杏眼，一无锋芒，二无光彩，置身在一堆花红果绿的女孩子中间，简直可以称得上是黯然失色。所幸她的五官生得还算和谐宜人，单摘出来，看得久了，倒也还不错。

史达才不免就有些失望——他还以为是个怎样三头六臂的角色呢！这个样子的龚雪，不要说跟祝明霞比，就是跟前面的顾盼盼比，也实在是太平淡了点，何况还有其他的女孩子……

这么一想，史达才又留意地对照片上的其他人多瞧几眼，问道："其他这些人又是谁？她们跟龚雪关系好吗？"

于立莉道："这个恐怕得去问祝明霞，我只知道龚雪人很随和，很有人缘，但在女孩子中具体是个什么情况，我就不清楚了。她跟祝明霞关系不错，倒是真的——但也不是始终都好的。"

"哦？"史达才心里顿时就生出许多个问号。他曾从一本书里看到过，女生之间的关系所能达到的复杂程度，可以比肩男生之间关系所能结出的微分系数。可惜他既对后者不甚了了，对前者则更是一无所知。

这时于老师已经指着其他女孩子介绍起来："我记不得所有人的名字了，只能说几个印象比较深的……"

她点着一个窄脸的女孩子，道："这是刘舒，也在体操班待过一段时间，后来就一心一意去搞健美操了。她家里有门路，已经做过一些健美操比赛的评委，现在自己也在文化宫开班带学生……"

又点着一个大脑门儿的道："这个是瞿一笑，是个好苗子，各方面条件很均衡，本来想努把力，送她练职业体操的。但后来她跟腱出了问题，就没再练了，真是可惜……"

又点着一个圆脸的道："这个是贾妍，弹跳力特别好，其他条件也还可以。但只在体操班待了没多久就出国读书，后来应该也没再练了……"

接着又点了好几个女孩子，不是体操方面有天赋，就是"表现力强，平衡能力佳"。史达才起先还记得哪个对哪个，后来人一多，一张张如花笑脸，都是相似的美好，他的脑筋就跟不上趟了。

于立莉毕竟是做老师的，一边说，一边注意史达才的反应："这么多人……你都记得么？"

"啊？"史达才被抓个正着，恍惚就是当年课堂上被包剑荣逮着的样子。

"不好意思，职业病。"于立莉停下来，找到纸和笔扔给史达才，"我想你既然跟个探子似的跑过来打听这么多，这些人的名字，不管有用无用还是记一下比较好……后面你见着祝明霞也有话可说，对不对？"

史达才忙道："是是是……"接过纸笔就标记位置，写下各人的名姓。于立莉用手指点照片，一边念，他一边写，遇到同音字还要多问两句。

于立莉念着念着，想起什么来，走到那边的矮柜边上，拉开抽屉找东西。

她边找边说："你上学的时候大概算不上是好学生吧？这种遇到重点记笔记的习惯，好学生是不用教的，他们条件反射就知道什么时候需要动笔记下来。其他人则非得老师去提醒，才会去拿笔记……"

史达才听得一脸讪讪，心道：得，又一个老包。天底下凡是当老师的，可能都跟老包差不太远。

于立莉找到东西，转眼见到史达才的表情，道："我可没有批评你啊……你虽然这方面比较迟钝，但你能大老远跑我这里来，这就不大是那些好学生能做出来的……"

史达才委实对这话题感到不自在："我这是为我奶奶……对了，于老师，我能不能用手机把你这张合影拍下来？不然光有她们的名字……"

于立莉轻快道："不用这么麻烦。我刚才就想到了，喏，这张照片拿去……这合影我洗了好几张，墙上的是放大过的，其他都是小一点的，不过也够用了。"

史达才接了过来，不禁窃喜，心想这下回去可有得故事说了，不仅那仨老太太要夸奖他，便是连"振邦永远最伶俐"也要对他刮目相看。

于立莉说着又丢过来一个信封："把照片装信封吧，别弄坏了。"

史达才"嗯嗯"地照办。

于立莉看着他，又瞄了眼墙上的合影，忽道："……你对龚雪是什么印象？就凭这张照片上看的……"

"呃？"史达才一呆，这可有点棘手。事到如今，他再怎么愣头青，也看出来于老师对龚雪其实是看重的。既然如此,他就不能把人说得过贬了,以免面子上不好看。

于是他道:"她……她好像没什么特点。照片上,其他人都各有各的特点,表情鲜明,她跟其他人比起来,就不那么容易让人记住。当然,有可能是这张照片没拍好。"

于立莉边听边点头,显然史达才的话误打误撞到了一些东西,让于老师有感而发了:"你说的对。龚雪平常是没什么特色,不光照相是这样,练操的时候也是这样,她这方面不行。我给你看她自由操的录像……"

于立莉走到里面一间房间,拿出来一个笔记本电脑,打开相应的文件,点击播放。史达才本来在喝水,现在赶紧停下来看。

画面上,一个身穿雪青色体操服的女孩子在场地上闪跳腾跃。画质不十分清晰,但还是可以看出刚才照片上龚雪的脸庞。这大概不是什么正式的录像,并没有音乐出来,龚雪一个人在那里练习,边上还有其他女孩子在稀稀拉拉地观看。史达才对体操的兴趣是业余的,对那些个体操术语都是看得认不得。不过他也不在意,他看体操看的从来就不是那些东西。所以以他这个外行的眼光来看,龚雪的表演实在就有些索然了,何况还没有音乐。

当然这不是说龚雪的表现不好。事实上她动作一丝不苟,风格稳健,一个对角线助跑的720度团身前空翻,落地扎扎实实,纹丝不动——放到平常,史达才是要忍不住喝彩的。但这回他忍住了没动,只是无声地看。他努力想从其中看出一些特点、一些个人化的风格、一些能暴露龚雪自身特色的东西,然而没能做到。非要说一个的话,那就是他感到龚雪举手投足间好像总有一点黏滞。诚然她动作到位,看得出基本功打得不错,但其中总有那么一股子不相得宜的地方,仿佛一只鸟儿落到了水里,或是一条鱼来到了树上。尽管这鸟儿、这鱼儿后来也都学会了游水、爬树,而且还学得挺好,但仍然免不了——不相得宜。

于立莉按了暂停键,问道:"你什么感觉?"

史达才抓脸。为什么于老师总喜欢问他这些开放式问题呢?又要说实话,又不能伤人感情,他那点点可怜的脑汁都快被绞干了哩。

"她……她好像没怎么融入进去……录像那天她是不是有点累，或者心情不太好?"史达才体贴地回答。

于立莉倒是很认真地考虑了他的话："不是，她一直都这样。你说的没错，龚雪融不进去，融不到她的动作里去。一开始我也不能理解的。"

她再次按了播放键，对着画面侃侃而谈："乍一看龚雪的动作，都很标准，很规矩，也不缺乏力量，姿态也不错。我当时以为又遇到棵好苗子了，后来才知道不对。龚雪在表演的时候，她人其实没有完全放开，你用心体会了就能体会出来。她本人并没有跟这些动作融为一体，她仅仅是在完成一些任务，不出大差错就行。但真正顶级的体操运动员是不可以这样的。龚雪喜欢体操，但她并不真的习惯体操场地，她的优势也不在肢体语言上，这你可以对比一下祝明霞……"

说着，于立莉快速切换到另一个视频录像。

画面中央，反挑马尾、身着正红色体操服的祝明霞一团火焰也似在场地上旋转跳腾。她纵跃到哪里，那团火焰便燃烧到哪里，尤其是一个对角线助跑的阿拉伯空翻，她宛如一只火球在空中迅速划过。诚然，她落地不很稳当，但她毫不畏怯的、直落落看向高处的目光已经表明了她的态度。那就是——她不在乎这个，她知道自己落地有瑕疵，但那也仅仅是瑕疵。重要的是她做到了、做出了阿拉伯空翻，这是许多人为了安全起见不愿去尝试的。而她才不在乎什么安全不安全，这个空翻漂亮，所以她就要去做。做完这个空翻，不仅仅是她自己，包括观看着她的人都不禁感到气血奔流，通体舒畅。

"……祝明霞就是那种适合体操场地的人，她的力量可以在肢体表演中毫无障碍地释放。"于立莉说，"龚雪就不行。她有力量，甚至比祝明霞更加强有力，但是她放不出来。我也想过办法启发她，但是没用。她的契机不在我这里，不在体操场上，对她，我也是很惋惜的。她也许有她自己的路子，但我是不得而知了……"

于老师沉浸在她自己的想法里，完全顾不上史达才在一旁听得懵懵懂懂的。于立莉说了那么多，他脑子里只抓住了一句话，即"她有力量，但是她放不出来"。他暗自感叹："唉，我也有力量，但是我也放不出来。"一时竟对龚雪有点子惺惺相惜。

后面于立莉又说了些有关龚雪的情况，什么"她的家好像不在本市，户口是后来才迁过来的"，什么"记得她在本市有个亲戚，她有段时间就住在亲戚家"，什么"她不是独生子，家里似乎还有个姐姐"，云云。

　　老实说，史达才对这些干巴巴的事实没什么兴趣，但还是一一记录下来，免得又被于老师说些什么"好学生，差学生"之类的评语。

　　记完了，又干巴巴地顺口问："那她家在哪里你知道吗？还有她这个亲戚，又是什么人？"

　　于立莉轻摇头："不知道，她在亲戚家只是暂住，后来就搬出来，不跟那儿住了，也没怎么再提那个亲戚。至于她自己家，说是在大醉湖、小醉湖那一带，她没细说，我也没细问……"

　　"哦。"史达才搔搔头，看着面前喝空了的茶杯。

　　于立莉道："我毕竟只是个业余老师，不是天天见她，她自己也不是爱多说的。这样吧，我给你联系联系祝明霞，她应该知道得比我多一点，毕竟都是年纪相仿的女孩子，玩得也还可以……对了，你要不要再喝点水？……"

　　快到晚饭时间了，然而那个大脑袋的客人仍然在客厅里盘桓不肯离去，跟于立莉叽叽咕咕的，两人还在摆弄手机。

　　老太太午睡早起，一边在厨房里择菜、剥桂圆，一边拽着叭儿狗，让它老实别乱动。可惜叭儿狗"人来疯"，嗅着那陌生人的气息，不由自主兴奋，欺负老太太手慢，"哧溜"蹿到客厅，也顾不上关节痛，"汪呜汪呜"地追着史达才撵。

　　史达才大吃一惊，不能与之争，拔腿就走，由客厅到院子。院子门关了，他无处可逃，傻不愣登地站着，生生被瘸脚的叭儿狗追上来，一口咬住他裤腿，屁股往后赖。

　　正在倒水的于立莉急忙赶到："阿花，回来！不许咬人！"

　　阿花哪里肯听，一副咬定青山不放松的样子。

　　史达才无可奈何，奋力一挣，挣脱了："于老师，那没什么事了，我这就走……"

于立莉趁机抱起阿花，给他开了院门："那行……你东西都带齐了？"

史达才一摸："我的折叠伞，还有手机、照片……"

老太太跟过来，把东西一样样给他："喏。"

史达才慌慌张张接过："谢谢，谢谢！"

于立莉又道："我刚给祝明霞发过去问了，你等我消息啊！"阿花犹在她手里不甘心地空吠，它喜欢这个人的大脑袋。

史达才连声道谢，一声"再见"过后，在狗吠声中飞快地窜走。

于立莉关了门，抱着阿花回屋，随着老太太。

"那小伙子走了？他来干吗呢，看着不像是练操的啊……"

于立莉把阿花放下："他哪儿能练什么操？他来问问我以前的一个学生……也真奇怪，我本来没打算说太多的。可这小子愣头愣脑地也不知道问重点，告诉他东西，也不知道记。可偏偏就是这样，我反而说得很多，一下午差不多都是我在讲，想想也好玩……"

老太太道："嗯，时间不早，该烧饭了……阿花饿了，裕民马上又要下班……"

"嗯，"于立莉打开冰箱，"你看看该炒些什么菜？上午刚买的青菜，这里还有昨天剩下的排骨……"

史达才尽管被狗撵出了于老师家，惊魂一场，但想想耳朵里听的，口袋里装的，颇有此行非虚的意思，很有成就感，下了公交车走在巷子里的时候，一高兴，绕到晚市上买了两根大白萝卜，比早市便宜了两块二。史达才一听价格就咧了嘴，那副扳着皮夹子精打细算的嘴脸，简直跟老姑婆们一模一样。

当他拎着萝卜，兴冲冲抵达解德芳家的时候，解德芳正在跟向英夸奖史达才，说他"肯跑腿儿，菜买得新鲜又便宜"。李国珍则早早地吞了八个大蒸饺，吃得一嗝一嗝地，翘首对门，直嘀咕"怎么大才还不来"。她买的一只油炸童子鸡，本来是要犒劳史达才的，结果刘振邦班下得早，一进门，见到鸡，手不洗就揪了只腿儿下肚，李国珍喊都喊不及。责怪他一句，刘振邦振振有词："大才都长成土豆了，还吃什么吃？我这种长相营养不良的，才应该多吃才对！"李国珍懒得理他，只是盼望史达才。刘振邦见机，又悄悄撕了个翅膀，放在嘴里嚼。

终于，史达才风尘仆仆归来。门打开的时候，李国珍兀鹫扑食一般扑到门口迎他，张口就问："怎么样？怎么样？那个于老师……那个龚雪……"

向英道："大才你快说一说，老李一下午可等得辛苦。"见了萝卜，又道，"大才还买萝卜了？晚上可便宜了吧？"

被李国珍用手在空中使劲扇："哎哟，还什么萝卜不萝卜，快拿进去得嘞！"一把拽住史达才，"怎么样，怎么样？"

史达才本想上个厕所来着，结果被老兀鹫一拦截，脱不开身，只好憋着一泡，把下午在于立莉家的种种一一述说。尿急不可耐，越说越弹跳，东一榔头西一棒子，又是二级运动员，又是体操，越说越乱，颇有老姑婆们的风范。

刘振邦嚼着鸡骨头在桌边笑："大才——你这样子，实在不是当探子的料。看来下次得由我在旁作陪，否则……"

史达才被他一激，尿急加生气，猛地把照片往外一掏："这个于老师，也是多少年不见龚雪，她能知道什么？她教龚雪的时候，龚雪还在上中学呢！哪——这就是她们那帮人当时的照片……看看，这个就是龚雪……这个是顾盼盼，就是之前给李奶奶打电话的小姑娘……这个哪，名叫祝明霞，马上于老师帮我联系的人，就是她……"

好像战利品一般，他将照片往老姑婆们手里一推："这于老师不大好说话，也就是我去，才跟她聊得起来。不然，你连普罗杜诺娃都不认识，于老师她肯把照片给你？"这最后一句，是冲着刘振邦说。

刘振邦一呆，果然不知道那什么娃是何许人也，脸上失落一层得意。他再怎么博闻，也难免有疏漏的地方。

史达才难得将他一军，志气顿长，胸脯子挺挺地进卫生间上厕所，潇洒地把门一关。

刘振邦在外面干瞪眼，嘴里的童子鸡也失去点滋味，"这个大头鬼，还真抖起来了……"心有不甘，马上摸出手机，搜索那什么娃，又两步跳到老姑婆处，瞅那照片看。

向英和李国珍一人鼻子上架一副老花眼镜，指点那合影。

"原来这丫头就是龚雪！啧，看着不像是会惹是生非的啊……"

"这就是那个打电话给我的小丫头？嗯，长得倒是乖乖巧巧的……"

"大才马上要见的就是这个丫头？哎，我看啊，这么多人中，就她的模样最好……"

这个时候，解德芳最为自己眼睛看不见而可惜："是个什么照片？听着像都是女孩子？"

李国珍道："都是女孩子，长得还都不赖！大才刚不说了么，她们是练健美操还是体操的？"

向英瞧得比较仔细："好像这里有两个男孩儿，就这边的……"

"哪一个，哪一个？"

俩老太太又攒眼神儿去辨认雄雌。

刘振邦几眼瞅过，没工夫细究，只顾扒拉手指去查普罗杜诺娃。他记性不错，慢慢地也给他搜出来了，一目十行，浏览上面的介绍。

史达才洗了手出来，刘振邦已经坐回到桌边，一缕一缕地撕鸡胸肉吃，"什么普罗杜诺娃，不就是个练体操的么？想不到大才你别的方面不行，对这些个奇技淫巧知道得倒挺多……"

史达才愠道："好好的体操，怎么就成了奇技淫巧？明明是你这个'振邦永远最伶俐'，突然地也不伶俐了，才故意来抹黑……"说着落座，攥个鸡爪在手，把几根棱棱的骨节，冲着刘振邦那么一点。

刘振邦手指一屈，就要将鸡爪子弹掉，发力前想起一事："大才，前面可说好了，下次再去见谁，我跟你一道，比如马上你要去见的那个高脚美女……你说她叫什么来着？"

"呃？"史达才一愣，随后才想起刘振邦口中的"高脚美女"指的就是祝明霞。"之前什么时候说好了，我怎么不记得？"态度悻悻，还在气被说"奇技淫巧"的事，鸡爪子搁嘴里，装模作样地啃。

不过气归气，一想到照片上祝明霞那张又美又凶的脸，拉个"振邦永远最伶俐"去给自己壮胆就极有必要。面对盛气凌人的角色时，史达才常莫名虚怯，从当年的白面叔叔到包剑荣，到现在的两位室友，无不如此。与人打交道时，他其实并不在乎对方长得美或丑，重要的是不要对他形成压力。只要没有压力，长得再丑也无妨；只要有压力，长得再美也膈应。总之，无压力胜过一切。

正想着，脑袋上突地一痛，刘振邦将一根毛发捏到他眼前："又跟我拿乔——大头鬼，以后你拿一次乔，我拔你一根头发，拔光为止！"一嘴牙齿白利利地龇出来。

史达才抱着脑袋，又惊又怒又痛惜。他气极了，把鸡爪子朝刘振邦一扔，道："我不带你去了！——本来准备带你，结果你这样子，我改主意，决定不带你去！"

刘振邦二目直瞪，身子一长，手一捞，又扯掉他一根毛："大头鬼真抖起来了是吧？还不带我去……信不信我立马叫你变秃顶，让你没脸去见人高脚美女？还不带我去，你能耐啊，前天那事我还没跟你算呢……你带不带我去？你带不带？带不带？……"把那扔过来的鸡爪子，一下一下地往史达才的脑袋上戳。

史达才抱头鼠窜。鸡爪子啄头，以为自己已经掉了半脑袋毛了，悲伤无斗志，再听到"前天的事"，知道就是指那天自己不肯说跟公司闹翻的事，心头气更泄。他马上投降："带你去，带你去！我带你个大牙鬼去还不行吗！……"嚷成一片。

老姑婆们专心看照片，被他们吵到了："刘振邦，你拿个鸡爪子干什么？你别欺负人大才啊！"

刘振邦目的得逞，兴高采烈："我哪里有欺负大才来！我是把凤爪让给他吃咧……"把鸡爪子往史达才的上衣口袋里一插，好像一朵剥了皮的花。

Chapter 8

"世界是一片辽阔的战场"

造访于老师后的第二天，史达才收到消息，曰："祝明霞同意见你……"接着给了会面的时间、地点，以及祝明霞的手机号，后面的落款仍是"于老师"。

史达才把这告诉了刘振邦和老太太们，激起又一波兴奋。李国珍道："好玩，好玩，这比什么都好玩，见完这个人，又见那个人，哎——可惜就算找到龚雪那丫头，也没人给咱们发奖金。"仿佛这是唯一的落寞。

向英则拉着史达才，要他"记得打听照片上那两个男孩儿是谁"，理由是"一大堆花丛里，就两只小麻雀，于老师提都不提一句，这好像不对啊"!

史达才点头答应。

还是解德芳关心了一句："安全第一! 那个龚雪不见了，蹊蹊跷跷，大才你不要也捅了马蜂窝，被人给记恨上。"

史达才抓头："这个……应该不会吧……"

口是心非，接连好几天都琢磨这个事。白天给老太太买菜跑腿儿，晚上回到住的地方，隔一道房门，室友们在外面歌舞升平，他一个人开着台灯，在灯下横过来、竖过去地研究那张合影。

几日看下来，史达才对上面那些姑娘的面孔大致形成了自己的看法。他把她们给分成两大类，一类是他"喜欢的"，一类是他"不喜欢的"。其中面相温柔可亲的，都被归入"喜欢"一类，而容貌刻薄寡恩的，则被归入"不喜"。像之前于老师提到的顾盼盼、瞿一笑、贾妍几个，都属于他"喜欢的"一类，而那个叫刘舒的，则被列为"不喜欢"。那个马上要去见的祝明霞，给人的感觉并不刻薄，奈何气势实在太盛，导致史达才无法将她归到"喜欢"里。至于这一整件事情的主人公龚雪——

史达才把新近购来的生发剂轻轻地往头上搽，心里几分迷惑。跟祝明霞一样，他在把龚雪归类时遇到了困难。说他"不喜欢"龚雪吧，这好像有点言重了，但要说他"喜欢"龚雪吧，好像又哪里有一点点不对劲……

史达才停下动作，凝望相上的龚雪，想着于老师说的"她有力量，但她的契机不在体操场……也许她有她自己的路子……"

越想越看，越看越想，相上的龚雪对他浅浅地微笑，他胸中突然升起一种奇异的急切的感觉。他突然很想尽快地找到龚雪，问问她到底遇到了什么事，再问问她是否已经找到了自己的路子，那个路子是什么，她又是怎样找到的……与她长聊一场。

外面的室友爆发出大笑，史达才惊起回神，那张合影仍端端正正地搁在手边。他再次望一望上面的龚雪，心道："你究竟去哪儿了呢？"

暂时无解，只好先用棉签蘸了生发剂，轻轻地摩擦头皮。

约定见面的日子是国庆假期的前一天。

由于丢了工作，回乡无颜，史达才一早就谎称加班，通知史帅和鲁冰花这次放假自己不回去。做父母的不疑有他，关照了几句作罢。至于刘振邦，那日仅上了半天班，就用"赶班车回家"的理由搪塞了人事，提前溜号。却是一溜先溜去了食堂，在关系要好的食堂阿姨处领了一盒子中午剩下的鸡翅——只付了一折的价钱，顺带赞美老阿姨新烫的发型好看，逗得老阿姨一身肉乐得直抖。一片欢笑中，刘振邦携鸡翅赴约。他跟史达才在市中心碰了面。

两人一见面，刘振邦就把敞口的盒子递过去："大才，请你吃鸡翅。"微笑迷迷。

由于上次多拔了他两根毛，这两天大头鬼脸色始终不放晴，咕嘟着嘴不说，还眼睛乜乜地看人。偏老姑婆们又都维护他，夹七夹八地要给他们俩说和。刘振邦心里好笑，却也知道这鬼脑袋大、心眼儿小，把头上那几根毛视若性命，不想点法子笼络笼络，他那一根愣筋怕是一时半会儿转不过来——

想点什么法子呢？无非食和色。为节约开支，他选择前者。

在史达才这边，却是没想那么多。一看见黄澄澄的鸡翅，香气扑鼻，他想也没想就伸出手去，拈一块来吃。吃完一块，馋瘾上来，忍不住再拿。吃着鸡肉，忘了头发，满口肉香中，他对"振邦永远最伶俐"的那点子怨气消化得干干净净。

刘振邦看出这点来，渐渐跟他拉呱："几点了？我们就在这儿等高脚美女？"

史达才看看手机上的时间："还有一会儿，约的四点四十。听于老师说，祝明霞好像就在这大楼里给人上课？"边说边又取了个鸡翅。他中午跟解德芳家吃的烂面条，少油无盐，人还没到市中心就饿了，因此对刘振邦临时提供的鸡翅十分之欢迎。

刘振邦听了，忙说："美女在里面给人上课？那就进去找啊，哪儿有在这里傻等的？"把史达才一拽，进到楼里看指示牌。

这是一栋综合性商业楼，从一楼开始租赁给各大公司开设精品卖场、休闲饮食、办公场所等。跟这年头所有的繁华地一样，楼里面人来人往，电梯"叮""叮"地响。

刘振邦仰着头，将标有各楼层企业名号的指示牌看过一遍，指道："是不是那什么群星少儿兴趣活动中心？上面也就这一个跟体操沾边……"

史达才本来在猛啃鸡翅，进门后被高大挺拔的保安横了几眼，喉咙口一噎，胃里就觉着饱了。"应该是，走吧走吧，上楼去看看……"保安的眼色频频扫过来，扫得他待不住，连催快走。

两人随人流钻进电梯。"那个……你看的那地方是几楼？"

"一——二——三——四——二——二——三——四……"体操室的地毯

上，一长溜身穿五颜六色练功服的小女孩子们正随口令做着最后的放松动作。轻柔的背景音乐中，祝明霞长手长脚地来回走动，口中数着拍，不时督促道："抬头，挺胸，肩膀往两边打开！"

墙上的钟快要指向下课的点，七长八短的小女孩子们已经变得心不在焉，不时扭头去巴望等待在活动中心外的妈妈们。往常她们这样做，祝老师会立刻发现，提醒她们"不要乱晃"。但今天祝老师好像没看见一般，数到"八二三四"的时候，她也在望着墙上的钟点。

终于到了四点半，音乐声一变，祝明霞宣布下课。小女孩子们欢喜地跟她说"再见"，然后纷纷地向门口拥去，如归巢鸟一般投向各自的妈妈。那些时髦的妈妈们则微笑地接下各自的小女，对她们嘘寒问暖："感觉累不累？""要不要上卫生间？""喝口水吧。""袜子怎么弄脏了？"一时把活动中心门口挤得水泄不通。

祝明霞快步往更衣室走去。时间已经不多，她得抓紧一点，赶到楼下，跟那个据于老师说正在用龚雪的手机号的人见面，哦不——使用龚雪手机号的是个老太太，马上要见的是她的孙子。"那人年纪跟你差不多，脑袋大大的，样子挺敦厚，"于老师在电话里这么说，"就是举止愣头青了点，感觉不像是骗子。"

不像是骗子吗？可这种花费精力为不相干的人奔走的劲头，除了骗子，还有谁会有呢？

对此于老师的解释是："老年人么，时间多一点儿，鼻子长一点儿，叫自己孙子来过问一下，也不是没可能。那个年代的人，你看我妈就知道，天下人管天下事，精神确实比较饱满，容易把别人的事揽自己身上。在现在人看来是闲得慌了，但在他们来看……"一说就不免漫无边际。

祝明霞听是听着，可心里始终觉着点儿不可信。她读过一点侦探小说，印象中那些整日价跑来跑去到处打听的所谓侦探们可是要收费的，而且收取的费用还不菲。像这种不拿好处而为陌生人的下落操心的事情，别说在现实中没什么可能，便是搁小说里也不大合情理。何况这种坚持不懈关心一个不认识的人的，要说背后没一点儿猫腻，她还真不能相信。就算是老太太管闲事吧，估摸也是好奇心驱使，哪天好奇心一熄，还不是不了了之。到时候，他们的好奇心是满足了，身子一掉，还能用别人的伤心事作为谈资，向外界吹嘘，却不管给别人留下那一地鸡毛……

祝明霞一边迅速地更衣换鞋，一边在心里面冷笑。自然，于老师为人是很可靠的，她也一直很信任于老师。她所不能信任的是这种行为、这种关怀、这种对他人的不合常理的关心。还是那句话，这种花费精力为不相干的人奔走的劲头，除了骗子（以及那些自诩好奇的闲人），还有谁会有呢？

把东西一股脑儿塞进衣柜，上了锁，祝明霞脚底匆匆往外走，赶去见那个叫什么史达才的人。穿过一道走廊，将出玻璃门的时候，她倏地停住，想起来——

其实还是有人设身处地给予关怀，为他人着想的，她自己就遇到过。

那人就是龚雪。

往事一幕幕从心底泛上，荡起无数涟漪，给祝明霞的感觉就像当初一样新鲜，新鲜而有力。当年她对这种感觉有多么抗拒，而今对这种感觉就有多么怀念——她怎么能不怀念呢？迄今为止，还有谁能给予她那么深刻的理解、那么合胃口的鼓励，除了那一个龚雪？

四周的喧嚣仿佛一时消静，时光倒流，祝明霞脸上流露出罕见的温情。她想起在体操班的日子，那段明亮而躁动的时光。她想起一场风波、一次事故，以及一首诗。这样想着，她下意识地卸下背包，想取出里面的东西。世事纷扰，她居然已经把它忘记了一刻，居然到现在才蓦然想起……

祝明霞跟其他人一道站在那里等电梯。她一只手在背包里摸索，她记得她是把它放在这儿的……就在这时，身后突然有人道："祝……祝明……你是祝明霞？"

祝明霞把包一夹，旋身而望。她脸上的温情荡而一空，她目光锐利地扫向声音发来的方向——

一长一短两个年轻人，年纪确实与自己相仿。短的那一个，样子好像大蒜头，而长的那一个，则像是一根葱。

史达才鼓起勇气喊出第一句，结果被祝明霞两眼一扫，吓得胆缩，一紧张，手中的鸡翅盒被捏得直响。刚才透过玻璃墙看见祝明霞给人上课，瞧着还挺和善，所以刘振邦怂恿他叫，他就叫了。哪儿知道一转脸，还是这么凶巴巴，跟照片上的一脉相承。更可恶的是，刘振邦这时不仅不帮他，还手一伸，将鸡翅盒抽去，霸占了最后一根鸡翅，置身事外地吃起来。

电梯到了，门一开，等待的人都往里走。

祝明霞没动，她来回打量着史达才和刘振邦。片刻，她下颌一点："你就是史达才，于老师说的那个……？"

史达才忙道："是的是的……我就是……"然后一拉刘振邦，"他、他叫刘振邦，我们一起……"

刘振邦被点名了，无奈何，只得拿下鸡翅，咧出一个假笑。

祝明霞心道："还组团来了。"

她往两旁看看，便自顾自朝那头的公共沙发走过去。"不是说好在外面等的么，你们自己上来了？"拣个空位，大大方方落座。

"哦，这个……我们……有点好奇……就上来看看……"史达才一边抓脸，一边跟着，见祝明霞坐下，便小心翼翼坐她对面。刘振邦则往他旁边一挤。

祝明霞道："那你们来得正好，我刚刚正在想龚雪的事情。"

"哦……"史达才等着祝明霞继续往下说。

祝明霞偏不继续说。她毫不掩饰地观察着两个人，想要从中看出些蛛丝马迹，看出两个家伙的善恶或真正的来意。然而那个叫史达才的大头娃娃不断眨巴眼睛，始终一脸无辜，而那个叫刘振邦的则跟个看客也似，东张西望，好像真的只是过来陪人一趟，没他什么事情。

祝明霞看了半天，到底没看出什么来，心里一烦，火性上来，索性打开天窗。她身子往后面一靠："说吧，关于龚雪你们想问什么，于老师应该已经说了不少了吧……你们还想知道些什么？"两只漂亮的眼睛盯住史达才。

"我……"史达才本就紧张，被她这么一盯，更加浑身不安，脸颊红得跟发烧似的，一双眼睛瞪得更呆了。

他这么个样子，对面的祝明霞还未怎样，倒把身旁的刘振邦瞧得恨铁不成钢，恨不得整把地扯下他头上的呆毛，丢到他脸上："你个大头鬼是从来没见过美女怎的！"

刘振邦便咳嗽一声，悻悻地："这个……他不舒服……我来替他问吧！"

这时，祝明霞也差不多看出史达才愣得厉害，未免觉着好笑。她耸耸肩，转向刘振邦，示意悉听尊便。

史达才顿时松口气，如释重负般，感激地望着"振邦永远最伶俐"。

然而刘振邦能问些什么呢？只见他膝盖骨颠颠的，把事情一件一件、连珠炮似的来问："听说龚雪在本市有亲戚，你认识吗？"

"不认识——我为什么要认识她亲戚？"

"那她自己是住在哪里，住在本市的……哪里？"

祝明霞眉头一皱："好像是运河大道的北边？"

"她老家是什么地方？于老师说她不是本市户口。"

"老家在醉湖那边吧，醉湖往西再过去，听她说起过……她户口的事不清楚，不过是不是本市又有什么关系？反正后来上大学都会迁过来……"

"听说她家里还有个亲姐姐？"

"是啊，是有个姐姐。"

"你见过吗？"

"见过一两次。"

"长什么样，跟龚雪像吗？"

"没印象了。"祝明霞皆答得轻快而不犹豫。

刘振邦斜着眼睛，忽问一句："你跟龚雪关系好吗？"

祝明霞停顿一下，说："那要看你怎么定义'好'了。"

又被堵一个，刘振邦不大爽快地觑视祝明霞，想知道她到底是何心意。祝明霞知觉了，马上毫不客气地回敬看过来。

刘振邦没辙，掉眼去看史达才，却见这大头鬼居然人模狗样地端个小本子在上边做速记，一时间啼笑皆非，他还真把自己当民警了！

没好气地将人一捣："大才——当年老包对你那么严刑拷打也没见这么认真啊！"伸手把他本子一夺，"我没问的了，你来问吧！"面前的祝明霞美则美矣，可惜皮糙肉厚，不利牙口，要不是为了这大头鬼，他才不乐意多奉陪。

于是史达才又被祝明霞一双妙目给死死地盯住。那目光中流露出那么明显的反感，史达才的头皮便怎么也硬不下去。

他只好说谎了："我……我也没有要问的……"沮丧感刹那间填满胸腔。

祝明霞半边眉毛一挑："没问的了？那好——我有问题。"

她姿势一变，整个人朝前倾压过来，目光炯炯地盯住对面两个——晃眼间仿佛披挂上阵，拉开了战势。

她问道："你们为什么要找龚雪？"

史达才和刘振邦面面相觑。

刘振邦将史达才一踢，史达才只得道："我、我奶奶她想知道……"用老年人当挡箭牌永远不会错。

"想知道，想知道……说来说去，就是好奇吧？"祝明霞无视这个挡箭牌，一下正中靶心，"于老师认为你们没有歹意——也许你们是没什么歹意，但好奇心还是有的吧？而且主要是为了满足你们的好奇心，这一点我没说错吧？"

史达才和刘振邦一时哑口。

祝明霞权当他们默认，口气愈发不善："好奇心，好奇心——说起来还真是个好借口。明明不过是些看风凉的旁观者，一打上好奇心的名义，就变得人模人样起来，问这问那，到处打探别人的隐私，就跟那些故事里的侦探一个样。明明不关心别人的生活，却要别人告诉你们他们的生活，然后你们就像研究实验室里的老鼠一样来研究这些事情。但你们对这些老鼠没有感情，你们仅仅想知道最后的答案是什么，如此而已。

"拿龚雪来说，如果真的发生了什么悲惨的事情，如果龚雪真的遇到了不幸，你们这些旁观者又能做些什么呢？是捐一点儿钱，陪着叹息几声，还是拿到社会上去宣扬呼吁一番，然后就拍拍屁股，功成身退？你们以为是在帮助龚雪，自我感觉好极了，但有没有想过龚雪心里是怎么想，她对你们的帮助是不是真的欢迎？说到底，你们知道龚雪什么，又对她了解多少？如果你们真的像电视上那样去对待她，又是慰问又是礼品，咋咋呼呼，大张旗鼓，我恐怕龚雪对你们不会有丝毫感激……

"所以不要怪我不喜欢你们。你们其实不知道该怎样去帮助一个人。别看你们忙来忙去，煞有介事地，到头来不过还是看风凉，跟那些围着祥林嫂的旁观者没多大区别。你们也许脑袋不笨，心肠也不坏，但你们对龚雪也是真的没什么感情。你们就算找到了龚雪，见到了她，又能对她说些什么呢？是一些不痛不痒的陈词滥调，还是一些自以为聪明的话？……"

祝明霞激动得两颊发红，眼睛发亮，她那一连串质问将史达才和刘振邦击打得几无还手之力。看着面前两人一副张不开嘴的落败相，她显然认为胜负已分，大局已定。

从背包里拿出水来喝了一口，祝明霞慢慢站起来。她长长的脚一动，看样子准备凯旋离去。就在这个时候，史达才突然小小声地冒出一句："如果见到龚雪，我、我想问她一个问题……"

祝明霞驻足，揶揄地望着史达才："问问题，问问题……通过问问题来揭别人的伤疤？"眉毛讽刺般地挑起。

史达才忙摇手："不、不是揭伤疤，我、我是想问她，她有没有找到她的路子……于老师说龚雪有力量，但是使不出来，于老师也没什么办法。我、我就想知道，龚雪现在是不是找到了她自己的办法，这个办法是什么……我想知道这个，因为我、我也……"声音越说越小，咕咕哝哝地，一团糊在口里。

祝明霞越听，眉毛越是上扬，她重复着："龚雪有力量，但是使不出来？"目光闪动，嘴角含笑，像是发现了极有意思之事而忽然沉吟。

史达才志忑地看着祝明霞，不懂她这是什么反应。

刘振邦则用手擦擦鼻子，他好像又发现了大头鬼一个扭捏的小秘密了……

一时间，三人"各怀鬼胎"。

片刻，祝明霞把包一背，道："走吧！找个地方坐下来，边吃边聊，把话说说清楚。尤其你这个大头娃娃，你应该有不少话要说吧？到时候大家开诚布公，不许再藏着掖着、吞吞吐吐，当然我也会知无不言就是了……对了，你们想吃什么？这边楼下就有吃饭的地方，是我选还是你们来选？……"

史达才喏喏地跟着祝明霞，一时还颇闹不清，怎么一下大家就又可以坐下来吃饭聊事情了。然而闹不清归闹不清，事情又往前推进，他心里还是很高兴的，就算被叫"大头娃娃"也认了。于是祝明霞说什么便是什么，不知不觉，两个人已走到电梯口。

刘振邦无形被落在后面。这时节，轮到他挑起眉毛，望着史达才跟在祝明霞后面屁颠屁颠。他皱着眉头，慢慢在肚里转着肠子。眼看那两个就要跨进电梯，他脑中弦一跳，忙身子一蹿过去，叫道："等等，不要在这儿吃！我知道有个地方，我们上那里去吃……"顺势将史达才一拉，低低吓道，"大头鬼，你工作都没有，在市中心吃哪门子的饭？"

说话间电梯到来，刘振邦两腿一岔跨进去。"走，上我说的馆子去吃，那儿的老板我认识，同样一顿饭，钱可以算得便宜……"冲他们招手。

史达才被他一吓，尽管心中小不服，但看在省钱的面上，还是乖乖跟着刘振邦走。

祝明霞眼见他两个耳语，举止不光明，又蹙起好看的眉毛："难不成这俩货还是骗子？"心中警铃又嘀铃铃地响。她狐疑地跟上去，倒想看看他们要把她带去哪里。

刘振邦带着史达才和祝明霞来到"喷喷香"酒家。甫一进门，他们一行就引起了里面各路食客的注意。这个悬着筷子，那个打住话匣，脑袋跟着他们三个转了个角度。沈二皮嘴里还在嚼着小炒肉，就去问旁边的"亲亲爹"，"这个女的是谁？跟她一起的好像是向老太家的什么侄孙子？"

"亲亲爹"正在给趴在桌底下的他家的"亲亲"喂肉圆子，见问，随嘴道："也许是他女朋友？"

"啊？"沈二皮大吃一惊，不住眼地去瞅刘振邦和祝明霞，"这……不能吧……"

老板王小萍也在打量走近前来的三个人。她近来《动物世界》看得多，隐约地，她感到像是一头漂亮的母狮押着两只鬣狗来到她的店里，只是其中一只鬣狗的脑袋未免太大了……

这么一想，她不由自主笑了出来，开口道："今天带朋友来照顾我生意？"问的是刘振邦，不要说，他那伸头伸脑的样子还真挺像鬣狗哩。

刘振邦道:"是啊!我这同学,这阵子时运不济,炒老板鱿鱼,却偏要打肿脸请吃饭。我就说,那就只有上小萍姐家去。小萍姐心好,看你可怜,少收你几个钱,该是没什么问题……"说着,把史达才往前一推。

史达才猝不及防,跟王小萍的眉眼对上。那眉眼镇定自若,轻松一瞥,就向他逼视过来。史达才不自觉怯场,心里暗骂"振邦永远最伶俐":"怎么整天把我没工作的事对人讲,经过我允许了么,真是……"

正在腹诽,就听祝明霞道:"大头娃娃没工作?不早说!别费心思求人老板打折了,这顿饭我来请。就这样,谁也不要争,快坐下来点菜,还有事要谈!"拣个空座位坐了,抓过菜牌子来看,又道,"你们要吃什么?我要先点几个大荤……"

史达才立愣着,不知道这样好还是不好,就听刘振邦在耳边低低道:"又白蹭一顿便宜饭。这年头,小姑婆比老姑婆还豪气。"硬推着史达才,两人坐过去。

祝明霞一人一边,刘振邦和史达才共坐一边。王小萍看得清楚,其他食客也都看清楚了。沈二皮便道:"行了,那美女不是侄孙子的对象,没错的!"一转脸,"亲亲爹"去上了厕所,只留下一只"亲亲"在底下转来转去地找肉吃。

没一刻工夫,点的菜陆续上来。史达才起先还不大好意思,只敢用勺子一点一点地挖拌豆腐吃。一抬眼,见旁边的刘振邦,大筷大筷地夹肥鱼;更有对面的祝明霞,支着四个尖尖的犬齿,在那儿撕啃鸭腿,宛如一头进食的母狮。他肚子咕噜,心一横,想着不吃白不吃,便高高兴兴地去寻菜里的好料。年轻的胃口开张,筷子便下得你来我往。

饭吃好了,话也渐渐多起来。史达才等祝明霞吃过鸭子,像一头刚饱餐了的母狮一般,心满意足,表情非常愉悦时,才试探着问道:"你跟龚雪……你们……于老师说你们俩关系还不错?"

祝明霞瞭他一眼,搁下筷子,有条不紊地在纸上揩手:"老实说,我也不知道该怎么形容我跟龚雪的关系……"

那一年,正在上初中的祝明霞加入于立莉执教的体操兴趣班,她就在那里遇见了龚雪。初次见面，祝明霞对龚雪并无多么深刻的印象。只见一个浅浅微笑的女生，立在那儿，和容悦色地与人说话。那副彬彬有礼的模样，在她看来，不过又是一个小淑女，到体操班培养气质来了——就跟班里其他那些小淑女一样。

祝明霞对小淑女们不感冒。她自己是凭着对体操和普罗杜诺娃的一腔热爱而来，心意拳拳，看不得人附庸风雅。心有所想，自然而然就流露在脸上，因此几乎一开始祝明霞就跟体操班的一众女孩子不相投。同时，面对那些"目的不纯"的小淑女，她又自信可以压过她们，在班级里独领风骚，独占鳌头。

然而两堂课一过，她就不无惊奇地发现，她好像错看了那些小淑女；确切地说，是错看了小淑女中的两个人。其中一个是瞿一笑，另一个就是龚雪。

瞿一笑就不说了，人家妈妈当年就是练体操的，家风熏染，得天独厚，祝明霞勉强可以咽下半口气。但那个龚雪又是为什么呢？几乎在所有需要一遍遍耐心打磨的动作上，龚雪都发挥得十分稳定。无论是旋转、跳步还是空翻的落地，她都一点就通，动作极少变形，而这些细腻的基本功恰恰是祝明霞的软肋。她唯一胜过龚雪的，大约就是风格上的感染力了。自然，感染力很重要，然而基本功也很重要……

祝明霞有点沮丧，沮丧而不甘心。更加令人不快的是，龚雪的人缘远比她要好，在一群多为心高气傲的女孩子之间，她居然也可以游刃有余。

"顾盼盼、瞿一笑她们就不说了，就连刘舒刘大小姐，也对她没有脾气——不是真的没脾气，而是不知道该怎么发。说难听的话么，龚雪会巧妙转移话题；真的动手么，龚雪又会不战而屈人之兵……"

"啊，你们还会动手？"刘振邦笑问道。

祝明霞悻悻地说："讲个笑话罢了，哪里能真的动手。是我自己那时看着龚雪，会瞎想想，也许真的动起手来，我反而能占点优势，不过谁知道呢……"她呼一口气，拿起筷子，"总之，我一开始对龚雪有敌意，看她不顺眼。在体操班那个小母鸡窝里，都是彼此较劲、暗暗不服的，她却能跟几乎所有人保持友好，这除了虚伪还能是什么？而且还得是虚伪之集大成。而我恰恰最讨厌虚伪。

"以至于我一度认定，于老师所谓的龚雪表现力不够好，是她故意那样做，故意表现得不那么出挑，以免树大招风，引来刘舒刘大小姐的针对。而且表现得太好了，就不容易跟其他人打成一片……"

这已经是第二次提到"刘舒"的名字。史达才想起那张合影，急忙从身上取出来，亮给祝明霞看："这个……就是你说的刘舒？"

祝明霞看了看，点头道："啊，这照片哪儿来的？于老师连这都给你了？……是的，这就是刘舒，人称刘大小姐……"

她眼里突然有火焰一跳。

体操班的姑娘们很快就看出，刘舒是个有点来头的同伴。不仅于老师对她客气有加，她自己也时不时地透露零星的信息，供大家猜想。而至于她的父母是在某某局还是在某所高校里担任职务，她的干妈又是不是什么文化中心的副主任，则长时间得不到一个确切的答案。

知道自己的同龄人有来头，本身就足够让一群心高气傲的女孩子不舒服。更加让人不舒服的，是刘舒待人的态度。一向唯我独尊惯了的刘大小姐，虽然也愿意放下架子，打开交际，争取人缘；但在旧有习惯的影响下，似乎总是不大成功。广结善缘很重要，但在竞争中取胜，于她似乎更加重要。

于是她几乎本能地排斥那些表现优异的同伴，譬如祝明霞，譬如瞿一笑，譬如龚雪。

瞿一笑和龚雪都是小淑女，面对刘舒隔空抛来的言语上的小小攻击，她们自有一套圆融的应对。而祝明霞虽然不喜那些小淑女，但对刘舒这种故意生非的行径却更加轻蔑。她可没有小淑女们的好脾气。于是她跟刘舒发生了数次口头上的冲突，骄傲的小母狮展示了自己的决心和牙齿。刘大小姐被吓住了，她未料到会遇到如此暴烈的反应，这超出了她的预期。每当这时，她又会决定重拾人缘，或是分享零食，或是提供关心，待人以不自然的客气。

刘舒是不自然的客气，小淑女们是淡淡的客气，祝明霞是拒绝客气的客气……客气的氛围掩盖了女孩子间隐约的竞争的火花。那么，后来这些火花又是如何爆发成为公开的敌意的呢？

大概是因为曾成，因为后来一些事情。

"曾成是谁?"史达才问。

"后来出了什么事情?"刘振邦跟着问。

祝明霞脸上浮起一丝讥笑。她一边啜饮料,一边用手指点照片:"这个——就是曾成,也是刘大小姐上学时的男朋友。"顿一顿,又加一句,"至少她自己这么认为。"

史达才和刘振邦聚目一看,正是向英口中"两只小麻雀"中的一只。那是一个长发少年,一头蓬松的头发洋洋洒洒,一直垂到耳朵下面,遮住半边脸,让人看不清他的相貌,更看不清他的表情。

史达才道:"这个……"轻咳一声,暂且跳过他,去问另一个,"这上面有两个男的呢,这个叫曾成,那另一个是谁?"

"另一个?"祝明霞看了看,"记不得叫什么了,只知道是于老师带的别的健美操班的学生。我们跟他不熟,都没见过几面,反正重要的也不是他,而是——"她的手指再次点一点曾成。

刘振邦夹吃汤里的鸭肉,笑道:"这一位跟刘舒到底什么关系?什么叫作'至少她自己认为曾成是她的男朋友'?"

祝明霞手肘往桌上一撑,她笑得嘴角弯弯:"怎么说呢……"

曾成跟刘舒似乎很早就玩在一起,他们的父母好像也互相认识,为某种意义上的世交关系。两个人一起上健美操课,同来同去。后来刘舒参加了体操班,曾成就常挎个书包,随堂下来,坐着旁观女孩子们的体操课。看累了,会打一会儿盹,或者低头玩掌上游戏机。由于他不吵人,又是自己教的学生,父母又有那么一点点来头,于老师便也不好管他,叫他走开去。

曾成算是一个美少年,一个常年生活在风和日丽中的、衣食无忧的美少年。他那双多情的眼睛,总是带着股盈盈的笑意,将这世界和世界上的每一个人打量,打量——却很少去做什么事情。他尤其喜欢打量姑娘;那些或威严或端庄或乖巧的来自体操班的姑娘,简直比以往他在任何地方遇见的姑娘们都更加有趣,也更加令人着迷。要知道,在此之前,他对姑娘们的经验全都来自学校里那些女生,那些戴眼镜穿校服的不怎么有趣的小东西。当然还有刘舒,刘舒要生动一点，说话咭咭咭咭，算是有一点趣味了，但是还不够，还不够有趣。

所以他非常高兴刘舒参加了体操班，使他得以沾光留下，跟那些各有趣味的姑娘们亲近。譬如，他总给顾盼盼带吃的，用一包包好滋味的零食来温柔地抚慰这个邻家妹妹；譬如，他兴致勃勃地跟瞿一笑讨论体操中花样繁多的术语；譬如，他赞美祝明霞行走时气度雍容，如果换上一身复古的长裙一定美妙绝伦，甚至还说："明霞，你最好一辈子也不要结婚，始终这么一个人走来走去。你要是有一天结婚了，我一定会伤心的，一想到你身边将多出一个丑陋的形体，啊……"眼中流露出真诚的悲伤，逗得姑娘们哈哈大笑，连祝明霞都被他逗乐，"啪啪"地鼓掌，为曾成的妙语——没办法，姑娘们就是喜欢这些妙语，这些轻薄的无用的为正派人所鄙视的妙语。

"那么——"等大家笑闹够了，祝明霞望见龚雪，心里一动，忽然狡黠地起一念，"如果有一天龚雪结婚了，曾成你会怎么样？你是不是也会伤心？"下颌点向龚雪的方向。

于是她极其稀罕地看到龚雪表现出明显的不自在，她惯常的淑女般的微笑不见了，她整个人陷入一种紧张。她瞥一眼祝明霞，似乎明白她为什么会这么问，随即又看向曾成，眼中是略微的不安。

祝明霞一时大快，她这么问当然有原因。此原因她知曾成知龚雪知——那么刘舒刘大小姐知不知道呢？这是一个问题。

女孩子们都很感兴趣，也许她们也不动声色地了解到了一些蛛丝马迹，却都心照不宣。忽然祝明霞将这层纸捅破一个洞，于是大家都抖擞起来了。

只见曾成依旧笑吟吟的，他瞟一眼龚雪，轻轻地叹气："啊……如果是那样，真是难以想象……"目色蒙眬，语声低回，叫人浮想联翩，可也只是浮想。

祝明霞望着龚雪半僵的脸，心里偷偷发笑，她想起不久之前的一幕。那一日课间，姑娘们四散休息，有的去上厕所，有的去更衣室，有的去买零食，有的譬如刘舒，则积极地问问题，围着于老师，看她做示范。

祝明霞拿瓶水喝着，沿着地毯边缘，边走边放松。前面不远处，龚雪坐在高台阶上，曾成则斜签着身子，两人正在说话。此外，附近还有两三个别的女孩子，或站或坐。

这没有什么。曾成跟姑娘们的关系几乎都很好，连祝明霞也不得不承认，跟曾成聊天是件愉快的事情。他给人的感觉就像是一只被豢养得很好的动物，总是温文尔雅，无忧无虑。他绝不会给人以压力，因为他自己就不知道什么是压力；他倒是常常在白天打哈欠，以手将过长的头发往后捋，说着"真无聊啊……"

"真无聊啊……"于是祝明霞又听见曾成这么感叹，对着龚雪。她转过身去，看见曾成半托脑袋，凝视着龚雪，悠悠道："我不想总是这么百无聊赖，我也想做一些事情……你觉得我是不是应该做些事情？做一些我自己想做的事，而不是那些轻松的已经被安排好了的事？……你说呢，龚雪？"

龚雪没有看他，她在检查脚上的绷带："那样会痛苦的，做自己真正想做的事会让人痛苦……你不怕痛么？"

"我怕痛，非常地怕，我还不太明白痛苦是怎么回事……我以前养过金鱼，只养了几天它们就死了，我好像很痛苦。不过，为什么做自己想做的事会痛苦？我以为那样会让人快乐……"曾成看上去就像一条藤蔓一样向龚雪倾倒过去。

龚雪突然抬头，把曾成吓了一跳。她坐姿笔直，犹如乔木："因为会有人阻止你。你想做的事，跟别人想要你做的事，往往不是一回事。于是那些人就会阻止你，会千方百计为难你，这都会让人感到痛苦，除非你有办法战胜他们……"

"战胜他们？你是说，我要跟他们开战？"曾成向后畏缩，哪怕是想象中的硝烟也让他感到了不适，"听上去就可怕，我连听人吵架都受不了。我希望一切都能安安静静的，有一些笑声，有一些音乐，一切都是轻柔而舒缓，不要有冲突，更不要有痛苦……"

"那样子，会很难做自己想做的事情，那样子你就又回到了原点，顺从别人的意思就不会有冲突……所以对你来说，还是感觉无聊更好一点？"

曾成不断地顺着头发："不是这么说，不是这么说……应该有一条折中的路线……"他冲着龚雪闪眼。

祝明霞一边假装漫步，一边极有兴味地窃听两人的说话。忽然她一抬头，发现刘舒走过来了，已经离得很近。看见曾成和龚雪谈话的样子，刘舒的神情明显变得烦恼。更加火上浇油的是，旁边的女孩子们还故意调笑："曾成，你女朋友过来了！你这样跟别人说话，你看刘舒都不高兴了……"声调拐得高高的，就是要让刘舒听见——谁叫大家都对刘大小姐有意见？

　　当时曾成回了句什么？

　　祝明霞虽然背身站着，但是听得非常清楚。她听见曾成缓缓而清晰地说："是朋友，我跟刘舒是朋友，不是男朋友，也不是女朋友。朋友很好，男女朋友很不好……"

　　这句话刘舒也听见了，她唰地就变了脸色……

　　"这个叫曾成的，怎么像个花花公子？"史达才气鼓鼓地评价一句。一想到曾成在有女朋友的情况下，还跟体操班的所有姑娘们都关系亲善，还总用零食来讨好顾盼盼，他就气不打一处来，嘴里充满酸溜溜的滋味。

　　刘振邦道："这个曾成后来跟龚雪怎么样了？是不是就从那时开始，刘舒就讨厌上了龚雪？"

　　祝明霞拿筷子挑鱼肉："怎么样？一点都不怎么样。这个世界上没几棵树喜欢被藤蔓给缠上。何况曾成这种调情调惯了，又总是受家里调度的，龚雪又不是傻瓜。"

　　史达才想不通："曾成这样拈花惹草，刘舒就能咽得下气？我要是她，我肚皮都要气炸了，非二话不说甩了曾成不可……"

　　祝明霞失笑："刘大小姐是气炸了呀！不过说到甩人，人家曾成都不承认他们是情侣，你怎么甩？刘大小姐也未必舍得甩……她只是迁怒，觉得体操班的姑娘没一个好东西，为此她甚至一度退班，想远离这片花丛，结果曾成不干，她只好又恨恨地回来了。"

　　"所以体操班那么多女生，她最讨厌龚雪喽？"刘振邦问。

　　"谁知道？我看只要是曾成青睐的，她都没好脸，龚雪自然是其中之一。不过刘大小姐也没什么招儿，因为龚雪涵养太好了，你说话去刺她，她都无动于衷的，还能保持微笑。刘舒每次一刺空，就转而找其他人的茬，像是顾盼盼等等——也跟曾成玩得好的。龚雪她捏不动，捏顾盼盼这种小白兔软柿子还是绰绰有余的……"祝明霞在挑汤里的粉条。

"啊……"史达才一下着急，"她、她怎么能这么做？怎么尽找软柿子捏？顾盼盼又没、没有怎么样……"

祝明霞将筷子搁下："大头娃娃你干吗义愤填膺？你怎么知道顾盼盼没有怎么样，你认识她？那只小白兔就算再没怎么样，当时吃了曾成许多零食是真的吧，什么薯片、巧克力……跟曾成打打闹闹，嘻嘻哈哈，两个人还一度以兄妹相称。依我看，他们俩倒是真的登对，一个不知忧，一个不知愁……"

史达才听到这些真是难过："可、可刘舒还不是认为她跟曾成才是一对……"

祝明霞鼻子里一哼："我要说的不是这个，大头娃娃，你不要总急着对小白兔怜香惜玉。其实你的小白兔自始至终都好好的，真正不好的人是我！"

"你怎么了？"

祝明霞向杯中注饮料，眼皮慢慢抬起："刘舒那女人丧心病狂，她差点害我摔断了脖子！"

那是刚升入高中不久，为了中考而松懈了半年多的训练，又重新被拾起，而且为了弥补而更加投入。随着新学期展开，大大小小的健美操比赛也加入了日程表，顺带着几个公益性质的演出。于老师通常鼓励学生们参加这些活动，碰上分量够重的比赛还会亲自领队；出于人情，她也会让学生们前去表演一两个健美操节目，但这种人情并不多。

反而是刘舒，因为什么文化中心的干妈要搞活动，前前后后需要有节目暖场，常毛遂自荐把这一班同学拉过去，耗上一天，给点劳务费，打发了事。大部分人勉强去了一次，顶多两次，就不愿再去第三次。需要刘舒软硬兼施，连拉带哄，才凑起一撮人来，然而人还是在流失。

那日大约又是需要人去表演，祝明霞还在更衣室门口，就听见刘舒在里面做动员，一个接一个地劝诱。"我跟于老师说过了，于老师也觉得机会很好，希望大家都到场，于老师那天也要来的！"这是动之以情。"我干妈都知道你们，她自己就做很多健美操比赛的评委。你们去捧场，给她留下印象，对你们不也很好么！"这是晓之以理。渐渐就有人愿意去。她们或是跟刘舒关系还可以，或是看于老师的面子，又或是觉得刘舒的干妈确实是一条好人脉，露脸不亏的。

可还是有人不买账。譬如瞿一笑："我肌肉拉伤，最近要多放松，不能多跳。"譬如贾妍："我马上要出国，事情很多，去不了。"又譬如龚雪："老家有事情，周末不在市里，抱歉。"

对这些人，刘舒本没存太大希望，眼见着啃不动，正要转向顾盼盼，忽然见到祝明霞进来。她憋着好几口气，道："明霞，你来吧！我听于老师说，你以后好像想往这方面发展，这些机会应该抓住呀！"

祝明霞只简短地说了两个字："没空。"便径直走向自己的衣柜。

假如刘舒不把老师和她那个干妈抬出来，而是用别的什么理由，哪怕说请她帮个忙呢，她说不定还会考虑一下，说不定去就去了。可是刘大小姐就是那么地喜欢仗势，还用将来的发展来敲打她，祝明霞"腾"地恼火，要是让刘舒如愿那才叫见鬼了，何况还有龚雪她们在旁边看着。于是当场拒绝，不留一丝余地。

但她的心情仍然变得恶劣起来，打开衣柜后，把背包朝里面一扔。她心里明白，但凡以后想在健美操方面有正经发展，刘舒和她那个干妈还真不能太得罪了。刘舒方才那句话，其实是说中了她的痛处。

祝明霞在衣柜前情绪翻腾的时候，刘舒又转向了顾盼盼。接连碰了几个钉子，刘大小姐的脾气也上来了。祝明霞她撬不动，顾盼盼她还撬不动么？且又当着龚雪这些人的面，无论如何都得攻下一城，挽回点颜面。

只听她声音一扬："顾盼盼，这下就剩你了，你总得去了吧？你又没老家要回，又不出国，身上又没毛病……你可别也告诉我你没空。"

顾盼盼就不服："我凭什么就不能没空？"

"那好，你为什么没空，你倒说说看！"刘舒紧咬着。

顾盼盼一时语塞，她不擅长临时编谎："就是没空嘛！有什么好说的……

再说，就算有空，我休息天干什么不好，要帮你去捧场，讨好你那什么干妈？我以后又不打算朝这方面发展，靠你和你干妈吃饭……"

这句话一出，不光刘舒气极，一旁的祝明霞也听得心里更加烦乱。她知道顾盼盼不是针对她，可这位娇小姐实在是不会说话，一口将这窗户纸说破，就不怕闹得大家都没脸么！

刘舒果然第一个不能放过："是啊，你不靠我吃饭，你有本事也别天天吃曾成的东西啊！吃东西的时候那么积极，一叫帮点忙就一个个都缩回去了，就想看我的笑话！我讨好我干妈怎么了？我讨好我干妈不应该？我是存心害你们了？你们现在花这么多时间练操，我就不相信，以后你们真能说丢就丢掉！还不靠这吃饭……你顾盼盼家里有钱，是可以不靠这个吃饭。但其他人呢，其他人也跟你一样有钱，说不跳就不跳了？……"咭咭咭咭，语速既快，调门又亢。

祝明霞本来心情就恶，这下被刘舒这么一吵，更是恶上加恶，烦上加烦。她一转身，正准备有所动作，这个时候，向来彬彬有礼的龚雪突然开口："别人有没有钱是别人的事，请不要扩大话题。"

所有人都一愣，包括刘舒，包括祝明霞。

祝明霞有些复杂地望向龚雪，她没想到这个小淑女会跳出来干预。她应不应该对龚雪有一点感激呢？

刘舒则一愣之后，几乎怒不可遏。龚雪，龚雪，又是龚雪！她对她已经忍耐了又忍耐，十分给面子。礼尚往来，她明借顾盼盼，暗攻祝明霞，龚雪也应该隔岸观火，至少不当面给她难堪才对。这种微妙的平衡，是女孩子中间不成文的规定。如今龚雪主动打破这规定，当着这么多人教训自己，刘大小姐无论如何咽不下这口气；她怎么可能咽得下呢，她正愁没机会针对这个小淑女，报复曾成对她的另眼相看——

于是刘舒像一只被拔去了一根毛的小母鸡一样被激怒了，她开始把矛头转向龚雪，尖刻地指摘龚雪身上一切可以指摘的地方，尤其是她的身份，"乡下来的""暴发户"等字眼不断地从她嘴里蹦出。

在场的女孩子听了，有的生气，有的尴尬，有的幸灾乐祸。顾盼盼又气又急，却不知该怎样打断刘舒。龚雪脸上惯常的微笑也泯灭，脸色逐渐陷于阴沉。但她仍非常安静地听取刘舒对她的攻击，既不回击，也不走开。

"原来这就是龚雪被激怒的样子。"祝明霞这样想。她有幸能看到小淑女失态的一刻，有点儿感到欢欣，但这个小淑女刚刚维护过她——不管是不是捎带，她不会忘记这一点。而为了投桃报李，她也要——

刘舒继续飙飞言语，一发不可收。像这样在口头上凌虐他人大概会有一种快感吧，尤其当她面对的是龚雪，尤其当龚雪是那样安静地忍受……她被这种快感冲昏了头，直到脖子上搭上个凉丝丝的东西，她的声音戛然而止。

她悚然一惊。几秒过后，她慢慢回头。

祝明霞的手松扣在刘舒形状优美的脖颈上，手指下面能感到颈动脉清晰的律动。她问了一句："刘舒，你是不是从来不知道什么叫作适可而止？"

刘舒怔住。小母鸡被捏住了颈子，她需要一点时间来适应这个事实。

姑娘们都很惊讶，大家全都屏息凝神。

祝明霞镇定地维持着那个动作，她手上并没有用力，她甚至连眉毛都没有挑。她居高临下地望着刘舒。她看到刘舒脸上升起恼恨的红色，那两只眼里射出的几乎是仇恨的光。很快，刘大小姐像一只小母鸡一样挣扎着脱离。祝明霞放她走了。

但是屈辱已然形成，刘舒绝不会忘记这一点。只是眼下的形势，左有祝明霞，右有龚雪，同时面对这两个人，她可不想要强出头，吃眼前亏——为什么要吃眼前亏呢？反正她有的是后路，有的是筹码，总有一天，总有一天……

想到那将来的时光，刘舒愉快地发出冷笑，算是回应祝明霞之前的问题。一个是龚雪，一个是祝明霞，很好，她不会忘记，不会忘记的……

刘舒带着冷笑败走。

体操班的姑娘们何等冰雪聪明，她们怎么会听不出刘舒的笑外之音？看戏的心情霎时消失，人人脸上都有一种说不出的表情。

隔着段距离，祝明霞和龚雪不经意对视一眼，随即同时移开了目光……

"真是……惨烈啊！"听到这儿，史达才几乎听入了迷。好不容易等到祝明霞停下来喝饮料，他搜肠刮肚，发出一句感慨。

刘振邦则支着筷子，仍旧笑嘻嘻。

祝明霞悻悻然："更加惨烈的在后头。"

祝明霞无可挽回地得罪了刘舒，好多天她耳边都回荡着刘舒那不祥的冷笑。再见刘舒，那面孔始终不阴不阳。事到如今，刘大小姐也不愿委屈自己非广结善缘不可了。

刘舒态度如此，祝明霞也比她好不到哪儿去。然而私底下，祝明霞却忍不住想，那天自己是不是可以反应得更得体一些？但是以自己的脾气，好像也不会有什么得体的反应……偶尔想到未来，她会有一刻沮丧。

至于龚雪那边，则是一派平静。龚雪依然是个淑女的样子，她和祝明霞之间依然没有更多的交集。只是时不时地，像是约好了一般，祝明霞和龚雪会莫名地对视上一眼，然后又都若无其事地看开去。因为这交换的一眼，祝明霞感到点困惑，又感到点安慰，但她并没有去询问什么。

毕竟她还有别的烦心事，譬如高中的功课明显吃紧，而父母又对跳操的事唠叨起来，说什么"那个二级运动员能考就考，不能考就算，早点把心思放到文化课上来，这个才是正道，你那个操跳来跳去的，能当饭吃么"，云云。

祝明霞一听就气，一气就忍不住吵。吵得肚里一团烦恶，坏心情带到体操场上来，见着一脸冷笑的刘舒，她更是火气腾腾，在场上跳得"咚咚"响，像是在向谁开炮。

那一日，于老师让大家散练，正轮到祝明霞上场。她立在地毯一角，本来只准备做一个普通的对角线助跑大空翻的。一抬头，望见地毯对面的刘舒，噙着冷笑，吊着眼睛，仿佛挑衅。

祝明霞暗自生怒，大口地呼气，她主意一变，决定做一个阿拉伯空翻，用那个飞旋如炮弹般的动作把刘大小姐轰个吃惊，顺便再赢个满堂彩。想到这里，她隐隐激动。她知道不仅是刘舒，其他人这时也都在观看，包括龚雪。人高马大的祝明霞每次一上场，都会成为大家的焦点。她那普罗杜诺娃式的绝对的力量感，令体操班的姑娘们全都心驰神往。

祝明霞深深地吸气，她要用一个空翻来证明自己。这听上去幼稚了点，但她正需要这个，她需要感受到自己的力量。只是她已经有段时间不做阿拉伯空翻了，这些天她的状态一直不算太好，而那个动作究竟是有些风险的，也许她应该冷静一下，或者再等一等……

然而已经迟了，她几乎迫不及待地就跑了出去，带起一阵愤怒的风。她的腰、腿和肩膀正得力，她的每一步都踏在了点子上。那些技术要领自然而然地在她身上涌现，前屈，转体……就差那最后一步，那一跳、一弹，再腾空……

祝明霞微微笑，她肯定这一次她会成功。而就在她即将踏下去右脚，要利用腱子的力量弹起的时候，场外的刘舒突然挥手，一脸热情洋溢地叫道："干妈——"正对着体操场上的祝明霞。

"糟了！"祝明霞心神一晃，腿部力量登时一弱，动作立刻变形。她整个人已经升腾起来，甚至开始翻转，但最初的注意力分散太要命。空翻注定完不成了，可那已经不重要；重要的是，要是落地姿势有差池，她很可能摔断脖子，或者全身瘫痪。

一丝恐惧掠过。关键时刻，祝明霞竭尽全力，稳了下姿势，使得脚先落地，然后整个人才跌落到地毯上。

脚踝至胫骨陡然剧痛，祝明霞疼得要命，但是仍然感到欣慰——谢天谢地，她仍然意识清楚，没有摔断脖子，也没有瘫痪的迹象，只是那一只脚……只是那一只右脚……变成了个奇怪的形状。

史达才不由自主地望望桌子底下祝明霞的右脚，这只脚如今安然无恙。

"那后来呢？"他仍然十分着急地问。

刘振邦则问她："那个刘舒是故意的？"

祝明霞悠悠地啜了口饮料："后来么，于老师马上过来，要大家不要动我……医务室的人也来了，又叫来救护车，我被送去了医院……至于刘舒是不是故意的，"祝明霞的眉毛又标志性地上扬，"她一口咬定是无意，你能怎么办？何况她的干妈真的出现了，当我在地上疼得快昏过去的时候，她那个大名鼎鼎的干妈走进来了。龚雪和顾盼盼想帮我出头，她们认为刘舒是故意干扰我。刘舒当然不承认，加上她那个干妈，她自然给刘舒撑腰。如果我没记错的话，当时龚雪好像和刘舒还有她干妈起了点争执。但那时我正受伤，各方面都很乱，我只是有那么个印象。于老师很快就安排起来，谁去干什么，谁去干什么，就算有什么小插曲，也会被打断。于老师不会让她的学生卷进麻烦里，尤其对象是刘舒的干妈——文化中心的副主任，经常在一些健美操比赛评委席上露脸的……"

刘振邦想了想："刘舒的干妈叫什么？"

"叫谭……谭什么的，三个字，一下想不起来了。"祝明霞无谓地笑笑，"没办法，人走茶凉。还在我上大学的时候，这位姓谭的干妈就好像是病休还是什么的，不在文化中心干了，健美操比赛也不再见她。最近一次听人提起她，好像是出国去了。"

一时没什么可说，三个人互相眨巴眼。

史达才紧蹙着眉头，将事情又一点点在脑子里滤过一遍。他问道："那你住院的时候，你跟龚雪……你们就没有再见什么面？刘舒干扰你的事，后来就……没什么说法？"

"说法，什么说法？"祝明霞将筷子"笃笃"地在桌面上点着，语带嘲讽，"刘舒不承认是故意，还有她干妈作证，我能要什么说法？故意不故意是没法证明的，大头娃娃——还有，刘舒虽不承认故意干扰，但却承认自己有过失，所以在我住院的时候，她和她家人带着营养品和钱，过来慰问我。你可以想象一下……"

祝明霞骨折住院让做父母的气坏了。他们听说了出事的原因后，尽管错不在自家女儿，但不知如何，仍然忍不住迁怒，口中数数落落："叫你那个操不要跳了，你不听，这下好了，把骨头跳断了！你自己受罪，还要带累我一块儿向单位请假照顾你，一来一去，你说要去多少钱吧！……"或是，"本来成绩就不算特别好，还出了这一档子事，不知要落下多少功课，将来补都不知道该怎么补……"

祝明霞脚打石膏吊着，本就肉痛，时不时还要挨个训，气急攻心，免不了被气得迸出眼泪："那就干脆不要治，做个瘸子，你们脸上就光彩！"

引得病房里其他人都转过脸来看。做父母的知道女儿脾气，又是在人前，不好逼过了，便各退三分，嘀嘀咕咕地，议论起刘舒那个"罪魁祸首"来。这个说："于老师都说了，那个丫头有责任，那个丫头家人也认可，多少会赔偿点吧。"那个道："听说人家家里是什么领导……既然是领导，应该会表示表示，不会在乎这点钱……"这个便回："我想也是，不行再给于老师打电话问问……"

正在揣测不已，刘舒跟家人却自行前来，带着一看就很昂贵的营养品，以及厚厚一沓子慰问金。

刘舒的父母首先登场，一个递营养品，一个给钱。两人同时滔滔不绝地讲话，换了数种方式表达了同一个意思，即为女儿刘舒的所为道歉。他们一个说："都是做家长的，出了这样的事，谁心里都不好受。这个年龄的孩子吧，说大不大，说小不小，她自己那天也吓得要死，我们也不好太责备她。今天我们来，主要是要尽到我们的责任，看有什么能帮得上忙的……否则你光责备小孩，小孩她懂什么？我家女儿平常又都顾前不顾后，没个心眼儿的……"另一个说："这个医院的医生我们还算熟悉。我们已经跟他们打过招呼，你们女儿这次不用担心，会康复得很好。这么漂亮的小姑娘，谁都不忍心看她不好，是吧？"又道若有什么需要帮忙的地方，尽可跟他们联系。一言一行，谦恭而不失身份。

祝明霞的父母"受宠若惊"。身为"领导"，刘舒父母的态度简直无可挑剔，况且他们还带来了这么多东西，尤其是钱……他们热烈地回应刘舒的父母，两对家长很快友好地交谈起来。他们围绕各自的女儿进行谈论，谈学习、谈成绩、谈跳操、谈孩子的叛逆，并互相表示了理解。

对此，祝明霞沉着脸，皱着眉，她感到强烈的别扭和不安。她望望那边的刘舒，自打进了病房，就一副老老实实的样子，跟往常的刘大小姐，仿佛很不一样。

最后，刘舒的父母拉过女儿，说道："差点忘了，刘舒好像还没有给你们正式道过歉。虽说她不是有意的，但终归是她自己冒冒失失，造成现在的结果……我们今天带她来，就是要她记住这个教训，免得以后闯下更大的祸……"

祝明霞的父母，就赶忙着客气，然而刘舒的父母坚持要女儿道歉，把刘舒推了上来。

便见刘舒垂着眼睛，道："祝明霞，对不起，我那天见干妈来了，一时高兴，影响到你，造成你受伤骨折，我为我的疏忽大意向你道歉，对不起。还有叔叔阿姨，也对不起，我以后一定会非常注意……"嗓音越说越细，快要哭出来似的。

祝明霞的父母见状，哪里能再追究，客气上加客气，说着圆场话："算啦算啦，毕竟还是孩子……"刘舒的父母则坚持着责备刘舒："不是小孩子啦，出了事要勇于承担……"红脸白脸，唱到了一起，事故的双方眼看着圆满和解。

祝明霞感到不可思议。她仍在怀疑那天的事故，她还没有跌得糊涂，事实上，她不相信也不接受刘舒的道歉，除非刘舒先说清楚那天到底是怎么回事。她也希望她的父母不要接受任何财物，她不想要刘家送来的任何东西，尽管她知道家里正需要钱，但是——

但是两对家长已然和解，财物接受，道歉认可，祝明霞的父母自女儿受伤以来第一次感到满意。

祝明霞心烦意乱，忙中两眼乱张，不料正跟刘舒的目光对上。那目光像是专等着她似的，勾着一丝丝得意，讥笑地对着祝明霞那么一闪。一闪即逝。

祝明霞一懵，想要再去确认，刘舒又恢复了那种老老实实的神情，看着大人们交涉，一声不吭，也不再看祝明霞。

祝明霞呆呆地望着那边模样乖巧的刘舒，再到刘舒的爸妈，再到自己的父母……心念电转，她立刻明白自己输了——

不是输给刘舒，而是输给了更加扼要的东西，比如说钱，比如说人情……至于真相是什么，刘舒是不是故意干扰她，没人会再去追究。真相是个非常奢侈的东西，也许比世界上所有奢侈品加起来还要奢侈。要得到真相，需要支付的不仅仅是金钱，还有……

巨大的挫败感席卷了祝明霞。她颓然倒在病床上，听着她的父母千谢万谢，送走了刘家一行；再听着他们返回，对自己数数落落："人家家长来，你好歹有个礼貌，拉着个脸，给人印象就不好……"

祝明霞停下来，给杯中满上饮料。大家的目光都不由跟过去，看着液体淅沥沥下注。

"……那刘舒到底是不是故意的？"半天，史达才还是忍不住问。

祝明霞说："不知道，大头娃娃，我不知道，也没人能知道。我说过，真相……非常地奢侈，大多数人都支付不起。这不仅仅是钱的问题。大多数人，只是想把日子过下去。你问他们真相，真相是什么？能吃吗？不能吃的真相，无人关心——"

她喝着饮料，拿目光往这边看："所以你们这些人就很有意思了，自发地来探究这些事情，就算是为了满足好奇心，也比我强过太多。我之前用'好奇心'来指责你们，一方面的确是那样，另一方面……是为了让我自己好过些……"

祝明霞自嘲地笑，过后又叹气："你们是在做好事——大头娃娃，你们是在做好事。但你们这些做好事的人是会让我们这些不做好事的人不舒服的，知道么？本来，寻找龚雪的事，我比你们更有义务去做，而我却因为生计，还有别的一些理由，故意回避。还总是安慰自己，是龚雪主动更换号码，不告而别，她既然不找我，我为什么要主动去找她？——多么奇怪的自尊心！说起来，当年还是龚雪拉了我一把……"

刘舒和家人来过之后，留下了营养品和钱，同时也留下了一个消沉的祝明霞。好多天，祝明霞沉浸在惨败的经历中，每日听着父母的絮叨，吃着刘家给的营养品，心情很灰。右脚的骨折其实恢复得很好，医生表示养好后继续跳操没问题，但祝明霞感受不到太多的喜悦。她的一颗赤心受到了重创，而这是无法用营养品和钱来养好的。

祝明霞就是在这种情况下再见的龚雪。

那天，她正坐在病床上翻看课本，她的妈妈在边上削着苹果，絮叨出院后请老师补习的事。病房里，其他病人和家属哼哼的哼哼，抱怨的抱怨，展示着生活的局促和琐碎。祝明霞心浮气躁，将课本上一句话看了好几遍，都没看进去，无意间一抬头，她望见了门口的——龚雪。

祝明霞微微发愣，而趁她愣神之际，龚雪走进来。进来的那一刻，她和祝明霞同时望了对方一眼。

祝明霞首先别过视线。她状态很不好，没法在这个时候应酬太多，尤其是应酬龚雪。那个小淑女，虚伪又敏锐，换了别人也许没什么，但是龚雪……龚雪是会看出来的……

祝明霞不愿被龚雪看出来，她痛恨被人品咂和可怜，她已经被刘舒品咂过一次了……因此她不得不强打起精神，假装自然地招呼，还硬扯出笑容，做出高兴的样子。

祝明霞的妈妈也很高兴，有人看望女儿，还是女儿体操班的同学。看龚雪的模样，背着书包，抱着书本，一副好学的书卷气息，祝明霞的妈妈打心眼儿里欢迎这样一个女儿的同学。

龚雪进来后坐下，她得体地询问祝明霞的情况。母亲们通常最热衷于谈论自己的孩子，祝明霞的妈妈也不例外。她迅速接过话头，兴致勃勃地聊起来，聊祝明霞的脚伤、聊医生的反馈、聊住院的感受、聊女儿落下的功课……

祝明霞的妈妈在那边说，龚雪在这边听。在祝明霞妈妈说话的间隙，她恰到好处地或微笑，或颔首，或插上一两句短评，让祝明霞的妈妈感到说不出的慰藉——很久没有人这样倾听她说话，又这样同意她说的话了！

以至于后来，她忍不住提起刘舒一家子的来访。她刚说了个开头，祝明霞就道"不好"，却阻止不及。幸而这个时候，门外来个小护士，叫走了祝明霞的妈妈，为个什么事，祝明霞没有听清。

她只顾去看龚雪。龚雪也正转向她，眼神微闪，若有所思。

祝明霞警惕地瞧着龚雪，打定主意不再接受任何所谓的好意。她被刘大小姐一家探望了一次，已经对那种假惺惺的慰问反感透顶，要是龚雪胆敢再有什么布施恩惠的表示的话……她紧紧地盯住龚雪，待一个不对，就要立刻反击。

龚雪果然第一句话就向祝明霞确认："刘舒他们那边来过人了？"依然是一

派温文尔雅。

祝明霞哼道："没错，带来了许多好东西，我爸妈满意极了——"也不知是在挖苦谁。

龚雪微微颔首："所以……这就是为什么你看上去像被人打了一顿的原因？"

祝明霞吓了一跳，以为自己听错了。她惊怒地对龚雪扬起眉毛。

龚雪不为所动。相反，她用一种加倍文雅的口吻说出如下的话："这可不像我所熟悉的那个祝明霞。我认识的祝明霞是一只骄傲的狮子，而现在的你却像……"边说边将祝明霞打量一番，态度含而不露。

血唰地就冲了上来，要不是脚上有伤，祝明霞当场就能气得从床上跳起来。

可是她的脚正吊得老高，所以龚雪好整以暇继续道："众所周知，祝明霞是勇敢的代名词，你练体操时走普罗杜诺娃的路线，这是很多人想做而不敢做的；刘舒人很霸道，你在许多场合直接反对她，这也是很多人想做而不敢做的。很多人因此钦佩你，甚至有点崇拜你。顾盼盼这些天一直在谈论你，要不是她家里管着，她今天也要跟我一起来看你……为此她还感到可惜。现在看，倒没什么好可惜了。幸亏她们没来，否则看到这样的祝明霞，她们会失望吧。那么无所畏惧的祝明霞，不过被人摆了一道，就一副丧气相。亏我跟顾盼盼那天还帮你出头，为此还得罪了刘舒的干妈……你知道吗，那位亲爱的干妈反应可真大，比刘舒还大。我不过说了句话，她就那样瞪眼睛，像要吃人似的，还真是……有意思……"

到这个时候，龚雪居然还能够装模作样地摇摇头。

祝明霞怒极，这些天积攒的恶气突然冲口而出："不要再跟我提那什么干妈，也不要再往我头上戴高帽！什么勇敢、无所畏惧，你们都留着自己用吧！我要你们钦佩干什么，我又要你们崇拜干什么，没看见那些被人钦佩崇拜的人都死得很难看吗！你们这些虚伪的胆小鬼，自己不敢去除恶，弄出这些华而不实的名头，往人家头上一戴，驱使别人去送死！我是运气好，没跌断脖子，或是跌得半身不遂，可我也吃尽了侮辱，受尽了气，被人奚落来奚落去！……之前是被刘舒看笑话，现在又被你看，还嫌我一副丧气相……哼，告诉你，我已经好好想过了，我以前实在太笨，竟然去跟刘舒作对，简直自讨苦吃，枪打出头鸟，我真心笨到家！从今以后，我要变得聪明，跟那些跟刘舒友好的人一样，学着看人眼色，巴结讨好，什么正义、勇敢，都见鬼去吧！我要变成自己最鄙视的那一类人，我要从受害者变成迫害者！……"

她说得面色激红，表情恶狠狠的，一病房的人都愕然地望过来。

龚雪道："不要撒谎，明霞。你不会变成那样，你做不到的……"两眼平静地注视。

祝明霞气得把床拍得啪啪响："我就要变成那样，我就要那么做！我要让你们吃惊，你们最好赶紧对我失望！……"她多么想要激怒龚雪，想要看到龚雪变色啊！

祝明霞的妈妈回来了。她大约听到了叫喊声，再看到女儿一脸激动，周围人纳罕的样子，急忙忙打圆场："不好意思，不好意思，哎，我女儿她脾气不大好，说跳就跳起来了……不好意思，不好意思……"

又责备女儿，"病房里这么多人，你就不能注意点？人家同学好心来看你，你鬼叫个什么？把人家吓跑了，像你这种臭脾气，看以后还有什么人敢靠近……"

又转向龚雪，道，"同学，你别往心里去啊……"

龚雪笑着摇头："没关系，我不介意。明霞要不是这样的脾气，她就不是她了。"

祝明霞的妈妈真高兴遇到这么善解人意的同学："那就好，那就好……"就着女儿脾气大的事，往上又追溯到多年前，同样为了些些小事，年幼的祝明霞就暴跳一场。举例说明女儿从小就是这般，再次希望龚雪不要往心里去。

祝明霞看着母亲和龚雪谈笑，后知后觉，生出点儿羞愧。她想她这辈子大概都做不成龚雪那样的淑女了，唉——她都那样子咆哮了，龚雪居然都不生气，真够叫人纳闷的。话说她还没看过龚雪被激怒的样子呢，哦不对，那一次在更衣室，龚雪就被刘舒给激怒了。不过就算是那样，龚雪居然都没发火，真是……不可思议……

正在胡思，耳边传来母亲的叹气："唉，就是这次骨折后，明霞的脾气更坏了，我们也知道她心情不好，可人家同样骨折，比她伤得还重的，也没像她这样……我们做父母的，也是搞不懂……"

就听龚雪款款道："明霞会好的，您放心。发脾气只是一时，脾气发过后，她会知道该怎么做。好比小狮子学捕猎，一开始总会出差错，一会儿摔断腿，一会儿撕破皮，渐渐地就会有经验……活下来的狮子，哪个不是身经百战？从身上的伤疤里学习，能学多少学多少，越学越老练……只要它不死，只要它还活着，它就会成为一头老辣的狮子。生是一头狮子，死也是一头狮子，而不会变成鬣狗什么的……"

祝明霞骤然抬头，她想她应该没有会错意。龚雪这左一句"狮子"右一句"狮子"的，其实是意有所指吧？

果不其然，迎着她的目光，龚雪浅浅微笑地看过来，眼中有点点光亮，闪烁得深切。

祝明霞心头微哼，暗想："龚雪这虚伪的淑女，说这种循循善诱的话，还真是张口就来，连草稿都不带打的。这些铿锵有力的话，那些二傻子最爱听了，可惜……"

可惜她祝明霞就是这样一个二傻子。虽然她非常清楚龚雪说这些话的目的，虽然心里那头受挫了的小狮子执意地撒泼打滚，叫着："我不信，我不听，我就要做鬣狗！"但不由自主地，她仍然被龚雪话中那副褒扬之情打动了。此时此刻，她正极度需要这样的褒扬，这样的肯定。发过火后，再回头来看，一切好像也没那么糟糕，而自己也应该没那么不堪一击。

力量一点点地复苏，斗志一点点地点燃——当然，祝明霞绝不承认这是龚雪鼓励的结果就是了。为此，她努力地抹平表情，藏起那股欣悦，好不要叫人看出来。

床边，祝明霞的妈妈仍旧唉声叹气："唉，我也不指望明霞怎样，只希望她出院后，功课能抓紧跟上……"至于龚雪那番"狮子鬣狗"的言论，她听得稀里糊涂，觉得这同学说话怎么驴唇不对马嘴。

"说到功课的事……"龚雪走近前，将手上几本书册递过来，"这是我的课堂笔记和一些参考书，你自己挑着看。不用太担心，高考前会一轮一轮地复习，总会给你补上的。"

祝明霞看着手上多出来的书本，不知道说什么好。她听见母亲在欢喜地道谢。

龚雪又笑道："当然了，关键在于你自己——可不要让我失望啊！"将祝明霞的手紧紧握了一下，仿佛意味深长。

祝明霞讶然好奇。后来，待母亲送龚雪离开的工夫，她迫不及待地打开最上面的一个笔记本，其中夹着两张信纸。纸上看得出来是龚雪的笔迹誊抄着一首诗。

"什么诗？"史达才急问。

"我来猜猜，大约是一首励志诗？"刘振邦笑道。

只见祝明霞微微笑着，两脚一盘，手执筷子，就敲着碗盘吟咏起来：

"……我们命定的目标和道路，

不是享乐，也不是受苦；

而是行动，在每个明天

都超越今天，跨出新步……

世界是一片辽阔的战场，

人生是到处扎寨安营；

莫学那听人驱策的哑畜，

做一个威武善战的英雄！

别指望将来，不管它多可爱，

把已逝的过去永久掩埋！

行动吧——趁着活生生的现在，

心中有赤心，头上有真宰！……"

时间渐晚，饭点已过，酒家里零星几个下晚班的食客，听到祝明霞的朗诵，都转过脸来看。老板娘王小萍本来趴在柜上看手机，这时也抬起头，朝他们这一桌张望。

祝明霞不以为意，将自己记得的部分念完，筷子一丢："对了，龚雪写的东西我还带在身上……"说着自包里翻找出来，展开给其余两人看。

史达才方才听诗，已然心潮起落，难以自持。这会儿见到全诗，看那上面字迹清劲，再逐句捧读一遍，一股豪情没来由地激荡。他连连击节："这诗真好，真好！"脸上泛出幸福的红光。

刘振邦咧嘴一笑："大才高潮了。"

史达才半愣，突然反应过来，用筷子袭击"振邦永远最伶俐"。刘振邦躲闪不及，脑袋上连着两下。祝明霞拍着桌子，哈哈大笑。

闹了一通，消停下来。史达才恋恋不舍地将信纸归还祝明霞，追问她诗名和诗的原作者。祝明霞回他这是朗费罗的《人生颂》，史达才忙在小本子上记下。

刘振邦则拿出自己之前记录的那张纸，向祝明霞询问，二十号来短信的除了于老师和顾盼盼之外，剩下的那一个只说了"生日快乐"四个字的人她知不知道是谁。

纸摊开在桌上，祝明霞稀奇地俯首审视，随即取过手机。她对着通信录，翻看一周，最后停下来，笑容满面："啧，是曾成。"把手机屏亮给他们看。

"是曾成？"史达才奇了，"他……他不是刘舒的男朋友吗？"

祝明霞笑容变得异样："这个嘛——不是说了么，那都是刘大小姐自认为，曾成可不承认，而且据我所知……"

"所知什么？"刘振邦看看祝明霞的手机，又看看纸上，确认两个号码一致无误，"他难道又变成龚雪的男朋友了？"

祝明霞笑容更深了。她把手机一收，道："暂且卖个关子，我给你们联系顾盼盼，你们到时就知道了。"边说边发了消息，又道，"顾盼盼跟龚雪更熟，她知道不少龚雪的事，你们跟她见面会有收获的，而且……"

她眉毛一扬，戏谑地瞧着史达才："而且大头娃娃也非常想见这只小白兔，对不对？"

史达才猝不及防，闹了个大大的红脸。他胡乱地摇手："我……她……她既然知道龚雪的事，我当然要见一见她……"越黑越描，越描越黑。

刘振邦冷眼觑他，鼻孔里"恨铁不成钢"地一哼。

祝明霞则笑得愈发古怪："唉……大头娃娃……我劝你还是……"以拳抵口，清咳一下，将后面的话语略过。

刘振邦立刻机警地瞟过来，却见祝明霞已是一副若无其事。她取出钱包，起身去结账。

史达才犹然又喜又羞又恼，沉浸在将要同"小白兔"顾盼盼见面的想象中。冷不丁地，耳边钻来一个阴恻恻的声音："大才，你能不能注意一下你的嘴脸。"

史达才蓦然惊觉，转见刘振邦一脸嫌弃，眼珠子搁在眼角看自己。

他连忙肃容，急急转移话题："咦，祝明霞呢？"

刘振邦对着那头指了指。

史达才一看，"啊，她在结账！这……这是不是不大好，是我们主动来找她的，却让她一个女生付钱……"

刘振邦两手一抱，装定了铁公鸡："我不管，我没钱，是她提出要吃的，谁提谁付钱。反正我没钱，你想付钱你上……"

史达才就迟疑。他望望祝明霞那边，嗫嚅："也许……她已经付完钱了也说不定……"

柜台边，祝明霞跟王小萍说要结账。王小萍一边操作，一边问她道："刚才你大声念的是什么，是哪首歌的歌词吗？"

祝明霞告诉她不是歌词，而是一首诗。

王小萍笑道："是吗，我说怎么听着这么豪放……看在你们三个今天这么热闹的面上，这顿饭我忍不住给你们打了八五折。"说着，那边提示付款已成功。

祝明霞挑挑眉毛，正视王小萍："果然是个不一般的老板娘！"

回头碰见史达才，他仍然很不好意思地重提付账的事："……我们找你问事情，却叫你掏钱请吃饭，我们心有不安……"

祝明霞把包往身上一背："不用不安，大头娃娃。等你们见到龚雪，替我问她一句话，我这顿饭钱就值了。"

史达才便问："你要问龚雪什么？"说话间，三人别过王小萍往外走。

出到门外，夜气清凉，犹有晚归人的影子穿梭，老旧的路灯在街角投下昏黄的光。

祝明霞立在路沿上，她昂首遍望这一道街巷，眼里是街灯反射出的熠熠光芒。她道："你替我问龚雪，她还记不记得'世界是一片辽阔的战场'。"

她目光抬起，眺望远天，又道："如果于老师说得没错，如果龚雪还没有找到路子，好好施展自己……"

这时，刘振邦突然问一句："你觉得龚雪是遇上了什么事吗？"

祝明霞面色一沉："我不知道，我也说不好。我只知道，无论发生什么，关键都在她自己，就像当初她说关键在于我一样。而且……"

刘振邦和史达才侧耳听着，他们听到祝明霞说，"而且我有种感觉，龚雪一旦被人激怒，就会有一些不一样的表现。想想看，当初刘舒在更衣室里激怒了龚雪，然后龚雪在我受伤倒地后，出人意料地跟刘舒和她干妈争执了起来……想想看，小淑女终于发了怒……"

刘振邦还没什么，史达才却是真的思想起来，他发现自己越来越想要早点儿见到龚雪了——当然在那之前，他要先见见顾盼盼，那只乖乖的小白兔，长得跟叶老师有一些些像的小白兔……

刘振邦一声咳嗽，打断了他的幻想。他回过神来，发现祝明霞正准备离开："好了，大头娃娃，今天就先到这里，有什么问题再问我。不得不说，今天这顿饭吃得非常特别……"

史达才愣愣地，突然想起来："哎，哎，祝……祝明霞……"

祝明霞已经跃了出去，她回过头来望。

史达才又开始语无伦次，"你……能不能……做个体操动作？……于老师说，我可以向你请教一个体操动作……随便、随便哪个都行……"

祝明霞微挑眉毛，随即了然地笑起来："啊，大头娃娃，你还真是……"笑声不绝中，脚下一纵，就是一个鹿跳，身体高高地抛起。街面上有行人目见，都扭转头来看。

史达才欣赏得忘我，嘴巴半张，都没了反应。直到祝明霞轻盈落地，路灯影里，传来祝明霞的声音："别忘了，替我问龚雪，问她记不记得……"

史达才一个激灵，接道："世界是一片辽阔的战场——"

祝明霞朗笑着，冲他们挥一挥手，转身走了。她一步步踏在街道上，越走道路越在面前打开，她心道："龚雪，不要让我失望啊！"

史达才望着祝明霞走远，心上一阵空落，仿佛激昂的旋律已了，曲终而人散。不过一想到接下来会见到顾盼盼，他心情马上又好起来，激昂的篇章也许过去了，但这一曲并没有终止，下一段流淌过来的大约……大约将是柔美的小夜曲？

"咳……"刘振邦又一声咳嗽。他举起自己的手机查看，"整整录了快五个小时，我这破手机居然还有电！"

史达才望着他摁手机，再看到手机上的录音图案："啊，你……你刚才全都录音录下来了？！"

刘振邦几乎想白他一眼："我要不录音，就凭你个大头鬼拿个小本子记记记，你把手写断了也记不全！回头把录下来的复制给老姑婆，她们爱怎么听怎么听，省得费口舌……"说着开步走，去取自行车。

史达才一想也对，他跟上刘振邦："可是刚才不告诉祝明霞就录音，是不是不太好？"

"什么不太好，我看这样最好！你个大头鬼少啰里吧唆的，不然下次去见那个顾盼盼，我故意让你出洋相你信不信？"

史达才马上紧张："凭、凭什么让我出洋相？你要是让我出洋相，我就不带你去……"最后半句话，说得极小声。

但刘振邦还是听见了，他"腾"地转身："你又不带我去了？"张牙舞爪，就把手向史达才脑袋伸过来。

史达才条件反射，把头一抱，撒腿就跑："不带，不带，就不带！……"一个逃，一个追，就听深夜的巷子里，传来"带不带""不带""带不带""不带""带不带""带"……

Chapter 9

陈年旧账

母亲留意着楼上的动静。卫生间里传来哗哗的水声，儿子已经起床。不久他就会下楼来吃早饭，她就又可以见到他了。想到这，她不禁露出微笑。

"到这里来的决定是对的，"母亲想，"障碍都没有了，一切都很好，没有谁会再盯着我和儿子，至于那个女孩儿……"

一想到那个该死的、多管闲事的女孩儿，母亲的微笑消失了，面孔闪过狞色，"这种自不量力的东西，总妄想自己能够改变什么，其实到最后……改变的只有她们自己……"

她们？

母亲一个失察，思绪便越过禁地，延伸到更加遥远的过去。窗外艳阳高照，天空蓝得发紫，一只松鼠由院子的栅栏上面跑过。

没错，她们。那些讨厌的、竟敢威胁到她幸福的东西，她让她们全都受到了惩罚。应得的惩罚。惩罚的过程并不愉快，但却是必要的。她让她们知道了自己的位置，她让她们回到了该回的地方去。从此，世界又恢复了秩序，她自己也获得了安宁。

获得了安宁？

楼梯传来响动，儿子下来了。她心头一惊，再一喜。将杂念迅速一扫，她转身笑迎儿子，英俊的（至少在她自己看来）、已经长成的儿子。她费尽心思，做下这么多，为的就是这个小子，而这小子还什么都不知道呢……

母亲轻叹一气，即用那种几十年如一日的悦耳声音相询："起床了？早餐都准备好了，牛奶有，咖啡也有……"她是一个非常端丽的母亲，尽管不再年轻了，却仍然注意容貌，每天早上都要花很长时间，描眉画眼，希望能引来儿子的注意。

可是儿子视而不见，听而不闻。他径直走向冰箱，取出里面剩余的面包，拿了就走。

母亲又一次失望："你不在家吃了？"

"不吃。"儿子终究应了一句，然后一手面包，一手书包，开门出去。

车库门响，儿子开车去上学。偌大的房子里，留下母亲一个人寂寞的美丽。

良久，母亲将目光收回，重新投向窗外。"这没什么，"她想，"这没什么。"她早已习惯了失望，也习惯了希望。"慢慢来，得慢慢来。"这里毕竟只有她跟儿子两个人，他们相依为命，还有谁能让他们分开呢？

刘振邦的录音成果在老太太中间造成了小小的轰动。当他说出他录了近五个小时的时候，李国珍瞪着乜鹜眼，道："乖乖，五个小时，那该说了多少东西！"迫不及待，就要刘振邦放录音给她听。向英和解德芳也表示出极大的兴趣。

用什么放呢？手机当然可以，但刘振邦找到更绝的家伙：老年人音乐机。这机子老姑婆们人手一个，听广播可，放音乐亦可。放的音乐也多是刘振邦帮她们下载的《北国之春》《达坂城的姑娘》之类。如今音乐换成录音，老太太们稀罕之极，三个人围着个音乐机，坐了一圈，等着收听奇闻。

随着"沙沙"的机械声音，就听见里面的人在讲话，刘振邦问，史达才问，祝明霞答。每个回答都牵扯出更多的人和事，又是这，又是那，一会儿丫头们在更衣室里吵架喽，一会儿又是祝明霞不知怎的折了只脚……见不到人脸，只能竖了耳朵听，越听越皱眉，越听越疲惫。

李国珍有点耳背，她把耳朵上的"天籁"牌助听器取下来，甩了又甩，嘀咕道："这么叨叨来，叨叨去，要叨叨到什么时候？还以为有什么了不得的新闻，结果就是这么点鸡毛事……想当年，我年轻时遇到的哪一件事，不比这个怕人，嘻！"腿一抬，撒溺去。

向英摁了"暂停"："老李就是三分钟热度！非要你跟她直说，哪里哪里死了人，哪里哪里拖出截肚肠子，她才会来劲。"

解德芳道："我倒觉得挺有意思……"

史达才在帮解德芳扫地，他附和说："我也觉得有意思。这个龚雪，给人感觉非常地……"一时找不到词儿，挂着扫帚发怔。

向英点点头，表示懂他的意思："是啊，是啊，不过得先听完再说，下面还有多少？"

史达才还没回答，李国珍上完厕所出来："对了，大才你帮我个忙，一会儿你回去，路过'喷喷香'，替我把这五块钱给小萍子，我那天买了她一点夫妻肺片，钱没带够，还差她五块钱……"掏钱包取钱。

史达才接了钱答应，他扫完地，就别过老太太们去了。

史达才前脚走，李国珍后脚也要回去。她指着音乐机："我是不耐烦听了，老向、老解你们回头听完了，把个大概告诉我，我这个耳朵，实在是……"扯着淡，也去了。

那边，向英站起来。她望着音乐机，老眼眨眨地："你说刘振邦做事这个马虎……只把我的机子里弄上了录音，你们的都没弄。今天是听不完了，我把机子拿走，老解就听不了了。要不，我把机子留给你，让你先听……"

解德芳是无争的，她忙道："你拿去，你拿去，我反正都一样……"

向英便带着自己的音乐机回了隔壁。

史达才来到"喷喷香"，替李国珍还钱。进去的时候，沈二皮正靠在柜上等外卖，顺便跟老板娘王小萍有一搭没一搭地说话。

王小萍对史达才很有印象，一见他，便招呼："来吃饭？"

史达才莫名不好意思："不是……来还钱……"把李国珍的由头说了，递过钱去。

王小萍笑道:"是么,我都忘了。"

他们两个交接的时候,沈二皮把眼一下一下地往史达才身上瞅,他也认出这大头小子来了。既然老板娘看着跟大头小子熟,而他又跟老板娘熟,那么在他心目中,自己跟大头小子差不多就也算半个熟人。既是熟人,那就很多事都可以谈,很多东西都可以问了。

于是——"那天你跟小刘来吃饭,同来的那小姑娘挺漂亮啊!她是什么来头,以前没见过啊……"沈二皮张嘴就问史达才。

"呃?"史达才被一下问得突然。他可不认识沈二皮,一时不知该怎么搪塞。

王小萍听了也道:"是啊,那姑娘人不错,她跟你和小刘是同学?"

"不是,不是同学……"史达才否认,却迟疑接下来该怎么说。若是光沈二皮,看去小胡子撇撇矮墩墩的,面相不大善,他许就含含糊糊,搪塞过去了。可现在还有个王小萍,眉宇虽有些凌厉,但风韵还是有的,对着这风韵,史达才不大忍说假话敷衍,而且……而且找龚雪的事,想来也不算什么机密,对这些家门口的邻居,说说应该没什么关系吧?

两双眼睛盯着史达才,内外一合力,史达才稀里糊涂地就把话说出来了,如此如彼,这般这样。大堂里吵哄哄的,沈二皮跟王小萍却都听得会神。

好不容易说完,沈二皮摸着唇上须,倒不怎么惊讶:"这种事嘛,无非两种情况。好一点,是那小姑娘没出事,就是忙起来了,没空理你,是吧?坏一点,那就是出事了,小姑娘要么忙着应付、将养,要么……就是真的不在了,没了,翘辫子了!无非这几种。"到底是地棍的后代,说起"翘辫子",眼睛都不带眨的。

可史达才受不了这个,想到龚雪翘辫子,他微张着嘴,难过得说不出话。

王小萍看出来,就道:"哪有那么容易翘辫子?死人是好玩儿的?"

沈二皮道:"死人当然不好玩,凶杀案件嘛,警察一般也都追得凶,所以轻易不会搞死人。但不把人搞死,就要把人搞伤搞残,叫你活受,有时候,啧啧,比死了还惨……"

这一下,史达才的脸色更黄,简直不忍卒听了。他起脚想走,却听见沈二皮接下去道："那不，八几年，我们这一带就出了个事，也是个小姑娘，晚上走得好好的，被人往脸上泼东西，把个脸泼坏了。正好就在黄心红家后门口，那时他家不住一楼嘛，后面搭个小披子。大晚上的，他老婆在里面刷锅，就听见有人惨叫。跑出去看，一个人蹲在地上，叫得那叫一个惨……"

说到这儿，打包好的外卖递到他手上，打断了沈二皮。史达才本来想走的，听到这里，不知如何顿了脚步，想继续往下听。

王小萍道："还有这种事，后来呢？"王小萍一家九十年代才搬到天堂街，自是不熟悉这些旧闻。

沈二皮咂咂嘴："我也是听人瞎传的……说是黄心红老婆救了个小姑娘，好好的脸，被弄得不成样子，一开始以为是硫酸泼的，后来到医院，医生说是PP粉泡的水，也就是灰锰氧，浓度高得不得了，幸亏救得及时，最后人是没事，可脸就完了，那时候医疗条件又不行，你说……是不是？姑娘大概在黄心红家住了两天，老太太人很好，可黄心红就不是东西了，他怕惹麻烦，成天牢骚怪话，那姑娘后来就一个人走掉了……"

"一个人走了？走去哪里？"史达才忍不住问。

沈二皮瞥他一眼，一副好笑的样子："这个哪儿能知道？想知道，去问黄心红，老太太是问不出来了，都死了好几年了……"

"就扯吧，你问了黄心红就肯说？"王小萍道。

"不肯说啊，当年他就不肯说，也不许他老太婆说，要不我就只能听人瞎传呢。"沈二皮拎了外卖，手一扬，"走了！"跟王小萍别过。

史达才看着他往外走，心里还有疑问，想跟上去问清楚。可一来沈二皮不像是个好说话的；二来听口气，沈二皮自己知道得就不清不楚，估计问了也是白问。可要是不搞清楚的话，心里面又揪揪的，想起当年的那个姑娘，好不难过。

想来想去，他转向王小萍，趁她得空，问她："黄心红是谁？"

"黄心红？"王小萍看他一眼，"喏，就外面坐着电动轮椅的老头儿，整天在巷子里瞎逛……"说着，又招呼客人去了。

史达才被晾在一边，他想起来附近好像是有这么一个老头儿，但那个老头儿是不是黄心红呢？他望望王小萍，老板娘忙起来了，他不好意思多打扰，犹犹豫豫地，就从"喷喷香"出来了，往宿处走。

龚雪的事情还没个结果，就又听来个坏消息，虽然是多年前的坏消息了，当年的姑娘不知道还在不在，如果还健在，该也是一个中年阿姨了……他边走边想，越想肩膀越耷拉，感觉这个世界就如同正在暗淡下来的夜幕一般，说不出的诡诈和残酷，唉。

心情忧郁地回到宿处，室友们不例外地又在房间里嘻哈，相形之下，史达才可谓在承受着不能承受之重。他默默地回到自己房间，收拾一会儿，无以排遣，拿起几天前从网上抄下来的那一首朗费罗的《人生颂》在灯下看。他读道："不要在哀伤的诗句里告诉我，'人生不过是一场幻梦'。灵魂睡着了，就等于死了，事物的真相与外表不同……"

读上一段，沉重之心不减。纸面上的东西，就算再励志，也不能直接拿来当救命稻草。史达才呆了一会儿，勉强振作："刚读到哪儿了？嗯，'事物的真相与外表不同'……"

正丧气不已，手机突然振动。史达才取来一看，心上回血，祝明霞终于发来了消息！只见上面说："大头娃娃，顾盼盼国庆节出去旅游，要月中才回来。我给了她你的联系方式，到时她会联系你，敬请期待。"最后是一个眨眼的笑脸图案。

"要等到月中啊！"史达才像被泼了点冷水，以至于顾不上那个笑脸里的调侃意味。不过回头一想，月中就月中吧，总比不见面要强，慢慢地也就欢喜起来，一颗心不再那么沉重，甚至不留神，将抄写的《人生颂》折起，塞进了口袋。

向英在床上睁着老眼，翻过来，翻过去，一会儿面向天花板，一会儿面向窗户，无奈睡意始终很浅。楼下邻居的钟已经敲过一点，床头柜上的音乐机又开始播放新一轮的"体操班的故事"，向英用它来催眠。听故事到现在，内容她都烂熟了，但烂熟归烂熟，其实并没有听出什么东西。非要说的话，那就是"得去查查刘舒那丫头"，很明显，那丫头不喜欢龚雪，如果非要找一个可怀疑的对象，那就只有她了——不然还有谁呢？

"还有谁呢？"向英想不出来，也懒得思想。为今之计，是要尽快睡着，否则一夜失眠可不符合她的养生之道。她又翻个身，面朝窗外。

外面夜浓浓的，是一眼望不尽的深沉。机子里还在"沙沙"地说话，像极了人在耳旁私语。一边是广大而深沉的夜，一边是"沙沙沙沙"的私语，一个叫龚雪的女孩儿不见了，时间正是夜半，纵使向英自诩胆肥，也不免汗毛直立。

几十年的人生经验告诉她，这个世界非常危险，这不是表面上的插科打诨可以掩盖的。白刀子进，红刀子出，这种危险人人可见，反而算不得真正的危险。真正的危险都是静悄悄的，比如一个人消失了，其他人毫无知觉，依旧吃喝的吃喝，谈笑的谈笑，好像什么都没发生，一觉睡过，太阳照样升起……

"龚雪走进了病房……她问我，刘舒他们那边来过人了？……"机子仍然在平稳地播放，电源上的红灯像是什么东西的眼，对着向英一闪。

向英的心就一跳。"不行，我得去喝口热水，压压惊。"她摸下床，脚挑拖鞋，"趿拉趿拉"地走了两步，突然一脚挂到凳子，静夜里"咚隆"一响！

身子骇得一僵，神经登时绷紧，值此之际，她听见音乐机里道："……那位亲爱的干妈反应可真大，比刘舒还大。我不过说了句话，她就那样瞪眼睛，像要吃人似的，还真是……有意思……"

向英在原地僵了一会儿，慢慢地脑子先自活动："这……这好像还有一个人啊……这个干妈……"

她动了动胳膊，一个人自言自语："为什么那干妈反应比刘舒还大？龚雪当时说了句什么，让她想要吃人咧？"

自然无人解答。向英摸着了水杯，喝了一口，呷道："还真是……有意思……"

次日，向英就起得比平时要晚，待她啃着冷烧饼到达隔壁解德芳家的时候，李国珍已经和好了馅，准备中午一起包饺子吃。

李国珍一见向英，就道："老向啊，你睡得好懒觉，我今天在楼下左等你不来，右等你不来，正要给你打电话，碰上王小凤那个霉老太，非要拉着我说话，这一说就说过了点，害我菜都没买成。我一急，就想去他的，干脆上老解这里包饺子，连汤带水吃一通，吃饱就行……你看看……"

向英啃烧饼啃得很香："有饺子吃，不错喽！我那里还有绞肉，你们要是不够的话……"

解德芳道："等把这里的包完，不够再说……对了，你今天怎么起晚了，平常都是五六点就听见你开门关门……"

向英把音乐机朝桌上一放："还不是刘振邦给的那个录音给搅的？老李正好你也在，我放给你们，你们好好听听，我跟你说，这里面有名堂……"

一听到"有名堂"，李国珍脸膛亮了亮："什么名堂？"

向英一手啃烧饼，一手摆弄音乐机，开始播放。李国珍和解德芳则一边包饺子，一边听。依然是"沙沙"的背景音，依然是没有画面的对话，依然是听上去不算事情的事情。李国珍耐着耳朵，听到最后，手里捏饺子，嘴上做发表："什么名堂，我是没听出来，也就姓刘的那个丫头，看样子是个坏的，该在她身上追下去……哎，要我说，这些个小丫头，还是没用，没半点泼劲儿！吃了人家的亏，还不要人家的钱，还在心里怄气，你说呆不呆？换了我，我早就找上门去问她父母要钱，能要多少要多少，他们要不答应，我就站在他门口骂，叫周围人都听听，这家人都养出些什么东西……"

向英笑道："人家小姑娘家家的，怎么能跟你个老兀鹫比哦！你看人家又是体操又是健美操，泼不起来的……"

"嗯，泼不起来是真的，但泼不起来的人未必吃亏——"解德芳慢条斯理，"比如我老家一个叔叔，人看着斯斯文文的，从不跟人吵架，但为人啊阴棍得很，大家都不敢得罪他。"

"哎，就这种阴棍最讨厌！表面上是个好人样儿，专门在背后搞小动作，让你防不胜防，有时候啊能把你搞得……"李国珍哼哼地，又取了张饺皮，"好啦……老向，你就说吧，这录音里有什么名堂，我是听不出来，老解你听出来了？"

解德芳呢，其实有一点儿想法的，但由于李国珍说了听不出，她便也道：

"没觉着有名堂。"如此大家面子上就都过得去，不显得难看。

向英一听，说："嘻，怎么没名堂！你们听啊……"把个音乐机摁了"倒退"，重复播放"那位亲爱的干妈，反应可真大，比刘舒还大"几句，边放边道，"就是这个干妈有名堂啊！刘舒犯的错，她反应那么大干什么，龚雪不知说的什么刺着她了？"

李国珍依然毫无感悟："这能有什么？反应大嘛，也可能是装的，长辈护晚辈，用来吓吓龚雪，还能有什么……再说人家做评委的，大小算个领导，脾气大正常。"

解德芳慢悠悠地："我倒觉得这个干妈出现得最古怪，她是经常去体操班找刘舒呢，还是不经常去？她通常又在什么时候去？那天她出现的时间是不是平时的那个点？如果姓祝的丫头摔伤的事不是意外，那只能是姓刘的丫头跟她干妈串通。小丫头年纪轻轻，没有经验，说不定就是她干妈给出的主意，所以被龚雪揭穿，反应会大……"

越说越乱了，也越说离向英的感觉越远。胖老太太丢开音乐机："得了得了，就算他没名堂，算我昨天夜里鬼摸头好了！"

李国珍筷子尖上挑绞肉："说到名堂，我来说一件真有名堂的事，你们听好了。这是今天早上王老太王小凤跟我说的，她呢又是从小萍子那里听来的，小萍子又是听沈二皮说的，我们这些后搬来的人可能都不知道……"

"什么事啊我们不知道，就发生在天堂街？"向英掸掸身上的烧饼屑。

"就这一带吧！也是沈二皮自己传出来的，说是八几年的时候啊……"便把那位姑娘被人用 PP 粉水毁容的事情，添点油，加点醋，说给两个老伙伴听，还特意提到黄心红，说黄心红"知道所有的来龙去脉，但就是一个字不吐，也不让他老婆说，搞得神秘兮兮的样子"。

向英嚼着烧饼："黄心红知道？嘻，那老东西可难开口，别看他坐着轮椅看上去跟个老弱病残似的，其实呀，心眼儿多着呢，最会保命的就是他了！"

解德芳道："他不说你也没办法……不过这种事情可能在这一带算是新闻了，在我老家那边都不算什么，那个时候街上干什么的没有，管都管不过来，你连自己得罪了谁都不知道。"

仁老太太正说得热火，史达才买了菜到来，大包小袋，勤勤恳恳进门。一进门就转移了老太太们的注意力，这个叫"歇歇"，那个让喝水。李国珍看看桌上包的饺子，道："再多包点，把刘振邦喊来一块儿吃，这两天好像都没见小刘人……"

向英道："来过电话了，说感冒了，在家歇歇，省得传染给我们。"

李国珍听了说："那是要多歇歇。"便不再感兴趣，拉着解德芳，接着之前PP粉水毁容的事件，一路发散，演绎那些骇人的传闻，又要解德芳介绍她老家的那些陈年恶账。老兀鹫就指着这些"腐死"的消息过活，平日里扒窗台亲自捕捉还不够，还要把那些入土的东西再扒出来，反复咀嚼，这些可谓老兀鹫的精神食粮。

另一边，史达才蹲着，将塑料袋里的菜码到篮筐子里，心想："原来'振邦永远最伶俐'感冒了，怪不得这几天没动静。"停一会儿，又起一念，"那我该不该去看看他？怎么说，也算是老同学，近来面又见得多。"紧接着又踌躇，"只是得个感冒，就不用去看了吧，过两天他自己就来了，这样跑上门去看，显得小题大做，再说谁还没得过感冒啥的……"一进一退，在心里面互搏。

向英站在他后面，看着他码菜，道："大才，你要是有空，帮我跑一趟，一会儿把下好的饺子，带几个给刘振邦。"

这一声一出，史达才心里面的搏斗顿时有了结果，他非常高兴地答应："好啊！"舒畅于问题的解决，为此他挺感谢向英。

向英可不知他心思，只是念叨："本来嘛，感冒不算个事，但刘振邦在这里就我一个长辈亲戚，我不多问问谁去问？再说你们这些小年轻，一个人在外地，平时身体好好的，家里还放心些，真要有个头疼脑热，家人不知多牵挂，更不要说出些别的事情……"

话到这儿，最后一口烧饼下肚，向英望到桌上的音乐机："……所以啊，龚雪这丫头不出事还好，要是出事，她家人不得伤心死，也不知道她家里人知不知道……"

提到龚雪，史达才马上想起来："对了，祝明霞那边给我回复了……"三言两语，把至少月中以后才能见到顾盼盼的话告知。

那头，李国珍跟解德芳的谈话正好告一段落，史达才的话顺风飘进老兀鹫的耳朵，她跟着就道："还要到月中啊，那还有好几天呢，这姑娘也是心大……"时间越拖，她对龚雪的事越少热心。毕竟，目前手上得到的有关龚雪的消息，跟那些真正的陈年旧账比起来，实在不大够瞧。她手上飞快地捏着饺子，心想："还是黄心红那档子事更好玩，他人就在小区里，想见就能见。唯独一个不好，就是姓黄的嘴太紧……"

解德芳道："能见面就行。不过大才啊，还是那句话，安全第一，这么多年过去了，当年的小姑娘现在都变成了什么样，你都不知道的。"

这句话仿佛意有所指，史达才刚刚起了点坏预感，向英就把他扯到一边，跟他咕噜，要他见面的时候，把刘舒的干妈多问一问，尤其是那天龚雪跟那个干妈争执的时候，都说了些什么话。

"刘舒的干妈？"史达才有点莫名，心想刘舒的干妈不是出国去了么，问她又能问出什么来？然而还是答应了向英。

向英大约看出他的疑问："哎，多问问，多问问也没坏处嘛，谁让她跟龚雪吵过架呢！噢对了，再问问刘舒那丫头，她现在在干吗，是不是跟龚雪有联系。"

这个刘舒，就算老太太不说，史达才也是要问的。为怕遗忘，他还掏出小本子，郑重地把问题都记下，喜得向英直拍他。

史达才跟老太太们一起包饺子、吃饺子，完了带着一饭盒煮熟了的饺子，去送给"振邦永远最伶俐"。去之前打了电话，确认人在家，当然电话是向英打的。

刘振邦租住在天堂街往西、隔一条马路的农贸市场后面。史达才根据向英给的门牌号，过街穿巷，一路摸进黑乎乎的楼道。刚上去，就见刘振邦大敞门户，眼镜片闪闪地立在门口，呼他："大才——"牙齿白白地笑。

史达才观其精神，似乎并无感冒的迹象："喏，你姨奶让我给你带的饺子……"把饭盒一递。

刘振邦随手接了："知道，知道，电话里说了。来来，进来进来，我有东西要给你看……"热切地将史达才往屋里领。

史达才也乐意进去瞅瞅，看看"振邦永远最伶俐"住的地方跟自己住的地方有什么不一样。他走了进去。

这原是一个二居室，被房东隔断了客厅后，巧妙地改造成了三居，刘振邦就住在由原客厅辟出来的房间里。房间不大，窗户倒不小，由窗户望出去，只见几株歪脖子树，恹恹地伸着枝子，枝头一丁点儿可怜的绿。

"来来来，大才，给你看这两天我发现的东西，"刘振邦将被子一踢，吃剩的汤碗一撂，又将好几件不知道是干净的还是脏的衣服扫到一边，"来来来，坐这里。"他自己则抱着笔记本电脑，搁到折叠桌上。

史达才瞧他模样，忍不住问："你、你感冒好了？"

"感冒？"刘振邦瞭着他笑，"嘻，鬼才感冒！找个借口，搪塞老姑婆，要不然我猫在家里两天没动静，老姑婆会东问西问，我没那么多时间应付。"

"那你这两天在忙什么，不想让你姨奶她们知道？"史达才在指定的椅子上坐下，吃剩的汤碗就在他侧边上，眼睛一斜，碗里还沉浮着半根面条。

"也不是不想让她们知道啦，就是跟上了年纪的老姑婆，一些事情很难解释得清。"刘振邦说着，便告诉史达才他这两天猫在家里都干了些什么。

原来刘振邦自那日见过祝明霞之后，闲来无事，琢磨体操班那群人中，有一支明显的"反派"——那就是刘舒（以及她干妈）。继而又想起之前于老师说刘舒如今已做了健美操比赛评委的话，在业界、在本市，都算是小有名气了，不知道这时候上网搜索她的名字，能不能再搜出什么边角料。

探究之心一起，他立马付诸实践，换了好几个搜索引擎和关键词，在搜索结果里一页一页地翻找，还真给他找到了不少东西。

首先是某某健美操比赛网页上对各个评委的介绍。"你看，这就是我找的有关刘舒的简介。"刘振邦指着其中一个网页，招呼史达才。

史达才好奇地抻脖子，看那网页上，当中一张中规中矩的证件照。照片上能看出来是刘舒，窄脸白肤，撇开发型不看，依旧是之前合影上的模样。下面几行字，依次介绍了刘舒的学历、专业资格、过往获奖经历等，网页右侧还有一些媒体的相关报道链接。

刘振邦指着那些新闻链接，道："这些链接很有用。新闻媒体嘛，最爱搞事情，又最会招摇，尤其在那些社交网站上，于是，你看……"

史达才目不转睛，瞧着刘振邦根据那几个新闻链接，摸到了几家媒体在社交网站上的相关发布。几家都是本市的媒体，名气大小不等。名气小的媒体平时发个死了人的视频新闻，都鲜有人问津，更别提发布一个"高雅"的健美操比赛的消息，底下评论为零不说，有多少人点击读过都很难料。至于名气大一点的媒体——

"也就本市这家报纸发行量还算可以了，这是他们发布的那回健美操比赛的新闻，"刘振邦一手指屏幕，一手利索地点开，"下面终于有点评论，你来看看这些评论的用户名。"

史达才被他带着，亦步亦趋，刘振邦叫他干啥，他就干啥。他着眼去看那些用户名，起得形形色色，有叫什么"热水澡洗你""赃款压死人"的，有奇形怪状英文单词的，更有莫名字母数字组合的……在网上都算是司空见惯了。只是史达才晓得刘振邦这么说，多半因为里面有名堂，他便抵着个大脑袋，艰难地绞了几下脑汁，道："这一个——不会就是刘舒吧？"

他指着的是一个叫作"舒舒不舒服"的用户名，该用户留下的评论为"感谢报道，感谢支持，感谢让我上新闻"，后面跟着一串热热闹闹的表情符。

刘振邦嘴巴一咧，顺势一点"舒舒不舒服"的名字，页面打开，徐徐下拉，姿态各异的刘舒便呈现在他们眼前：有吃着精致甜点的刘舒、有正在压腿练功的刘舒、有在异国风景名胜地留影的刘舒……史达才初时看得还挺新鲜，几十条一过，见无非是诸如此类美好生活的记录，或者一些仿佛蕴含哲理的话（例如"将某样东西看得太重要，越努力越得不到"），他渐渐觉得乏味："她这些东西一共发布了多少？你不会全都看完了吧？"

刘振邦两眼一瞪："这就嫌多了？这还是其中一部分，不怎么重要的一部分，嘻，真正的重磅炸弹在这里……"

原来刘振邦自从挖到刘舒的社交账号，便开始废寝忘食，从第一页起，一条条逐次过滤，不管是刘舒原创的、转发别人的，还是下方的那些评论。他的室友出门玩去，他猫在电脑前面看，他的室友回来睡觉，他仍猫在电脑前面看。看得眼睛几乎半瞎，终于在一个秋风扫落叶的凌晨，给他掘到了这么一个评论。

"就是这个，"刘振邦说着，唰唰跳去第九页，往下一拉，手指其中的一条发布。只见刘舒自拍了一个镜中像，文曰："干妈给挑的连衣裙，穿上顿时淑女起来了呢！"点开下面的评论，几条友人的夸奖赞美中，夹杂着这么一个回应："要永远坚持做一个淑女。"刘舒回复了此人，道："听干妈哒！"后面跟着俩爱心图案。

"哎哟！"史达才轻呼，"这……这真的是那个姓谭的干妈？"

"除非刘舒还有别的干妈。"刘振邦脸上一抹诡笑，"记住了，大才，这位干妈的用户名叫作'宛在水中央'"。

"宛在水中央"？"永远坚持做一个淑女"？史达才愣愣地，他记得上一个不断被人提起的淑女好像是……龚雪？唔，这里有一个淑女，那里也有一个淑女，这两位淑女曾经争执一场……

乱想间，刘振邦又唰唰几下，跳去了"宛在水中央"的主页："这位干妈的主页倒是很干净，已经一年多没有动静了，而以前也很少发东西，顶多是转发，连点赞都很少……"

史达才忙跟过去看，见上面转发的多为风景照、静物照，旁白一两句人生感悟，或是其他著名账号对一些畅销书的短评。这些畅销书看书名，或抽象，或文艺，不是如史达才这般的懵懂人所能理解的。史达才接连看了十来条，都是如此，他攒着眉头："这个……等于什么也没说嘛，你说的那个重磅炸弹在哪儿？"

刘振邦不语，他点开"宛在水中央"所关注的账号，又唰唰唰连点开几个被关注的账号的主页，接下来又分别打开这些账号发布的某条消息下方的评论："大才，我这回是下血本了！先是翻看刘舒的主页，翻得天昏地暗，以为能喘口气了，还要来翻这位干妈的……这位干妈也是好玩，自己小心翼翼地不发状态，跑到人家的发布下面去抒发一些真情实感。"

他指点史达才看了三条发布。第一条，发布者介绍一幅油画，画上一个西方传统淑女，身着华服，一个人坐在窗边的阴影里，眼望窗外，目中一丝沉寂。原发布者说："淑女的幽闭。嫁给一个不爱自己的丈夫，幸耶？不幸耶？"

底下的评论五花八门，有的道："活着已经很艰难了，还管得了爱不爱？这是衣食无忧的人才会考虑的问题。"还有的道："再不幸也是不愁吃穿的贵妇人，再说不是还有'骑士'这种婚外恋对象的存在吗？"一堆七嘴八舌中，史达才读到了那个"宛在水中央"的评论："淑女将来是会有孩子的，孩子会代替丈夫来爱她，特别是儿子。"

接下是第二条，一位畅销书作者介绍自己写的一本名叫《连环杀》的小说。小说中，丈夫屡屡发生婚外恋情，然而每交往一个对象，对象都会神秘地消失不见。丈夫碍于脸面，不敢公开追查，只好暗中打探消息。随着线索的增多，丈夫越来越怀疑自己的妻子。为了证实猜想，他又一次开展了婚外恋，想着"这一回，总该摊牌了……"。

下面的评论里，一些读者关注那些婚外恋对象的结局，一些读者质疑这位丈夫开展那么多恋情的可能性，还有的则抱怨作者写得龙头蛇尾，就那么一个白开水似的谜底，白费了之前吊上来的胃口。史达才撇开这些杂音，直奔"宛在水中央"的发言而去，只见她道："羡慕书中的丈夫和妻子，他们还会互相摊牌，坐下来深谈，小说比现实强太多。"

再下来是第三条，发布者就希腊神话中的诸神，论道他们之间复杂的花边关系、恩怨情仇，什么宙斯娶了亲姐姐赫拉、俄狄浦斯杀父娶母……不是色情，就是暴力，承接这个气氛，评论里各抒己见，众说纷纭，有羡慕那些希腊神的生猛和开放的，有指出发布者的个别错误的，有这个神的支持者同那个神的支持者进行论战的……此情此境，那位化名为"宛在水中央"的干妈的答案是什么呢？在上百个评论之后，她说："以前最爱天后赫拉，现在只想做俄狄浦斯的母亲，那种感觉，痛苦又甜蜜。"

"这……这是什么意思？"史达才起先还没反应过来，他对这些文艺领域的东西连皮毛的了解都谈不上。还是刘振邦搜索出网络上相关典故的释义，暗示了又暗示，他才后知后觉，咂摸出一丝异味来："这个干妈……这个干妈……"五官皱起，像是刚吃下去一个苦瓜。

刘振邦笑嘻嘻地接下他的话："……非常耐人寻味。"

史达才不断地摩着后脑瓢儿，不知道该说些什么好。在他二十多年的人生中，还从来没遇见过这种情况，他感到既吃惊，又迷惑不解，还有一种源自本能的巨大的反感。"为什么想要做俄狄浦斯的母亲呢？"他别扭地想，"正常人应该都不会这么想的吧？"再联想起之前"宛在水中央"关于"淑女"的言论，他感到更加别扭了，几乎犯恶心。

刘振邦看他一脸怪物相，暗自发笑，心道"原来不是自己一个人被这位干妈给惊到"。只是他下九流的读物看多了，多少见怪不怪，最初的震惊过后，也能摩着下巴，试着揣摩一下这位已婚的中年女性的心路历程。其实没什么复杂的，"不就是婚姻不幸福，跟丈夫不恩爱，然后只能把感情寄托在儿子身上，发展出所谓的恋子情结，"刘振邦十分老到地推断，他对这些现代性名词涉猎颇多，"不过这可不是什么现在才有的东西，以前人说的什么'孤儿寡母''寡母恋儿'，跟这个其实是一回事，一点也不稀奇！稀奇的是……"

刘振邦缓缓地看回到那部小说《连环杀》下面的评论，当时刘舒的干妈说："羡慕书中的丈夫和妻子，他们还会互相摊牌，坐下来深谈，小说比现实强太多。"

"小说比现实强太多，"刘振邦搔着已经两三天没洗的头，念念有词，"小说比现实强太多……小说里，那个妻子谋杀未遂，那么现实中这个亲爱的干妈咧？"

这就是两日来刘振邦用睡眠不足和两眼血丝换来的成果。他把这些成果，包括自己的见解展示给史达才，边指边讲，讲得急促而跳跃。他就像是一只好奇的狗，在这干妈身上嗅到了某种东西，引起他的恶趣味，思来想去，兴奋到天亮，十分想跟人探讨一番，因此史达才可谓来得正好。

可惜这个大头鬼像是被惊呆了，任凭他怎么引导，始终沉浸在某种道德的愤慨里，反复地批判："不可思议，不可思议，居然会有这种事情，这个干妈是不是心理有问题啊？该找医生，绝对该找个医生……心理医生会管这种事情的吧？"抱着个南瓜脑袋，仿佛受到了某种伤害。

刘振邦一边"呱唧呱唧"地吃薯片，一边听着史达才愤慨，心想："大头鬼如此少见多怪，在这世界上一定会多很多痛苦吧。"

他眼望史达才，突然想到一事："对了大头鬼，你跟上一家公司为什么闹翻的？"

"呃？"史达才在愤然的情绪中一路狂奔，冷不丁被刘振邦叫转，不能及时刹住，愣上一会儿，才讪讪地支吾，"那个事啊……"其实不太想说的，但记得上一回好像答应了"振邦永远最伶俐"，这要是再不说，可就显得太小家子气了。

史达才不愿被说小家子气，于是尽管不情愿，一阵嗯啊之后，还是陆陆续续地说出缘由。原来他上一个东家是个不知名的牛奶生产商，史达才名义上的职位是销售，每天不是窝在格子间里挨个打骚扰电话，就是野马一样奔波在各个小区门口，搭个草台架子，招徕人们订牛奶。一开始倒没什么，后来好几次，车间人手不够，史达才被叫去帮忙，这才接触到车间里的各种猫腻，像是生奶里被人尿尿、过期标签涂抹了打上没过期的、直接用奶粉冲兑当鲜牛奶……史达才看得心惊，再向人推销时就不大好张口，非要张口，也会劝人不要订某几样"问题奶"。一次他在电话里这么劝人时，被同事听见，密告老板，当天老板就把史达才叫到外面，劈头一顿恶骂，说："我付你钱，是叫你为我效力，你却来拆我的台！……"当场叫史达才滚蛋。史达才就乖乖滚蛋了。

"哎呀大才啊，我的大才呀！"刘振邦津津有味地吃薯片，津津有味地听。看到史达才愈说愈垂了脑袋，一副颓相，他心里道："这哪儿是个大头鬼，就是个大头呆子，就这样还去做销售呢，怪不得混得比我还惨。"

只是史达才看上去已经很难过了，刘振邦又联想起那天在天堂街街口偶遇他时的样子，暗自叹气，不再说什么调侃的话，反而故作轻松道："好啦，这事已经揭过了！你看你现在跑跑腿，找找龚雪，每天过得兴兴头头，不比给那些黑老板打工强？"

史达才顺之一想，果然是这么回事，可心里还是不大得劲。再说这龚雪的事情吧，上回见的祝明霞，倒的确是兴兴头头，可今天知道了干妈这件事，他可无论如何兴不起来——天晓得这个令人惊悚的干妈曾做出过什么事！

总而言之，他对这个世界是越来越无法理解了，加上前几日从沈二皮那里听来的高锰酸钾毁容事件，加上他自己被老板痛骂后失业，这段时间史达才的心理承受力逼近极限。正当他满腔憋不住，想对着"振邦永远最伶俐"诉说一番的时候，他的手机突然在口袋里"嗡嗡"一振。

他下意识地掏出来看，见是一个陌生的来电。当着刘振邦的面，他摁了接听："喂？"

电话那头，一个娇俏的声音对他说："你好，是史达才同学吗？我是顾盼盼。"

Chapter 10

三口之家

史达才愣愣地举着手机，半晌，吐了声："啊，你、你是……"

对方听上去十分亲切，宛如天使之音："我是顾盼盼，请问你是史达才同学吗？明霞说你那边有龚雪的消息……"

"啊，对对，我、我是史达才，我……我其实也是要问一问龚雪……"顾不上说得是不是语无伦次了，史达才只觉得瞬间快乐，种种阴霾的心情顿时消散，阳光又重新普照他的生活。

"嗯，明霞都跟我说了。我假期出来旅游，本来计划中旬回去的，但一来我女儿水土不服，有点拉肚子，二来我想早点知道龚雪的消息，所以我们现在正往回赶，晚上就能到家……如果那样的话，最快我后天就有空，可以和你见面。嗯……请问你后天方便吗？"

史达才愣在当场，"女……女儿？"顾盼盼的声音不大，听在他耳里却犹如雷震。天使一晃变成了圣母玛利亚，照片上羞怯的少女摇身做了母亲，一段罗曼蒂克的幻想还没开始就告结束，阳光再度消失，阴霾重新笼罩——此时此刻，他能说什么呢？

"喂，喂，你在听吗？是不是后天不太方便？那……那你来定个时间。"顾盼盼善解人意地说，浑然不觉史达才心情的跌宕。

"啊不用，不用，后天可以，后天就可以，就……就后天吧！"尽管心中失望而苦涩，史达才还是努力用一种正常的语气回应。

顾盼盼那头显然很高兴："好啊，那……那后天下午两点钟怎么样？"接着又询问他见面的地点。

"可以，可以，都可以。"事实证明，即使面对的是"圣母玛利亚"，史达才也很难讨价还价，说出什么拒绝的话。顾盼盼报时间，他同意时间，顾盼盼报地点，他同意地点，最后顾盼盼向他欣然道："好，那……那就后天见啦！"

"后天见，后天见……"史达才讷讷地，通话就随之断了。

放下手机，一旁的刘振邦"呱唧呱唧"地吃着薯片，向他投来一个怜悯的眼神。即使不设免提，手机里的声音也足够大，足够让"振邦永远最伶俐"连猜带蒙个八九不离十了。他吮了吮自己沾满鲜味的手指，叹道："大才啊，那天祝明霞其实提醒过你……"

祝明霞提醒过他吗？史达才傻傻地握着手机，似乎有点儿印象。但不管有没有都无所谓了，米已成饭，木已成舟，他最有好感的顾盼盼已经结婚且有了个会拉肚子的小女儿，他有什么法子呢？要怪也只能怪自己，谁叫他一厢情愿来着。

几分钟前心情不好，史达才还有欲望一吐为快。如今再闻噩耗，心情接连往下掉，深不见底，史达才便连诉说的欲望都没有了，挂着个大脑袋，一脸郁闷地发呆。

对着这么个"失恋"了的大头呆，刘振邦好笑之余，到底不过意，因此留他吃晚饭，慷慨地将史达才送来的一饭盒料真馅实的饺子与他分享，还下楼切了只烤鸭腿，以安慰今天一天史达才那颗被过度伤害的心灵。

黄心红打着饱嗝儿，满意地把电动轮椅开到街心花园最向阳的一处，准备在这里打发掉午饭后最为无聊的一段时光。他刚刚吃完了一大盒爆炒腰花盖浇饭，由王小萍亲自从"喷喷香"里送出来给他。他坐在他的"小坦克"上，当街就吃了个底朝天，除了薄薄一层油卤，就什么也不剩了。

腰花很嫩，米饭很香，"喷喷香"的王小萍总是那么照顾他，加量不加价，还有巷子里那些老熟人开的理发店、小卖部……在天堂街，黄心红不管出现在哪里，总能得到礼遇和优待（沈二皮开的麻将档除外）。他是这一带年纪最长的原住民，他记得这里每一个老邻居迁来的时间，他掌握着这一片乱麻似的巷子里每一段隐秘的过往——当然都是些不大见得人的过往。他知道的太多了，说出去的却太少，这使得他常年都保持着一股优越感，同时又有一种快要被撑死了的烦躁。

"有些事现在就算说出来又能怎么样呢？"他咂着嘴里残余的腰花味儿，心道，"小心翼翼了一辈子，难不成要一直小心到死？"

黄心红不甘小心谨慎到死，他不自觉地想要抓住最后一点时光，做出点反常的事来。这会让他感到愉快，一辈子仅有的一点儿愉快，真正的愉快。谨慎可以保命，这不假，但谨慎不会让人感到愉快，甚至只会让人感到不愉快。已经没剩下多少时间了，他为什么还要再委屈自己，让自己不愉快呢？

黄心红那患了轻度白内障的眼睛，由近至远，遍扫整条横街。正是饭后精神最懈怠的时节，他很想找个人说说话，倾吐倾吐。而如果他一不小心吐出了什么丑事，那也不能怪他。他只不过是一个老头儿，一个坐轮椅的昏聩的行将就木的老头儿……

李国珍隐在树丛后，已经观察了黄心红很久。解德芳则还站在她之后，由她挽着手，她悄悄说："黄心红现在一个人，老解你马上过去，假装歇下脚，就坐在那边花坛上。黄心红多半会跟你搭话，你就慢慢地套他，往那件事上套，能套多少套多少……慢慢地，别着急……"

为了撬开黄心红的嘴，李国珍很是动了番脑筋。为此她不惜自省，自认平日里给人留下的"老兀鹫"的形象太坏，容易引起黄心红的警觉，不适合去做套话的勾当。至于邻居老向，比自己是稳重多了，但她常跟自己一起走，黄心红日日望得见，也不会信得过老向。想来想去，就剩下一个老解了，整天安安分分、深居简出的，加上眼睛看不见，想来同为残疾的黄心红一定会对她放心得很。

李国珍越想，越觉得自己的主意妙。她马上就去找解德芳，三言两语，把事一说，怂恿她去套黄心红的话。

解德芳有点儿诧异，但没有拒绝。这么多年下来，她太了解自己这两个老伙伴的脾性了，一个鼻子尖，一个耳风长，是各有各不省油的地方。被她两位带着，渐渐地，解德芳也对别人的闲事充满好奇，愿意刨根问底。因此她没有拒绝老李，非但不拒绝，还因为李国珍这般信任她而感到高兴——她终于也能够帮她的老伙伴做一些事情，而不总是受她们的恩惠了。不过还是有言在先："我可不保证一定能套得出来，老李你不要对我抱太大希望。"

李国珍就道："试试瞧，试试瞧，套不出来，我还能杀了你怎的？"把解德芳往前面一送。

解德芳便拄着个四爪拐，慢吞吞地沿花坛走了过去，"嗒""嗒"。

"嗒""嗒"，黄心红看着个瘦高的人影走近，还当那是谁，原来就是小区里那个姓解的瞎眼老太，平常很少见她出来的，不知今天怎么会一个人逛到这里来。听说这瞎老太没儿没女，只偶尔靠娘家人照应一下，对比来看，比自己还惨。

"嗒""嗒"，解德芳抵着了花坛边沿，她用手触一触，慢慢挨身坐下，神态迟疑，生怕磕碰到什么的样子。

见她如此迟缓，黄心红心中一动，骨子里对人的戒备无形中消去大半。他突然很愿意屈尊同这瞎老太聊一聊，说一些他不会在其他人面前说的东西。

于是，"怎么，解师傅，刚刚吃过饭，出来走走？"他随手拈一句，作为开场白。

解德芳将脸朝向他："哎哟，是老黄啊！你不出声在这里，我都不知道。"

黄心红开心地笑了起来，他喜欢这种优越于他人的感觉："我也是不容易出来，每天都要给轮椅充电，烦得很哪！"

解德芳道："你好歹这一带都熟悉，不像我……在天堂街，你也算是个元老了！"

黄心红再一次呵呵笑，但适当的谦虚仍是必要的："什么元老，你当我喜欢一辈子住这里啊？还不是没办法，凑合着过……"

"啊，你不喜欢住天堂街？不会吧……这里不蛮好的，生活方便，治安也不差。"解德芳的惊讶不完全是假装。

黄心红就一哼："方便是方便，但这个治安嘛，哈哈……解师傅，有些东西，不是表面上看到的样子……"

　　解德芳心念闪动，即用一种不以为然的口气道："就算这里治安不好吧，那也比我老家强多了。你是不知道我老家那边，当年乱得哟！光天化日，好好的小姑娘走在街上，被人拿东西，对脸一喷，马上就迷迷糊糊地跟人走，不知道被拐去什么地方……好多这种事情，这里总没有吧？"

　　黄心红哪儿能被个瞎老太给比下去，他马上在轮椅上坐直了："怎么没有？你那个只是拐子拐人，坑蒙拐骗，小儿科，我这边可都是深仇大恨！你想啊，半夜三更的，往人小姑娘脸上泼 PP 粉那种烧脸的东西……"

　　解德芳心中一跳，没想到不等她开口，黄心红自己就说出来了。她暗暗高兴，却知道不可以打草惊蛇，叫黄心红这不容易撬开的嘴再重新闭上，便道："不会吧，在天堂街还发生过这种事？这姑娘多大啊，她是不是得罪了什么人啊？"

　　她本是顺嘴一问，不料黄心红把腿猛地一拍："可不是得罪了人么！她自己不说，当我不知道么？嘻，我告诉你啊，解师傅，别看我现在眼睛得了白内障，可认人还是很准的！更不要说几十年前……任何人，我只要瞧过一眼，哪怕他变成灰，我都能把他给认出来……"

　　解德芳耐心静听，她知道黄心红谈兴上来了，这当口只要不说话，准能有所收获。

　　果然，黄心红把电动轮椅向她这边挪，压低了声音道："这件事前因后果，别人都猜不透，也就我猜出来了。但猜出来又怎么样呢？别说没有证据，就算有证据，我也不敢管这种闲事啊！唉，现在想想看，当年那个小姑娘真是蛮倒霉的……"

　　尽管顾盼盼已经嫁作他人妇，见面那天，史达才还是将自己打理了一番：用梳子一缕一缕把头发梳整齐，盖住稀缺处的头皮；翻箱倒柜，找出标牌还没剪的新衣新裤，穿套在身；又用眼镜布把俩镜片擦得一尘不染……如此装扮一新地立在北湖公园入口。

赶来跟他会合的刘振邦远远地望见了，第一个反应就是："大头鬼怎么今天打扮得像个新郎官?"随即想起是因为今天要见顾盼盼。心下嗤笑着，对史达才的鄙视之情立刻更上一层。"人家都成人妻了，这还不死心呢!"

踢踏步子过去，堪堪走近，嘴还没张开，就被一个小小女童抢了先："请问，你是史达才叔叔吗?"

"呃?"史达才对着川流不息的马路，在等顾盼盼，也在等刘振邦。时隔一天，他从失望的情绪中恢复了一些，也能够自我安慰，"电话里，她声音轻快，听起来过得不错，这样就很好啊!"如是再三，压下心底的惆怅。

却是压压惆怅又上来，"也不知道跟她结婚的是个什么人，他应该对她很好吧?"心眼子活泛，在那儿蠢蠢地想，渐渐地越想越多，对着马路呆望。

正呆望着，就听个稚嫩的声音从下方传来："请问，你是史达才叔叔吗?"

"呃?"史达才讶然低头。一个梳蘑菇头、戴发卡的小小女童冲他仰着脸，乌溜溜的眼睛眨巴着，好似一只食草的小动物。

史达才不知怎的，就有些手足无措："啊，我、我是史达才，你……找我有事?"

女童小嘴一咧，笑了："是我妈妈找你，她马上要去订座位了……"说着手一指。

史达才随之而望。几步开外，一个年轻的女郎笑如春风，冲他欢快地招手。随招随走，她走过来问候："史达才同学吗? 你好，我是顾盼盼，之前通过话的，这个……是我女儿天天，她非要跟我们一起出来……"拉着小女儿的手。

眼前的顾盼盼，妆容淡抹，长发微卷，身上及膝裙，脚下高跟鞋，一股成熟的气息扑面，只能从眉梢眼角捕捉一点照片上那个少女的影子。

史达才一时呆怔，喉咙里"唔唔"着，也不知是何意思。

所幸旁边立刻有人替他道："你好，你好，我是刘振邦，上回一起见过祝明霞的。"这便是"振邦永远最伶俐"到了。

顾盼盼看着他两个，神情欣悦："是的，是的，明霞都跟我说了! 说是一共两个，一个瘦一点，一个……"及时缄口，不愿说出那个"胖"字，大约觉得不太礼貌，便冲他们夸张地笑笑。

史达才心中讪讪，然而还是无声地替自己辩解："我这样子不能叫胖，只能说比较壮。"

刘振邦仿若不觉："你好，你好，请问你手机带了吗？"捧着自己的手机，已经在迅速地拨号。

顾盼盼不明所以："带了啊，怎么了？"她的手摸向挎包。

"我有一个美丽的愿望，长大以后能播种太阳……"挎包里响起童声合唱，顾盼盼急忙取出手机来。

"好，谢谢！你的确是顾盼盼，我刚才只是确认一下，顺便说一句，铃声设得很好。"刘振邦看着顾盼盼，眼中一抹真诚的光。

顾盼盼愣了愣，有些哭笑不得："哦，哦……你……确认……那、那个……我的手机号你怎么知道的？"

刘振邦手掌一翻，把手里那张记录的纸给她看："你不是给老太太打过电话吗？你说你要找龚雪，可那个号码现在归老太太了。"

顾盼盼一拍脑门儿："是的，是的！我给你们那个奶奶打过好几个电话，短信也发过，一开始还以为她是龚雪的奶奶……"

提到龚雪，大家都有些沉默。顾盼盼的笑脸像是一朵花儿似的谢了下来；刘振邦悄悄打量着顾盼盼，肚里转着心思；史达才则终于想起此行的目的，神情一凛；唯有小女孩天天不知大人的事，瞧他们突然都不说话，轻声道："妈妈，再不进去，就没座位了。"

一语提醒了顾盼盼，她醒悟过来："对对对，我们快点进去，到游乐场那边，坐下来谈……一会儿我老公也要来……"拉着小女儿，招呼史达才和刘振邦，大家一块儿走。

"她老公也来？"史达才和刘振邦互望一眼，摸不清她葫芦里的药，各自嘀咕着，跟着走进公园。

北湖公园不收门票，但沿湖开发的一溜餐饮游乐场所却是要人花钱的。游乐场其实相当简陋，几个餐厅也都是些小小的门面，只不过沾上了北湖的光，永远都不缺客源。顾盼盼他们进园的时候，游乐场外已经排起长龙，周边几家小餐厅皆已客满，就连许多露天的桌椅也被人占据，吃着喝着，说着丢着，桌上地下狼藉一片，好似大排档。

刘振邦转来转去，只捡着了草坡边缘一处靠路口的桌子，带领他们过去。顾盼盼见了，道："那你们先坐，我去给大家买饮料。"

"哎，不不不……我去买，我去买……"史达才像是被电着了，赶紧抢在前。如果说上回打祝明霞的秋风勉强可以接受的话，这次面对着顾盼盼，他是无论如何不能让对方付钱的。

而出于礼节，顾盼盼却是执意要付账。你也付来他也付，两个人争到一起，上演了一出民间常见的"抢账单"的戏，"我来买！""不不，我来，我来！"

刘振邦受不了这个——他从不跟任何人抢账单。他探手将史达才一捞，道："不要吵，不要吵，什么也别买！直接谈正事，等把事情谈完，回家想怎么吃怎么吃，心里也没负担……"粗声大气，斩钉截铁。

顾盼盼和史达才一时都噤口。"要不……就这样吧……"顾盼盼见刘振邦唬了脸，不清楚此人的路数，心里想着"这人说话可真不客气"，却也不再坚持了。

谁知她不坚持，另有人要发声："可是我想喝抹茶奶……"娇细的声气，是小女孩天天在说话。

刘振邦立刻斜睨一眼，暗道："个小丫头片子，瞎吵吵什么！喝什么抹茶奶，给你两块钱，买瓶矿泉水灌下去得了。"

顾盼盼也不同意："你才拉过肚子，不能喝那种冷的东西。"

天天被否决了，吐一下小舌头，悻悻地看看这个大人，又看看那个大人，一副不服气的小模样。

如此轻嗔薄怒，打动不了别人，却能打动史达才这个怜小爱弱的大头呆。他马上出言维护："唉，可以买点热的，应该有卖热的，我去给她买个来……小孩子嘛，都喜欢吃这些，我去给她买……"不待顾盼盼阻拦，掉头颠颠地去。

"哎——"顾盼盼慢了一拍，那边人已跑远。她挎着包，拉着女儿，正踌躇追还是不追，那边的刘振邦就道："你就让他去买吧！你要是不让他买，他浑身都不舒服。"

他说着，拣了个视野最好的位置坐下，既能看路口，又能望北湖。"来来来，别管他，我们先聊我们的！反正他今天心不在焉，由我来挑大梁，他在不在都一样。"胳膊往桌上一架，咄咄地瞪住顾盼盼。

顾盼盼发觉自己听不太懂刘振邦的话。她拉着天天在对面坐下，一抬头，对上刘振邦明晃晃的大镜片，心里先是愣愣，继而惴惴，再继而目光犹疑，如坐针毡，暗道："这人的态度好奇怪，那天明霞明明说是两个很容易打交道的人啊！那个大脑袋的倒是挺客气……"

刘振邦将顾盼盼的反应看在眼里，心中小有快意。他想："那么多侦探小说中，都是大家绝不会怀疑的人最后被发现是凶手。以此类推，这件事里，就应该顾盼盼是凶手才对嘛！她是凶手，比那什么恋儿癖的干妈是凶手要好玩多了！想想看，小白兔被证明不是小白兔，而是一只披着兔皮的大灰狼，哎哟，那时大头鬼的脸色肯定精彩极了！嘻嘻嘻……"刘振邦旁若无人地肖想，脸上露出微笑。

却是微笑未已，对面的顾盼盼先发制人，突然开口："你们……是不是也觉得龚雪出事情了？"

"啊？"刘振邦被打个冷不防，急忙求助于逻辑，"这个……呃……得取决于龚雪是个什么样的人，又遇到了什么事。而两个问题都得由你来告诉我——你跟她是好同学、好朋友，对不对？嗯，下面先说第一个问题，你觉得龚雪是个什么样的人？"别人抛来的问题，转个角度，再给他抛回去，这是刘振邦从班主任老包那里学来的本领。

顾盼盼没有师从过老包，所以理所当然地中招了。她张一张嘴，像是千言万语，不知该从何说起。她饱含感情的目光越过刘振邦，一下望出很远，一直望进她自己的记忆里……

她慢慢地尝试着措辞："龚雪她……很会帮助人，我是说……她懂得该怎样去帮助别人，懂得别人最需要的是什么。她帮助人，不是像做好人好事那样的，捐点钱和东西……当然我不是说钱和东西不重要，而是……你知道，有时候……帮助别人振作，帮助别人在精神上振作，其实……也许更加重要。很多人……可能在物质上帮助了你，却同时又在精神上打击你，让你总是处于一种迷茫、无助、弱小的状态，这很差劲……龚雪就不是这样，她希望你能振作，她希望你充满勇气，希望你能自己站起来，为自己而努力，她……非常非常可贵……"

"啊——"刘振邦发出一个百转千回的叹音，联想起之前龚雪去看望祝明霞，且送给祝明霞的那一首诗，他想他差不多了解龚雪的为人了。"有点奇特，但并不难理解。"他想。

"别人的事，我不好说，但我自己的事，我最有发言权。"顾盼盼说话的时候，分外激动，连她女儿天天都忍不住抬脸看她。

顾盼盼两手拳握着，越捏越紧："我想说，我自己的这门婚姻，缔结得十分困难……从一开始，就遇到了极大的阻力……就算后来有了天天，我的婆婆他们依然是不高兴……他们本来希望我老公娶其他人的，是我们两个执意……当然现在天天这么大了，他们的态度缓和很多，但仍然对我有成见。我的压力……一直都很大……当然最大的时候，还是结婚前……"

结婚之前，未来的婆家嫌弃顾盼盼生意人家庭出身，又恨她带跑了自己的儿子，让一门酝酿多年的亲事泡汤，在社交圈里落下话柄。他们有言："反正到时候我们不会承认你们，更不会去参加婚礼，你们看着办吧！"顾盼盼的父母也有气，私下里劝说："到这种文绉绉的酸子家庭做媳妇，将来有的你受！他家那儿子，就是一绣花枕头，跟着他有什么好！还不如隔壁潘阿姨给你介绍的她家的表侄子，又会说话，人又来事……"

顾盼盼被两面夹击，说不出一句硬话。作为一只安乐窝里长出来的小白兔，她特别害怕被人怪罪，与人冲突，陷入人际关系的风刀霜剑中。虽然她还有未婚夫的支持和安慰，但跟自己一样，她的未婚夫也是一个温良的食草动物。两只食草动物抱成一团，可以取得一些些温暖，但在严冬里，这点温暖常常不够用。

"最孤立无援的时候，我只好给龚雪发消息，向她倾诉，问她我该怎办，"顾盼盼的脸色重现了当时的荫翳，"那时我整个人特别压抑，除了龚雪，我不知道还能去找谁……其实那个时候，我跟龚雪已经很少见面了……体操班结束后，大家就各忙各的，进了大学后也没怎么轻松。龚雪因为学的是社工，平时社会实践很多，做志愿者什么的……她比我能干多了，不像我，常常不知道自己该做些什么，好不容易选择一次，却又几乎惹得所有人都不高兴……"

顾盼盼说着，看着女儿天天，情态宛然，好像一只大白兔看着一只小白兔。

见此情景，就算是刘振邦这样的大尾巴狼也不便随意龇牙。他轻咳一声："那龚雪怎么回你的？"

"龚雪？"顾盼盼回望过来，眼神渐渐明亮，"我们来来回回聊得很长，她真是有耐心……龚雪的态度很明确，那就是我必须为自己争取一回，哪怕会有很多阻力，哪怕会跟人发生冲突……我跟她说我害怕，害怕那些阻力，害怕与人交恶。她说：'可就算你什么也不做，你就不会遇到阻力了吗？就不会与人交恶了吗？很多时候，就算是你站在原地一动不动，你也会被人讨厌呢！……但重要的不是这个，不是被不被人讨厌，而是你自己，以及你自己的愿望……你好好想一想，为了自己的愿望被人讨厌，和为了别人的愿望被人喜欢，你选择哪一个？何况有时候，就算你满足了别人的愿望，你就真的能被别人喜欢了吗？你静下心来，好好想一想，不用回答我……'"

顾盼盼一边述说，一边发出微笑，脸颊上酒窝浅浅浮现，"你知道什么叫雪中送炭吗？这就叫雪中送炭。那个时候，我需要的就是这个……这种精神上的肯定。她的话就像是一针强心剂，给了我勇气，让我没那么害怕……"

"是的，是的，"至此，刘振邦更加确定龚雪的为人了，"龚雪看来很擅长给人提供心灵鸡汤啊！"

"这不是什么心灵鸡汤，她是真的在关心我，在为我着想。"顾盼盼立刻有些不悦，声音也大了起来。这年头，"心灵鸡汤"的名声没落许多，几乎快成为一个贬义词，难怪她会敏感。

刘振邦道："不要生气，不要生气，我没有任何嘲笑的意思。恰恰相反，在我来看，如果能真的叫人振作，鸡汤也好，鳖汤也罢，手段是无所谓的，喝什么不是喝呢？而且，像龚雪这样，把对的鸡汤端给对的人，让别人充满信念，这其实是一种了不起的能力。不是所有人都有这种能力的……"

"……都有什么能力？"四杯造型别致的抹茶奶冷不丁出现在桌上，这是史达才去而复返，买饮料回来了。游客众多，他排队等待了老半天，又好不容易吩咐服务员将其中一份加热，招来若干白眼，忙乱一通，才携饮料杀出来。

天天看到终于有抹茶奶吃真高兴："啊——"接过加热过的属于自己的那一份，笑出小牙齿。

见到天天高兴，史达才喜得跟什么似的。那边顾盼盼道："天天，谢谢叔叔给你买饮料。"

"谢谢叔叔。"天天一笑，颊上露出一对小酒窝，把史达才看得眼呆，想着："叶老师小时候是不是就是这个样子？"

刘振邦冷眼看看史达才，再看看面前那杯所谓的抹茶奶，白白绿绿，不用喝就感到股甜腻腻的风味。他向来对这种流行饮料不感兴趣，把它往边上一推，他重重一咳："如果龚雪总是这样喜欢帮助人、鼓励人，我的一个想法是……"

"等等，等等，你们在说什么？刚才我不在……"史达才也开始喝饮料，他要求重述。

刘振邦就没好气，手指头发痒，很想揪下史达才一根头发来。

还是顾盼盼友善多了，她简明地把刚才同刘振邦谈的内容说了一遍，供史达才了解。

"哦，哦……"史达才听下来，关注点不知不觉地跑偏，他很想问顾盼盼："那现在你的婆婆他们有没有对你好一点？"却是一来不方便问，二来刘振邦在不停地拿脚后跟踢他们共坐的条凳，意味很明显。他吞了吞舌头，只好作罢。

刘振邦终于可以再次发言了。他把史达才往边上一挤，坐到条凳中央："……接着说，按照龚雪这种行事风格，喜欢帮助别人，让别人振作，就像一个心理医生。这种做法本身，当然值得好评，但从一些……嗯……阴暗的角度来看，这种做法也会给她带来麻烦，让她招惹上一些人……"

"为什么？"顾盼盼惊讶地问。

"什么麻烦？会惹上什么人？"史达才的大脑袋也昂起来了——提供帮助却

遭人厌恶，这……这怎么好像是在说他？

"什么人？"刘振邦两手一摊，布道似的，"那些不愿意看到别人振作的人，不愿意看到别人拥有信念的人，那些会因为别人振作而受到损失的人——这些人，统统都会讨厌龚雪，严重一点，还会视她为眼中钉，想要除之而后快。"

史达才和顾盼盼听了，一个目瞪，一个口呆。片刻，顾盼盼努嘴："我不太明白，什么叫'别人振作了，他会受到损失'？别人振不振作，跟他有什么关系？"

"怎么没关系！"刘振邦瞧着她，心想真不愧是"小白兔"，"就拿你的婆家人来说，本来他们向你施压，这个那个的，是想你能动摇，能放弃，最后知难而退，离开他们的儿子。结果半路杀出个龚雪，在你最软弱最撑不下去的时候，用你的话说，给你一针强心剂，又把你鼓舞起来，让你坚定了信念，继续跟他们对抗。你说，要是你婆婆他们知道了，会不会怪罪龚雪，觉得是她叫他们功亏一篑？"

"这个……"顾盼盼嘴巴张了张，好像有点明白是怎么回事了。史达才亦眉头深锁，一副呆相。

刘振邦不禁得意："再举个例子。之前祝明霞说了她跟刘舒之间的过节，就是空翻时跌下来那回。先是害她跌下来，接着又一家人去医院看望，一个巴掌一个枣儿，搞得祝明霞郁闷得要命，有火不能发，有话不能讲，士气低落。如果这是刘舒希望看到的……那么后来，龚雪去看望祝明霞，如此这般，又让祝明霞重新振作，把那些负面影响全都扔到了一边。你要是刘舒，你会不会讨厌龚雪？本来你希望祝明霞哭哭啼啼，可是龚雪来了一趟，祝明霞又不哭哭啼啼了……"

顾盼盼听他说话，嘴巴一撇："那件事真是下三烂，我到现在都怀疑是刘舒和她干妈联手搞的鬼，可偏偏你就是没法证明……唉，这种事情，才是侦探小说里那什么无法证明的犯罪呢！幸亏明霞只是骨折，而不是直接就……有时候想想，真是后怕……"说着，她不由去看女儿天天，拉拉她的小手。

目睹母女俩的互动，史达才顿生一种柔软的感触。惜乎眼下愈是柔软，他愈是感到除此之外世界的诡谲和阴寒。尤其刚刚刘振邦的那一番话，简直令他悚然：帮助人、鼓励人，却遭到忌恨，甚至是报复……由此联想到龚雪，龚雪是不是就是遭到了报复？如今他比任何时候都更加担心她，为她捏一把汗。

"那个……呃……听说祝明霞那次受伤时，你和龚雪替她抱不平，还跟刘舒的干妈争了几句？"他忙把向奶奶嘱咐的话拿来问，急切地希望能问出些什么，"还说当时刘舒的干妈反应很大，龚雪不知说了句什么，那个干妈就几乎要跳起来？"

"咦，大头鬼什么时候变得这么精细？"刘振邦腹诽，他以为这两句话问得极有水平，却想不到真正的出处是自己的姨奶奶。

"你说那次刘舒的干妈？"顾盼盼捧着饮料，重复一句。

刘振邦道："是啊，你多想想，那次你们抱不平的时候，到底是个什么情况？刘舒干妈反应怎样，她的动作、表情……"愈说声音愈低柔，仿佛施展催眠术。

顾盼盼正对着他两人，昂首回忆，眼神逐渐地放空。刘振邦和史达才脸上的眼镜，迎着天光，好像是四盏探照灯，慢慢地照亮了她的记忆深处。她看到很多年前的一幕幕了……

"哎呀！"随着众人的惊呼，祝明霞双膝跪地，摔到地毯上。顾盼盼瞧得清楚，祝明霞当场就面白如纸，整个人痛得缩起，完全是凭着一腔倔强，她才没有痛呼出来。

所有人都呆了几秒。接着就听于老师叫："谁也不要碰她，都往后站！瞿一笑，马上去叫医务室的人来，顺便叫救护车！"她自己则冲上去，轻声询问祝明霞情况，不住安慰她。

瞿一笑听令而去。其他女孩子则都吓得聚在一起，瞪着眼睛，观望那边的祝明霞。唯有两个人是例外，一个是龚雪，她站得更靠近门口。她只看了祝明霞一眼，就把目光盯在走进来的女人身上；另一个就是刘舒本人了，她迎向那个女人，叫道："干妈——"一副闯祸后的求助模样。

便有许多人把眼睛转投过来，原来这一位就是传说中的刘大小姐的干妈，比赛时远远地隔着评委席，看不真切，现在才一览无遗。

只见一个身着长裙的女人，踩着舞蹈般的步子，款款而来。她头正肩平，妆容得宜，尽管已经不年轻了，但从头到脚仍保留了种种美丽的遗迹。听到刘舒叫她，她微微地笑，皮笑肉不笑，眼神里有冷气。

"干妈，她……她空翻时出差错了……"刘舒望望那头的祝明霞，显然也很惊恐，撮着肩，挨到她干妈身边。

那位干妈跟着望了一眼，她揽着刘舒，反应平淡："怎么回事？"

刘舒结结巴巴地："可……可能我刚才喊你影响到她了……"

"是吗，不至于吧。"顾盼盼听见干妈这样说，"要不等安顿好，我们去问问她，是被你干扰的，还是她自己失误。"丝毫无所谓的态度。

顾盼盼不禁生气。她突然发现刘舒的这个干妈很讨厌，也许比刘舒还要讨厌一点。她身上有某种东西，叫小白兔似的顾盼盼感到莫名抵触、抗拒，即使她仪容再怎么美丽也没用。可也正因为是一只小白兔，就算生气、讨厌、抗拒，顾盼盼也不敢发作，顶多往前走几步，跟龚雪站在一起，悄悄地对着那位干妈翻眼睛。

正在这时，却听身旁的龚雪朗声道："别人表演时必须保持安静，这个规定连外行都知道。刘舒你练操时间不短了，今天突然又舞又叫，这非常非常地不应该，也非常非常地奇怪。"最后的"奇怪"两字，她咬得很重。

顾盼盼张大了嘴，她没想到龚雪这么直接就把话说了出来，而且说得这么不客气。她感到隐隐的兴奋，类似于情绪发泄后的快感，好像那话就是自己说出来的一般，可同时她也感到隐隐的恐惧。她看到那位干妈立刻往这边瞪视过来，像是要看看这番忤逆的话是出自于谁之口。

"龚雪你什么意思？"刘舒的反应很快，"我见到干妈，心里高兴，一不留神喊了出来，这有什么好奇怪的，你就没有不留神的时候？"挺着颈子，就是一阵抢白。

刘舒的干妈则开始正视龚雪，顾盼盼不晓得龚雪是什么感觉，她自己只觉得这个干妈的目光尖利至极，仿佛能戳破东西。"这一位也是你的同学？"她这么问刘舒。

刘舒道："对，她叫龚雪。"不善的语气。

"龚雪啊……"由于踩着高跟,干妈居高临下地看人,"这位龚雪同学,我想提醒你,在没有证据的情况下,你这样下结论才是非常非常地不应该,也非常非常地奇怪……你平时跟刘舒关系不太好吧?"

大约是龚雪站在旁边的缘故,小白兔也敢磨一磨牙齿。顾盼盼忍不住嘀咕:"你应该问刘舒,她在班上跟几个人关系是好的。"

声音不大,却足够刘舒和她干妈听见了。两双眼睛唰地扫过来,带着让人忌惮的火焰。

"顾盼盼,你别浑水摸鱼行吗?"刘舒向她踏出一步,看上去极为烦躁。

她的干妈压着目光,道:"刘舒,我打算跟于老师谈一下你这些同学的问题,顺便把这回的事说个清楚。"

略过顾盼盼,她重新对上龚雪,"龚雪是吧?你的名字我会专门向于老师提一提。在没有任何证据的情况下指控别人,这如果放在国外,你恐怕会有很大的麻烦,也就在国内,你这样的同学……"

龚雪截口:"无论在什么地方,我都要说,刚才我站在这个角度看到的是,刘舒先叫你了,阿姨你才出现,而不是你先出现了,刘舒再叫出来……你出现得太迟了,阿姨,这就跟刘舒说的不吻合了。按照刘舒的说法,她不过是不小心,但是按我看到的,却像是一个计划好的事情。幸亏祝明霞人还活着,要是她当场死了,这就像是故意谋杀……"

"故意谋杀"四个字一出,姑娘们一片轻哗。顾盼盼的嘴巴再次张大,原来不是她一个人觉得刘舒是故意的,原来龚雪还注意到了这个细节!

刘舒简直怒极:"龚雪你神经病吧!我原来只觉得你脑子有问题,现在看你是脑子眼睛都有问题啊!刚刚干妈在那边停车的时候,我就看到她的车了,她从那边走过来我叫她,这有什么问题?你今天非要赖上我是不是?"

龚雪没有回应,她望望外面。隔着条路,右边是足球场,左边就是个小小的停车场,那儿停着好几辆车。她神情看上去有一点动摇,假如刘舒的干妈之前的确在那里停车,刘舒的话也是说得通的。

见她不说话,刘舒气势更盛,口口声声,要龚雪向她道歉,因为龚雪"随意污蔑,伤害我的名誉"。顾盼盼挺身帮助龚雪:"明霞还不知道伤成什么样呢，谁去向她道歉啊！……"咭咭咭咭，两个人吵成一团。

而那个时候，刘舒的干妈又是什么反应呢？由于忙着应付刘舒，顾盼盼没怎么注意其余，只是偶然一瞥，她看见刘舒的干妈直瞪着眼，一动不动地对着龚雪。她的眼睛瞪得那么大，那副模样，让顾盼盼感到，如果当时她手里有一把枪，她一定会冲龚雪射击，将她击毙的。

"你太僭越了，太僭越了，"忽然，干妈开口道，"小小年纪，就这么不安分，胡说八道，都是欠教训啊……"

顾盼盼说完了。她呼口气，像是回忆了一场噩梦似的，赶紧喝几口抹茶奶，压压惊。

刘振邦和史达才一个摸鼻子，一个抠脸颊，各有所思。刘振邦道："所以，那干妈当时到底什么表情？你光说她瞪眼，可瞪眼的含义也有很多啊，是愤怒？是惊讶？是恐惧？……她是跟刘舒一样愤怒，还是比刘舒还要愤怒？"

天天喝着饮料，小嘴边上沾了一圈。顾盼盼拿餐巾纸给她揩嘴："我不觉得她跟刘舒一样愤怒……"看到刘振邦表示不解，又补充，"我的意思是说，她也生气，但她的生气好像跟刘舒不太一样……刘舒那种生气，就是正常的生气。她干妈那种生气，更像是……更像是恐惧……像是有什么不好的事情被人发现了，她因为恐惧而生气，而发怒，想把那个发现的人一枪打死。她给我的感觉更像是这种……"

刘振邦和史达才面面相觑。

"你的意思是说，龚雪发现了刘舒干妈的一个不好的……呃……秘密？"史达才伏着脑袋问。

"我原来也是这么以为，可之后我问过龚雪，龚雪说她那天也是第一次见到刘舒的干妈，近距离见到，之前也都跟大家一样，只在评委席上望到过。她应该没有说谎。"

史达才继续抠脸，他看向刘振邦。刘振邦手一摆："这个不重要，重要的是龚雪的话让刘舒的干妈不自在了，而龚雪之前说了句什么呢？她说'这像是故意谋杀'……那么，这到底是不是谋杀呢？"他面朝着顾盼盼，"就是祝明霞摔下来那件事。"

顾盼盼拉长声音："就是说不清楚嘛！按龚雪说的，刘舒先叫出声，她干妈才出现，这不合情理。可刘舒解释说是因为她干妈之前停车时她就看见了，她知道她干妈很快会出现……我们体操室就在一楼，门口有一些树。她的意思就是，她干妈走过来的时候有一段被树给挡到了，龚雪只看到了她干妈从树后走出来，没看到之前她干妈从停车场走向树后，而她却是一开始就看到她干妈了……她叫的时候她干妈还没完全被树给挡到，差不多是这个意思……"

可怜史达才听得一头雾水，压根儿对不上号；刘振邦则皱眉思索，仿佛在心中描画当时的地面图。

"哎！"顾盼盼知道自己解释得不好，转身从包里掏出纸笔，唰唰地作画，"喏，这个是我们的训练馆，我们就在一楼……门口这边是树，隔条小路，这边是足球场，旁边就是个小停车场，刘舒的干妈可能就是从这边走过来……当时龚雪差不多站这里，刘舒站这里，都是面对门口……"

图一出来，顿时清晰很多。就连史达才扒着纸，抠了几遍脸，也理解刘舒的说辞了。他搔搔头顶："这么看，好像是能说得通。"

刘振邦就嘻笑："问题不在于能不能说得通。这要真像龚雪说的，是事前就计划好的，那当然能说得通，它必须说得通啊，否则不打自己脸么！问题不在于这个……真正的问题在于，刘舒上课的时候去看停车场干什么——当然，她可以解释说她只是随便一看，这就又是个说不清楚的事情。"

顾盼盼撇撇嘴："就是说啊！还说我浑水摸鱼，我看她们才是！"

天天看看妈妈。她已经喝完了自己的饮料，而妈妈手里的那份还剩下许多，她不明白为什么妈妈喝得比她还慢。然而妈妈的那份还不是最多的，对面瘦叔叔面前的抹茶奶连动都没动呢！她看着刘振邦面前未开封的抹茶奶，舔了舔小嘴。

刘振邦像是感应到她心思似的，立刻把抹茶奶拿到手里，"啪"地戳下吸管："不管她们是不是浑水摸鱼吧，刘舒干妈的反应都显得不大对啊。顾盼盼你说她恐惧，可她恐惧什么呢？如果祝明霞摔伤不是她们的预谋，她根本就用不着恐惧。就算是她们的预谋吧，龚雪当时空口无凭，而且也动摇了，她干女儿刘舒都不恐惧，她恐惧个什么劲？她总不至于连十来岁的丫头都不如吧？还是说，龚雪说出'故意谋杀'，那位干妈那样反应，其实不是为了祝明霞的事？难道……难道……"

"难道"未完，他就着吸管，吸了一大口抹茶奶，杯子里瞬间空一半。他偷着向天天眨眨眼，知道这小丫头片子正盯着自己看。果然，天天的希望落空了，小腮帮悻悻地嘟起："这个瘦叔叔最讨厌了。"在心里发怨。

看到小天天发怨，刘振邦禁不住咧嘴乐。乐着乐着，他眼一瞟，突然望到路口上，一个人径直向这边走来。

一直走到他们这桌，在天天身边蹲下："天天怎么不高兴，是不是妈妈不肯带你去游乐场玩？"

天天见到此人，小脸儿忽绽笑，往他身上一扑，叫道："爸爸！"

爸爸？！刘振邦和史达才双双一惊。

顾盼盼扭头见了，亦笑道："来了？我们正在说那次明霞骨折的事呢……这两位分析得头头是道，就像是侦探故事里那种感觉……"

来人一边逗着天天，一边朝刘振邦和史达才看过来："你们在说那件事啊！我以为你们在聊龚雪……"

顾盼盼道："是在聊龚雪啊，他们想了解一下过去的事嘛，不知不觉就说起来了。"

那人在顾盼盼旁边坐下，将天天抱到自己腿上。他好奇地反复打量刘振邦与史达才，眼里一片笑吟吟的光："怎么，你们也对我的女祭司感兴趣？"

女祭司？刘振邦一直伏在桌上，几下子吸干了饮料，他脑子转得飞快："你……是指龚雪？"

那人笑得更加俏皮："当然指龚雪，不然——你以为还有谁当得起女祭司的称号？"

顾盼盼连忙拍他一下："哎呀曾成，别乱说，人家都觉得奇怪了！"

"曾曾曾曾……曾成？！"史达才脱口就是一连串结巴。自从曾成出现，他就茫茫然地盯着人家看，看人家发型飘逸，看人家眼眸带笑，看人家风度悦人，边看边自怜，别提多纠结。

顾盼盼的表情有些害羞："对啊，我跟曾成结婚了，明霞……没跟你们说?"

史达才恍然大悟，如今他总算明白那天祝明霞笑容异样的原因了。"好……好像没说……"他的声音有气无力。

刘振邦看着这个失魂落魄的大头鬼，真诚地替他叹气："那个嘛……祝明霞只说了你们在体操班时的事，她说刘舒和曾成交情很好，我们哪儿能想到……"望一望面前的小夫妻，突然想起，"那么这么一来，那个当初你的婆家想让曾成娶的人，是不是就是刘舒?"他冲顾盼盼闪眼睛。

顾盼盼便显得些许局促："是，就是她……"淡淡的忧愁拂掠，她扁扁嘴，转去看女儿天天。

曾成即道："盼盼，你带天天去游乐场玩会儿吧，换我跟他们聊聊。"

"啊，可是……我跟他们还没说完呢。"

"由我来跟他们说好啦，你知道的我也知道，我来跟他们说……你带天天去玩会儿，活动活动，比她坐在这里听我们说话要好。"曾成温言款款。

小天天也道："去游乐场，去游乐场，妈妈，去游乐场吧，我都坐累啦!"最好能再买一杯抹茶奶，边喝边玩，再到下面的北湖去划船，不要再对着那个讨厌的瘦叔叔。拉着顾盼盼的手，她可劲儿地摇。

顾盼盼难以坚持："那……那我就带她去……"她知道曾成不愿意让天天听太多这类事情，更不愿意让自己重温过去的阴影。

于是又嘱咐了曾成几句，顾盼盼背了包，拉着天天，暂时向史达才和刘振邦道别。史达才目送着母女俩蹦蹦跳跳，消失在树影和人丛之后，心中一丝酸涩，一丝甘甜，滋味莫辨。

曾成睐着笑眼，看看史达才："奇怪，我以为你们感兴趣的是我的女祭司，而不是我的小白兔……"他的声音可没有他的笑容那样和谐。

史达才脸上轰地一烧，他不知道曾成怎么就看出来了。他慌慌张张乱摇着手："没有没有没有，我只是……只是……""只是"什么呢，半天出不来。

"无所谓，爱慕之心嘛，可以理解。"曾成用手将头发往后撩，"只是我希望你们不要在盼盼面前提起刘舒跟我爸妈他们，她会有压力，这样很不好，我不希望她有压力……话说回来，你们怎么聊起这事来的，我以为你们只是谈龚雪?"他的头发比起他少年时短了些，但还是比一般年轻男性的要长，长而飘逸。

刘振邦稀奇地望着这样的一个曾成："是在谈龚雪，但顾盼盼说龚雪曾在这件事上帮过她，这样才说起来……"将曾成没来之前跟顾盼盼谈的话，怎么长，怎么短，倒给曾成听。说顾盼盼如何彷徨，说顾盼盼向龚雪诉苦，说龚雪如何鼓励她，说龚雪这样喜欢鼓励人，却有招致憎恨的可能……尤其是最后一点，最为刘振邦所自得，花了大量口水，向曾成讲解。

曾成本来在用手顺头发，一下，两下……随着刘振邦说话，他越顺越慢，越顺越慢，慢慢地停下手，听得不眨眼。

"鼓励人却招人恨? 这个观点还真是……奇特，然而细细想，也不是没这个可能，特别这个人是龚雪……"待刘振邦说完，曾成道，"不过要这样看，恨龚雪的人就太多了。龚雪上大学时在学校的心理咨询室当志愿者，要是她每鼓励一个来咨询的人，都要被人恨一下，那恨她的人排起来岂不是要绕北湖一圈?"

"龚雪还真的做过心理咨询?"刘振邦失笑，怪不得总是一副循循善诱的口吻，对人劝着推着，托着拉着，仿佛市面上励志书籍的味道。

曾成呵笑："她不做心理咨询谁做心理咨询? 你不觉得我的女祭司天生就是做心理咨询的料? 上大学那会儿，我没事就游荡到我的女祭司那里，以做咨询的名义，找她闲聊，想起来，那时候过得真是滋润又愉快……"

"什么叫你的女祭司?"史达才实在忍不住，揪眉毛发问，"你都已经结婚了，怎么还能把别的人说成是你的? 这样子很不尊重。"既不尊重顾盼盼，也不尊重龚雪。

曾成轻轻地瞥眼："你很没劲，大脑袋先生，你很没劲，你这样子会让生活中的乐趣大大减少……你有什么好不高兴的呢，盼盼都没有不高兴，龚雪也没有……你为什么要不高兴呢? 这样很没劲，真的，很没劲，而且这种没劲还会传染。本来我想说一些那时候跟龚雪闲聊的话题的，由于你没劲的态度，我突然不想说了，免得你又要说我不尊重……"他耸耸肩，又开始有条不紊地顺头发，"奇怪，我接触的女性没一个说我对她们不尊重，你反而说出这样的话……"

"你……"史达才到底口拙，一张脸憋得像只要爆裂的南瓜。他气咻咻地看着曾成用手打理头发，气道，"我不相信，我不相信龚雪会喜欢你叫她什么你的女祭司……"顾盼盼是小白兔，也许会受骗，可是龚雪……龚雪应该很能识人才对。

曾成见他生气，笑容越发和煦："随便你啦，等你找到龚雪，可以亲自问问她，到底喜不喜欢做我的女祭司。"

史达才气得打响鼻，恨不能学刘振邦，把曾成的头发全部拔光……哦不，最好用剃头刀，给他剃得一根毛儿也不剩，看他还怎么搔首弄姿！

刘振邦见状，叹息道："大才，你今天不应该来的，我来就行了……你看看你，老是分不清主次，关心则乱。"别人一挑就上钩，这怎么行？

他给曾成一个假笑："那个……请不要介意，我们继续……"假咳一声，作为转折，"……你没来之前，我们还谈到了祝明霞那次空翻跌下来的事，主要是围绕刘舒和她干妈，她们的一些表现……我们认为，刘舒的干妈出现得有些蹊跷。后来龚雪向她们提出质疑，这位干妈表现得就更蹊跷了……"边说边瞄着曾成，毕竟刘舒是他的疑似"前女友"，谁知道这个花花公子会不会为了护女人而变脸。

不料曾成吹了声长长的口哨："啊哈——那件事情！太可惜了，那天我不在，我通常都在的，可就是那天不在。那天刘舒让我去一个家教老师那里取资料，我后来始终怀疑，她是故意把我支开……"

他神色一肃，笑容消失："那件事，从头到尾都透露着诡异，太多说不清楚的地方，太多没法证明的东西。这让人感觉很不好，很不安，就像在跟一群毒蛇打交道……知道我为什么后来远离刘舒，决意娶顾盼盼吗？就是因为祝明霞那件事，就是那件事情让我下了决心。我不管刘舒的理由是什么，我不会和一个涉嫌谋杀的女人结婚……开玩笑，她今天能叫祝明霞空翻时摔下来，明天就能在我吃的东西里下药。还有她那个干妈，对了，还有她那个干妈……"

"那个干妈……你认识她？"刘振邦满怀期待。

"见过几次，见过几次面……"曾成笑意深深，"一个美丽、优雅得无可挑剔的女人。她无可挑剔到什么程度呢？就是如果我在街上五十米开外看见她，我宁可躲进臭气熏天的公共厕所，也不会想要跟她打照面。"

"哈哈哈哈……"刘振邦无声地大笑，想不到，曾成这个花花公子还挺有意思。

史达才仍在气闷，闻言道："你不是尊重女性吗？怎么一碰到这么美丽的干妈，就要躲进公共厕所？"

曾成眼珠子一横，转向他："大脑袋先生，我尊重女性也是有前提的，那就是这位女士得是个正常人。如果她在我看来不正常，我为什么要尊重她，就因为她有个漂亮的画皮？这位干妈——不好意思——我恰好觉得她不正常，我第一次见到她就觉得她不正常了……我也希望这只是我个人的错觉，可是……"

曾成和刘舒早就认识，但直到上中学他才正式见到那个总被刘舒挂在嘴边上的干妈。"曾成，今天干妈请吃饭，你陪我一起去吧！你还没见过我的干妈呢，她可是个美女哦！"刘舒其实邀请过很多次，每一次都是半郑重半撒娇，眼睛紧盯曾成，像是要把他用网套住。

曾成拒绝了很多次。这不仅仅因为在他看来，刘舒那种风格不适合撒娇，还因为他讨厌刘舒说话时的眼神，讨厌她眼里的那一张网。那张网让他感觉自己像一个猎物，这让他万分厌恶。恨屋及乌，他因此也恶上那位干妈，即使知道对方是位美女也不行。他热爱美女，但他更热爱自由，而一旦落网就不自由了，何况是刘舒这个"咭咭咭咭小姐"撒下的蹩脚的罗网。

所以后来见到刘舒的干妈多少是个意外。要不是当时正值中考，要不是那天考数学时曾成答得出乎意料地顺手，以至于出考场时心情明快，刘舒拉他去"金坷垃"吃饭他铁定回绝……

"曾成，我们去'金坷垃'吃自助餐！今天数学卷子把人做得快吐，我要吃顿好的回下血。"考场散后，刘舒找到曾成，一开口就透露出"数学没考好"

138

的意思，脸蛋儿抻拉。

曾成见状，油然生出一股优越感。要知道平日里他跟刘舒的水平半斤八两，他家人早就准备掏钱帮他上重点高中。如今他突然爆冷，超水平发挥，指不定到时可以替家里省点钱，叫他老子娘扬眉一把，顺便碾压一下面前这位"咭咭咭咭小姐"。

想到这儿，曾成不禁微笑。诚然他对待学习向来吊儿郎当，态度不端，但若是能凭真本事拿一个漂亮的分数，无论如何都不失为人生一大快事。自己快活着，就不妨对不快活的刘舒大方一点，她想去"金坷垃"就陪她去吧，尽管他觉得"金坷垃"的东西名不副实，唯一还能吃的也就他家的炒面。

"金坷垃"自助餐厅离考场没多远。两个人背着书包，刚一进门，正要被引导座位，就听对面靠窗的地方一个女声招呼："哎，刘舒——"

刘舒一看，喜道："干妈！"快走两步，去到那桌。曾成无法，只好跟着她。

只见四人桌后面，端坐着一个阿姨。一眼望去，挺背削肩长颈，正如刘舒夸耀的，确是一个美女。既是美女，又会修饰，使之美处更美，不美处全藏起。

他们俩走过去的时候，这位阿姨笑迎刘舒，却忽地扫了曾成一眼，不易察觉地。

然而曾成还是察觉了，他挑挑眉。那种感觉又来了，那张讨厌的狩猎的网又出现了，只不过这次撒网的是一个中年美阿姨，一撒即收。

"干妈，你前两天才问我中午在哪儿吃饭休息，今天就来了！"刘舒向服务员示意他们几个一起，便自动在她干妈对面坐下。

她的干妈微笑："都是为了飞飞，他那个考场附近没什么像样的地方，这边环境好一点，我中午就让他过来。"

刘舒欢喜："那待会儿就能见到江飞了？他什么时候到？"

"应该快到了。"干妈看了看表，笑影摇曳中，她望向曾成，"这一位……是不是就是你常提起的青梅竹马的曾成？"

刘舒脸一红："干妈，我可没有这么说哦——"

"这有什么，事实不就是这样么……平常只是听你说，今天见到了，果真一表人才。"说这话的时候，干妈脸上一对猫眼似的眸子，透过眼影的渲染，又向曾成这边瞟啊瞟，摆弄着那一张网，将他端详，将他品味。

曾成发笑道："阿姨太客气了，要是我家人听到你说我'一表人才'，他们恐怕要哭出来的……"

要不是考得好心情不错，他肯定会说更多的俏皮话，好把那张该死的网击得粉碎。曾成本质上算是一个和平主义者，这使得他不能忍受任何"捕猎"的行为。"这太过分了，简直太过分了，'咭咭咭咭小姐'这样，'咭咭咭咭小姐'的干妈也这样……"他恼火地由干妈瞟到旁边的刘舒，"谁知道，也许'咭咭咭咭小姐'就是得到她干妈的真传，才整天拿我进行捕猎练习。"

腹诽间，干妈眼里的那一张网悄然撤离。曾成点点头，看来自己这只猎物并不合她的口味。不知道这位干妈是不是总是习惯性地撒网，如果是的话，符合她要求和期待的猎物又会长什么样儿？……

曾成端着盘子，在陈列架之间慢吞吞地取食。那位干妈败坏了他的心情，而心情一败坏，胃口就跟着败坏。为了挽救剩余的胃口，他干脆不回到座位，倚在陈列架之后，自顾自地吸炒面。

正吃着，被刘舒找来："曾成，你干吗呢，干妈的儿子江飞来了，快过来见啊！"

曾成又没法，只好再次过去，就见那位干妈身边，果然多了一个男孩。看样子是个健壮的大骨架，低头的时候，脑袋前面垂下一溜额发。

"江飞，这是曾成，我以前向你提过，不知道你还记不记得。"刘舒在这样的场合总是容光焕发，"曾成，这就是江飞，干妈的宝贝儿子，我们三个都是同一届哦！"

"去他的同一届！"曾成在肚里骂一句，花花公子式的教养快磨尽，他已经开始不耐烦了。眼下他只想赶紧吃完开溜，抢到考场门口多看几页英语才是正经，至于面前这一干人，最好通通去见鬼，包括这位"咭咭咭咭小姐"。

谩骂过了，仍是微笑，曾成冲江飞道："你好啊！"

江飞猛地抬头，像是受惊一般，含糊一阵："你……你好……"几乎听不清发音。他头一抬，很快又低下去，一溜额发遮挡住眼睛。

曾成不禁咋舌。在江飞抬头的瞬间，他看见了这一位的脸孔，一张……令人难忘的脸孔。自然，江飞长得不赖，有他母亲的模样在前，江飞很难长得赖——但这远不至于叫曾成难忘。真正让他惊疑的是江飞的表情，一种茫然的、烦乱的、痛苦的……曾成换了很多词，却都不能准确形容江飞的那种神情。"奇怪，他难道是数学没考好？"他这样猜。

"飞飞可能是数学考得不太理想，刚才我就听刘舒说今天的卷子比较难。"看到儿子的反应，干妈急忙做出解释。

刘舒道："题目出得太怪，都不按套路出牌，也不知道出题人怎么想的！"

干妈便转向儿子："不管他，我以前就说过，实在不行，咱们高中出国读就是了，我陪着你。不用跟这种应试教育死磕，弄得人每天那么辛苦，心情还不愉快……"

"我不出国。"江飞突然蹦一句，说完就站起，去那边取食。

干妈脸色微变，却依然仪态万方："他就是没考好，心情不好……下午还有一场英语，但愿不要受影响。"也站起身，同去拿盘子取食。

这对母子给人的感觉着实微妙。曾成吃着炒面，回想那位干妈注视江飞的眼神，似乎充满了母爱……简直充得太满了，像是一不留神就能溢出来，把人淹没，让你无处可逃——等等，那个……是母爱吗？那好像更像是一张……

曾成被自己的想法吓住，一团炒面噎在喉咙口，不上亦不下。

"曾成，你想什么呢，你是不是以后也要出国的啊？"刘舒的语气很担心，"上次好像听你妈妈说过一次，说是你要想就让你去。"

曾成恢复了吞咽："不知道啊……看情况吧！"

刘舒烦恼地叉着寿司："你要是出国，我就看不到你了……我英语又不好，不然就可以跟你一起去了……"

幸亏你英语不好，否则难以想象在国外整天跟"咭咭咭咭小姐"朝夕相处的情景。对那样一副情景，曾成没有任何向往。想想看，每天都活在"咭咭咭咭小姐"的罗网中，不出意外，那张网会越收越紧，越收越紧……到那时，他的选择只有两种，一个是破网而出，另一个就是束手待毙。

他没有再回应刘舒，一是他不想回应，二是江飞过来了。只见他把盘子往桌上一放，坐下来就吃。吃的时候，他脑袋依旧低低的，一溜额发几乎垂到食物上，他却不在意。

曾成往江飞的盘子望，唔，土豆条、炒面，还有很多肉……不错，高热量的食物，是曾成欣赏的口味。

江飞坐下没一刻，干妈也端着盘子来了。她张眼看到儿子的选择，道："你啊，就是爱吃这种没营养的东西，架子上那么多好东西，你偏偏拿这些……"欠着身，将她自己盘子里的虾啦、贝啦、蔬菜啦，一样一样，殷勤地朝江飞的盘子里夹，"你吃吃看，味道不差的。"

江飞不为所动，依然吃着先前的炸土豆、炒面和肉，将母亲精挑细选的菜撇在一边。

干妈也不觉得尴尬，坐下后，接着之前的话，"出国的事，你可以考虑一下。反正将来都是要出的，能早一点出不好么？再说有我陪着你，有什么好担心的。"

江飞只是吃他的饭，一声不吭。曾成只能看见他的额发晃啊晃。

倒是刘舒道："啊，干妈你要是出国，我不是就见不到你了？"故作撒娇的神情。

干妈笑笑："我中途会回来的，再说，也欢迎你去玩啊……"侧眼望向儿子，目光缱绻，"我都是为了飞飞，看他在国内学得这么辛苦，将来也不知道用不用得上。每天在学校，一待就是十几个小时，到家那么晚，还要写作业……现在他们老师每天跟他相处的时间，比我跟他相处的时间还长。"

"我喜欢待在学校。"江飞又突然蹦一句，没头没脑地。

曾成头一偏，对着玻璃窗偷偷奸笑。如果到这个时候，还有人试图告诉他这一对母子之间没问题，他会毫不犹豫地把盘子里剩下的炒面盖到那人头上。现在他倒是可以回答之前自己的疑问了，那就是这个热爱"捕猎"的干妈喜欢什么样的猎物，就是她的儿子江飞那样的，你看她注视"猎物"的样子多么紧张，你看她眼里的罗网扑撒得又是多么热烈……

干妈毫不以为忤，她向对面的两位小辈解释："飞飞的脾气像他爸，你越是不叫他做什么，他越是要做什么……其实呢，最后还不是都按照我建议的去做了。就是之前非要跟你别扭一下，要你哄着他，这么大的人，还跟个小孩子似的……"

她的声音里有一种喝醉酒似的沉溺。她望着江飞，不知想到什么，几乎望出了神；再抬眼，看到儿子的额发快碰到盘子了，她忙探手，款款地帮他勾起，"不用那么着急，没有人跟你抢……"

曾成的眼睛很尖，他立刻发现江飞握餐具的手捏紧了，像是强抑着怒气。曾成等待着，然而江飞再没有进一步的举动，任凭母亲替他打理额发，自己沉默地进食。

儿子的顺从无意进一步助长了干妈的愿望，她一边说"早就说过你，前面的头发不要留那么长，这样吃饭都不方便，修短一点一样不影响美观"，一边再次伸手，用手指去刮擦江飞嘴边的食物残渣，勾着小指，非常亲昵地一点……

江飞终于火了，伸手一隔，猛地一挡，差点打到干妈的脸。

"啊……"刘舒轻呼，装出一副弱智的样子，仿佛不知道眼前到底在发生什么似的。

"没关系，没关系……"干妈用餐巾擦两下脸，依然微笑，"飞飞从小就这样，你越是对他好吧，他越是不领情……然而他是我自己养出来的，我能说他什么？"

曾成发誓，要不是"金坷垃"的炒面口味相当地道，他能当场呕吐出来。就算是以他花花公子式的经验，也没法消化这位干妈玩的把戏。"奇怪，她好像不是单身母亲啊，怎么会把自己的儿子当作迷恋的对象？"他一边思考着这个问题，一边去看江飞。

江飞又恢复了之前的样子，额发遮脸，低头进食。他吃得很慢，像是每一口都咀嚼得艰难。

曾成看着江飞，就像看着一只在网中挣扎的猎物，这几乎引起了他的无限同情。"可怜的江飞，他已经被困住了，被他亲妈给困住了。"现在他终于知道应该用什么词来形容江飞的表情了——受困，没错，就是"受困"。不知他已经被困了多久，但看得出，他想要出来，他还在竭力挣扎……看到他挣扎，就连一向玩世不恭的曾成都不禁动容。愤慨之心一起，他忽然很想做些什么，帮江飞一把……

"可是我能做什么呢？我不知道该怎么帮助人，我从来就不擅长帮助别人，特别是江飞那种情况。"曾成脸上流露出惋惜，"我总不能给他捐钱，要是给钱能解决问题那反而简单了，我情愿捐他许多。可他缺的不是钱，而是……另外的东西，一种、一种……"

"一种精神上的支持和鼓励。"史达才接口。事到如今，他感到曾成好像没那么讨厌了。他很高兴曾成生出想要帮助江飞的念头，换作是他，他也会有同样的想法的。

"没错，就是这个，那种精神上的帮助。"曾成冲史达才点头，"江飞急需有人在精神上拉他一把，告诉他，他需要远离他那个不正常的妈，一定要远离，一定。我猜江飞他心里肯定也很清楚，他自己肯定也这么想，但他可能缺一点勇气，他还有一些不确定……这种时候，就像你说的，他最需要那种精神上的支持，来帮他坚定信心。

"可谁来提供这种精神支持呢，我吗？"曾成摊摊手，"有几次，我倒是很想跑过去，亲口告诉江飞，'我支持你，赶紧离开你那个老巫婆似的妈，能走多远走多远，去过你自己的生活'——问题是，我真能这么做吗？我有什么立场对他说这些话呢？先不要说，那个时候，我们还都是学生，需要靠家里供养。撇开这个不谈，我还得考虑到……嗯……自尊心的问题，雄性的自尊心。发生这样的事情，心照不宣是一回事，说出口来又是另一回事了。我作为一个旁观者，突然冒冒失失地跑过去，对江飞那么说，就算那些话是他想要听到的，他的自尊心也会受到伤害，我们两个也都会尴尬。

"所以……我后来什么都没做，我在心里想了无数个英勇侠义的行为，包括刺杀刘舒的干妈，但那全都是意淫。"曾成的语气趋于低沉，"我是一个……行动上的矮子，我什么都做不了，看着别人在网里挣扎，却什么也做不了。这很痛苦，而我最怕痛了。我只好不去想这件事，尽可能地把它忘掉，我越来越不想要再见到刘舒了。我怕我一见到她，就会想起她那个见鬼的干妈，就想起江飞那个受困的表情……"

他眺望着湖面，整个人有点茫然。

刘振邦就道："但是刘舒有可能知道些什么，我指她干妈的私人生活，你后来私下就没问过她？"

曾成别过脸："问她？……啊，有，有的……我后来旁敲侧击问过'咕咕咕咕小姐'，问她江飞的爸爸是干吗的。刘舒说，江飞的爸爸是公职下海，人常年驻外地，很少回家……"

刘振邦一笑："所以，本质上这位干妈还是个单身母亲，所谓'寡母'是也。"

曾成也笑："谁说不是呢——对了，'咕咕咕咕小姐'还说，那位江先生当年其实并不喜欢她干妈，他另外有意中人。后来不知道发生了什么，那个意中人是突然生病了还是怎么，反正她干妈如愿以偿，还是嫁给了江先生。"

史达才听了，咕哝："江飞的爸爸估计也是勉强，要不然怎么常年不回家……现在这个样子，也不知道江飞有没有跟他爸提过……"

"必然没有提啊！这种事情，除去自尊心的问题，其实很难跟大人讲得清楚……刘舒干妈的那些动作、语气、神态……都很微妙，你说她那是骚扰，是心理变态，那些大人却会说这都是母爱，只不过过分了而已。大人都不站在你这一边，到时候，你怎么办？"曾成道。

"我倒是比较关心，当年那位江先生的意中人突然生病是个什么情况？根据刘舒的干妈在祝明霞那件事中的表现来看，会不会……"刘振邦说着，眼珠子倾斜，瞄着另外两个示意。

听到他这么说，史达才抠起脸颊，曾成摸摸头发。三个人，脸上表情各异，好一会儿，谁也没说话。

"那个干妈，真是谁沾谁倒霉……"曾成眺望着湖水，慢慢地，他的脸色变了，"你这么一说，让我想起一件事。如果那个干妈真的那么冷酷……老天，那我不会害了龚雪吧，哎呀……"

史达才急了："什么事？"要他快说。

曾成顿一顿，他面色有些发白："……大脑袋先生，你得保证，我说了之后，你不会骂我……"

"五月美妙五月好，五月叫我心欢畅，蔚蓝天空白云飘，五月鲜花处处香……"那天傍晚，广播喇叭里照常流出音乐，旋律欢快得就跟这个可爱的季节一个样。曾成拎着刚买的菠萝，踩着节拍，由芳草地上走过，心情飞扬，一路草木香。

他刚在本校陪顾盼盼吃过饭，将那只小白兔送去上晚课。左右无事，想一想，买个菠萝到隔壁校园来找龚雪。这个时候，他知道能在哪里找到他的女祭司，假如运气好，他还可以跟他的女祭司东拉西扯，聊上一场。一边吃菠萝，一边跟龚雪聊天，聊得差不多，盼盼也该下课了，他就告辞去接小白兔……

大学校园的天是晴朗的天，曾成吹着晚风，走在青葱的校园里，快乐地直叹气。尽管在这里，他见识了有生以来最挤的宿舍、最脏的厕所、最难吃的食堂，他仍觉得乐趣重重，心旷神怡。中学时代的所有阴晦，都逐渐散去：他跟刘舒联系得越来越少；他跟顾盼盼越走越近；他住校后家里很难像以前那样管束他……他日益地感受到一种前所未有的自由。

是的，自由，像曾成这样的人是最需要自由的，哪怕仅仅是表面上的自由。带着自由的心境，曾成轻车熟路，来到这所学校的心理咨询室。

他悄悄地推开门，果然见到龚雪在里面，面朝着门，一眼就向自己望过来。

"啊哈，雪莉在等我？"曾成笑吟吟地打招呼。他也不知道自己为什么要叫龚雪"雪莉"，他甚至不清楚"雪莉"对应的英文应该是 Shirley 还是 Sherry。记得就是某天那么随口一叫，之后就一直沿袭下来，从龚雪的反应看，她并不反对。

"我是在等人，但不是在等你。"龚雪微微一笑，做了个"抱歉"的手势。

"不是吧，这么不巧……在这么美好的季节还有人来做心理咨询？"曾成夸张地表示自己的不满，把菠萝拎得高高，"亏我还买了个菠萝，一路拎过来。"

龚雪道："谢谢你了……不过，你来得其实很巧，我正想找个人来说说话，装作是在跟我闲聊的样子，好看上去轻松一点……虽然我也不确定那个人会不会出现……"

"哪个人？什么出不出现？"曾成突然嗅出了有趣的味道。

"我可以告诉你，但你得先坐下来，声音小一点，自然一点，尽量不要往外面看。"

曾成照办了，他拿出菠萝跟龚雪分享。正值晚课时间，做心理咨询的老师已经下班，里边咨询室的灯都关了。龚雪作为志愿者助理，坐在外边的接待室里值班。隔着桌子，她跟曾成一人一边，一个面朝门，一个背朝门。门敞开着，迄今一个人影都没有。

曾成吃着菠萝，总忍不住想回头看。"雪莉，别卖关子了，快说是怎么回事。"他轻声催促。

龚雪便放低声音，说出实情。

原来大约一个星期之前，龚雪在收拾咨询室外面的意见箱时，意外地发现一封来信。这是不寻常的，因为多数时候那个意见箱都是摆设，不仅里面常年空空，连咨询室的老师和其他志愿者也多不在意，走来走去，任由它在窗台上落灰。

只有龚雪，会时不时地拿个抹布，把意见箱擦擦干净，再看看里面有无东西。她这倒不是洁癖，而是觉得一物有一物的作用。虽说现在很少有人会写什么投到意见箱里了，但箱子既然摆出来了，还是应该维护好，万一能派上用场呢？谁也不能保证，对不对？

于是她几乎成了那个意见箱唯一的管理者，擦了那么多次，看了那么多遍，早习惯了里面什么也没有。所以，当那天偶然发现里面出现一封信的时候，她眼皮一跳，以为真的有人给他们提意见来了，不由当场打开来看……

"信上写的是什么？不会真的只是些干巴巴的建议吧，那样可太没趣。"曾成嫌菠萝酸牙，给自己倒了杯水。

龚雪正色道："不，不是提意见的，而是……说得准确一点，是一封求助信。"

"求助信？"曾成趁龚雪不注意，又往外偷瞧一眼，"求助什么？"

"这个……涉及个人隐私，我不能告诉你。总之，是一件任何正常人都没办法接受的事情。"龚雪说得字斟句酌。

"是不是什么见不得人的事？"听她这么说，曾成更加兴趣盎然，"雪莉，告诉我好不好？就给我一个轮廓，或者……几个关键词也行。"

龚雪摇摇头："不行，我不能说。我只能告诉你，根据这个人的请求，我已经回了封信，就压在外面的意见箱下面，他说会来取。刚刚你来之前，我才看过，信还在那儿，也就是说那个人还没有取走。"

"原来雪莉是在守株待兔，偷偷摸摸地，想一睹那个人的真容……"曾成为龚雪坚持不透露口风而感到小不快，"雪莉，你这样可不厚道，人家煞费苦心，就是为了不被人看破，你却偏偏要去看。"

龚雪道："人都有好奇心……而且，我不觉得光回一封信能有什么帮助。我在想，最好能有别的办法，这需要我认识那个求助者，至少知道他是谁……我承认我没有照章办事，这件事其实一开始我就越轨了。原则上，意见箱里的东西不能私自处理的，至少口头上得汇报一下，但那个箱子早就没人管了，只有我一个人在看……既然这样，这个个案也就我一个人负责，这种挑战性的案子，我不想拱手给人。"

"挑战性？有多挑战？"曾成好奇得小爪儿挠心，"雪莉，你就不能给我一点点暗示，亏我还请你吃菠萝……至少、至少你告诉我那人是男是女啊！"

龚雪迟疑了一下，大约是被他的菠萝打动了，她有些无奈地："好吧，我感觉应该是个……"

说到这儿，她眼睛一瞪，像是望到了什么，"有人来了！好像是他！你千万别回头，装作跟我说话……"

曾成一愣，立刻回头，兴冲冲地去看来者何人——龚雪还是失算了，像他这种人，是不能被诱发好奇心却得不到满足的。既然龚雪不肯告诉他，那他就自己去打听，他多的是朋友和闲工夫，总能叫他打听出什么来……

他一转头，就看到了那个人，站在窗边，正从意见箱下面拿东西。晚霞将尽，光线不太好，但那人的脸孔就像是记忆里直接跳出来似的，忽然又来到他面前，叫他又想起——那个茫然的、烦乱的、痛苦的……那个受困的表情。

那人拿了信，警惕地向窗户里一瞥，不知他看没看见曾成，又或者看到了，有没有认出他来。总之一瞥之后，他飞快地走掉，像是被人追赶的猎物，顷刻无踪。

曾成惊呆在座位上，他想他那时的表情一定很像个白痴。

"曾成，你把他吓跑了！你干吗要去看他，你干吗要那样去看他！"他的女祭司发怒了，手撑着桌子，站着质问他。看样子，现在就算请她吃上一百个菠萝，也平息不了她的怒火。

"声音小一点，雪莉，声音小一点……我刚受到了惊吓，不能再被你吓一次。"半天，曾成终于能开口说话了，但是有气无力，"我下面对你说的话，应该可以将功补过……我想说，我认识这个人，我甚至能猜到他为什么写信来求助。我可以把我知道的都告诉你，唉……原来是这么一回事，原来他还在国内上大学，原来……他还在挣扎不已……"

说到这儿，曾成停了下来。

刘振邦探着脖子："那个人是江飞？"

曾成吐口气："还用说么？"

史达才道："他写的求助信，是不是就是关于他妈妈骚扰他……"

这一回，曾成连口都懒得开，撇着嘴角，冲史达才不眨眼地长望。史达才一下就懂了。

刘振邦想了想，笑道："后来呢，后来你是不是就怂恿龚雪去插手这件事，让你的女祭司去拯救江飞于水深火热之中？"

"啊——不许讽刺我，大白牙先生，我不许你讽刺我，"曾成悻悻地点着刘振邦，"虽然你说对了，事情差不多就像你说的……"

江飞的出现，仿佛一大块乌云，把曾成重新笼罩在昔日的阴晦中。昔日重来，叫青葱的校园瞬间褪色，可爱的季节刹那间凋零，自由的花花公子再度成为遭人打量的猎物，前有"咭咭咭咭小姐"的罗网，后有他老子娘的耳提面命……中学时代的痛苦纷纷地回来，再加上江飞的那个表情，那个挣扎的、受困的表情……

　　曾成坐在那儿，回忆梦魇一般向龚雪述说他所知道的江飞——江飞的家庭和江飞的困境，尤其是江飞的困境。时至今日，他对江飞已经不仅仅是同情，而几乎怀有一种"兔死狐悲，物伤其类"的心情。江飞被人当猎物，他也曾被当作猎物；江飞被他亲妈困住了，他也仍然受到家里人的困扰；江飞的妈妈希望儿子跟她一起出国，他老子娘希望他跟刘舒交往结婚；江飞被困在网里，一直挣扎到今天，而他自己看似自由，却心知那一张网始终都在，从未真正远离……

　　他靠在桌子上，动情地描绘江飞所处的困境，也就是他自己的困境；他替江飞感到愤懑，也就是替他自己愤懑……到后来他已经分不清到底是在说江飞还是在说他自己："……这太糟糕了，雪莉，这太糟糕了！一个人被另一个人那样给绑住，她想左右你，想让你顺从，想叫你按照她所希望的那样去做，无论是吃饭，是读书，是交友还是别的什么，都要按照他们的意思……这太糟糕了，让人无法忍受！在他们看来，你只是一样东西，你根本没有自己的意志，也不需要有！你只是一样东西，一个让他们感到愉快、让他们满意的东西，一个东西，不是人，或顶多只能算半个人，五分之三个人……剩下的那半个、那五分之二是什么，就是自己的意志！他们有自己的意志，却不允许你有，这就是他们的态度。

　　"但人是不能没有自己的意志的，雪莉，那会让人痛苦，非常地痛苦。江飞脸上的表情——你刚才也看到了，那就是痛苦的表情，为夺回自我意志而拼命挣扎的表情。他看上去就很困顿、很痛苦，我看着他都觉得痛苦……他妈妈自己婚姻不幸，就试图用他来弥补——这不公平，雪莉，这一点都不公平。冤有头债有主，谁给你带来的问题，你就应该去找谁，而不应该找上不相干的人，对不对？……"

　　曾成越说越激动，像一些前来咨询的人那样，近乎手舞足蹈。他对面，龚雪嘴角紧绷，一语不发，全神贯注地听他说，眼眸里泛出幽深的光。她好像是在盯着曾成，但曾成知道她不是，她在盯着的是他所说的那些人、那些事、那些对他人自我意志的谋杀行为……曾成痛恨这些行为，而他的痛恨无疑又引发了龚雪的痛恨，甚至——他有种感觉，他的女祭司比他更加痛恨。只不过他自己的痛恨是热烈的，而龚雪的痛恨却冷静得多。她那猫头鹰般专注的目光似乎已经盯上了某个目标，也许她已经在心里考虑着什么……

"太好了，雪莉生气了，她很可能会做些什么！"曾成暗自欢欣，"雪莉要是肯帮忙，事情就好办了！说不定江飞能得救，而我也不用再因为江飞的事，一想起来就不舒服……"

曾成说完了。他看看对面的两个人，一人看一眼，等待他们的评判。

史达才搔着头，不知道该说些什么好。要说责怪曾成吧，可他也是为了帮江飞；要说不责怪他吧，可他又的确给龚雪扔了一个烫手的山芋。是不是就是这个山芋烫到龚雪了呢？

刘振邦把个喝空了的饮料罐在手里捏着，"啪啦啪啦"，捏得直响。捏上一会儿，他咂嘴："这件事发生在什么时候？就你告诉龚雪江飞的事……"

曾成回忆着："大三下学期，我跟盼盼是大三，龚雪是大二。她上学晚，比我们小一届。"

"那……你们又是什么时候联系不上龚雪的，应该不是最近吧？我这里有记录，顾盼盼五月份的时候就发短信到我这个奶奶的手机上了。"

"这个……难说，龚雪是个大忙人，她大一大二在学校的心理咨询室，我们还能逮着见见她。后来她到校外做实践，整天跑来跑去，我们联系得就少了。再说我跟盼盼临近毕业，很多烦心事，工作啊、结婚啊、应付家长啊……都顾不上雪莉了。"

史达才听到他说"结婚"二字，表情有些呆。

刘振邦注意到了，心里偷笑笑，干脆替大头鬼问道："你们……什么时候结婚的？龚雪有来参加你们的婚礼吗？"

曾成面色一沉，用眼白对着刘振邦："你戳到我的痛处了，大白牙先生，你戳到我痛处了……想听真话吗？由于我家老子娘的反对，我跟盼盼仅领了结婚证，至今还没有举行婚礼。不是完全没有，在盼盼家那边举行过了，但双方家长都参加的那种没有——托我老子娘的福，龚雪自然也没有来过。可惜……

眼看着我老子娘终于松口投降，我们准备在明年补办婚礼，这下都不知道能不能见到雪莉。"

他这话倒是跟顾盼盼之前说的吻合，史达才听了，尽管心下仍有一股淡淡的酸涩，但还是替他们俩感到欣慰。他喜欢听这种矢志不渝从而获得幸福的故事，不管怎样，这种"坚守信念、冲破困境"的行为都值得鼓励和赞美。而且总的来说曾成还算是个不错的人，即使他的外表有些花里胡哨……

这么想着，他望向曾成的眼神便有些矛盾。曾成感觉到了，笑问他："大脑袋先生，你为什么这么看我？我有什么问题吗？"

"呃？"史达才尴尬不已，慌忙掩饰，"没有没有……我、我就是想问问那个……那个……呃，江飞……对对对，那个江飞……他后来的情况你知道吗？他……后来到底有没有出国？那天、那天我听祝明霞说，刘舒的干妈好像是出国了。"

"她干妈出国了？这我倒不知道，"曾成耸肩，"我后来跟刘舒闹掰了，互相不联系，就算有也是从我老子娘那里听来的一星半点儿。至于江飞，我有打听过他，当然还是在毕业之前，据他的本科同学说，他是在准备出国，但同时也在准备考研，不知道是为什么，大概是想做两手打算。"

"不会是两手打算……我看他只有一手打算，那就是考研留国内。"刘振邦悠悠接口，"从他的立场，出国最不可取，除非能拿奖学金，还得是很多奖学金……否则一出国，就要花钱，就要靠家里，就要被他妈妈陪着，就要受人辖制，不像在国内读研，可以考外地，可以住校，学校有补贴，花得也少……"

"是么，我原来还以为，像他那种情况，出了国会自由点……"曾成道。

刘振邦道："自不自由取决于他要不要依赖家里的钱……如果他一出国就能自立，不需要他妈给钱，那当然可以出国。如果出了国，反而让他变得更加需要他妈妈，需要他妈妈的钱，那出国无异于雪上加霜。我感觉，其实这些他自己都已经掂量过，他想要考研，说明他认为考研能让他早点脱困，早点不需要他妈妈。而他妈妈呢，显然也是这个思路，为什么那回你们吃自助餐时那个干妈屡屡劝江飞出国？因为她也知道，出了国，儿子更加离不开她，他们俩会比在国内时更加紧密，她想要的也就是这个——牢牢地控制住江飞，儿子离开她将寸步难行。"

"什么寸步难行？"顾盼盼牵着小天天，忽地翩然而降，"你们都聊了些什么？看来我带天天去游乐场的时候，错过了很多东西。"

"爸爸！"小天天投向曾成，给他看手里一杯粉红色的饮料，"我跟妈妈玩了充气城堡，妈妈还给我买了草莓奶……"杯子举得高，与其说给爸爸看，不如说是给瘦叔叔看，"怎么样，你没有吧？"得意地冲刘振邦眨眼。

刘振邦咧嘴一嘻："我们在聊龚雪和刘舒的干妈……对了，你们知道刘舒的干妈叫什么吗？我指她的全名，祝明霞只记得她姓谭。"

"她姓谭吗？我连她姓什么都记不得了……好像是姓谭，三个字的样子，曾成你记得吗？"顾盼盼揽着天天坐下。

曾成撩撩头发："好像叫谭……什么音……我来想想……谭美音？不对……谭丽音，也不对……应该叫谭……谭……"

大家望着他，他望着顾盼盼。

顾盼盼扁扁嘴："刘舒肯定知道……"

曾成撇撇嘴："她知道归她知道，反正打死我也不会去问她。"

"不用去问她，不用去问她……"刘振邦抬抬手，缓和小夫妻俩的情绪，"那位刘大小姐……绝对不能去打扰。我们现在正在找龚雪，很多事情还不清楚，那个刘舒……作为有一点点嫌疑的人，能不让她知道就不让她知道。其实……我们可以另辟蹊径……嗯，你家人是认得刘舒的爸妈的，对吧？"他问曾成。

曾成点头："嗯哼，啊——我知道了，你是想让我爸妈……"

"让你爸妈去跟刘舒爸妈打探……这应该不难，捏造个理由，就说有朋友想认识那个谭女士，就是刘舒的干妈，觉得她有资历之类……问的时候，主要问她现在人在哪，在干什么，尤其是最近一两年在做什么。至于她的名字嘛，可以顺便问问，我刚刚想到，网上搜索一下，说不定也能找到……"

刘振邦边说，边借着饮料罐的遮掩，拿出手机摆弄，让人见了以为他现在就开始进行搜索。唯有史达才瞄到，这货其实是点了"结束录音"——好罢，论这一手，振邦确实是最伶俐的，他自叹不如。

那边，顾盼盼也在感叹："真是越来越像侦探故事了……无论怎么样，我都希望龚雪没事。想想以前，大家玩得那么好，后来随着越长越大，大家反而变生疏了。偶尔联系一下，也是我向她倒苦水，从没想过可能她也会遇到麻烦……不过，她真的很少说她自己的事情……我都不知道她毕业后在干什么，好像是工作了？"

曾成接口："工作肯定是工作的，但我记得她提过，有计划去国外读研，那个什么社工硕士……"忽而一笑，向着刘振邦和史达才，"听上去觉不觉得熟悉？又是一个去国外……"

刘振邦亦笑："越来越有意思了……"

"你们在说什么？"顾盼盼不太明白。她突然一拍桌子，"啊呀，对了！我差点忘记，这里有张照片，照片上那个人，曾成你见过的……啊呀曾成你真是的，都不提醒我！"

曾成莫名其妙："什么没提醒你？"

"就是上次那个偷拍的照片啊，你说是龚雪的男朋友的……"顾盼盼抓着手机，手指在屏幕上一阵敲击。

"哦——那个啊！"曾成终于想起来，随即一脸鄙弃，"拜托，我瞎说的，那样一个人，雪莉怎么可能真的……"

顾盼盼找到了："就是这个！就是他！"递过手机来，"喏，就是这个人……那天我跟曾成在运河大道那边看见龚雪跟这个男的一起吃东西……"

刘振邦和史达才一边一个，攒着脑袋看。顾盼盼又将图片放大。

看了又看。片刻，史达才、刘振邦面面相觑，双双纳罕道："……冯懋伟?!"

小天天一吓，曾成把她扶住了："怎么……你们认识他？"

刘振邦似哭非哭，似笑非笑，团脸不说话。史达才只好替他回答："冯懋伟啊……他、他是我们的高中同学……"

Chapter 11

老同学

异国的时间过得异乎寻常地慢，明明觉得应该过去很久了，看看日历，却是才过了三五天……

母亲坐在餐桌边，将买来的两大束鲜花修剪了，一枝一枝，仔细地插起来。做完了，自己来来回回欣赏，想着这些花儿真美，可惜只有她一个人来看。待过上几天，花儿的美丽不再，渐渐衰，渐渐死，就被扔进垃圾桶；好一点的，也被弃到后院的泥土上，任其败腐。终其一生，这些花儿的美丽都无人看见过，真正地看见过，除了一个自己。

母亲轻轻地叹气，为花儿，也为自己。儿子越来越忙了，一天就见那么一下，偶尔快半夜才开车回来。问他为什么这么晚回家，答曰"在学校学习"。真的在学习吗？她隐约地不相信，隐约地不安。

要不要停止支付他的信用卡账单呢？她想。

她有点期待那么做，却又想避免走出那一步。毕竟，儿子如今不再像十几岁时那么青涩了，不再听话，也不再那么容易让步。而这些改变不仅仅是年龄的增长带来的，在母亲看来，这一切都应该归咎于那个女孩儿，那个罪魁祸首。是她向儿子心里播下叛逆的种子，从而弄得现在一发不可收拾……

一想起那件事，母亲就气恨："都怪她，都怪那个女的多管闲事！"教唆别人的儿子不服从，她大概以为这么做可以得到什么好处吧，她甚至怀疑，那女孩儿是想借此成为儿子的女友……肯定是这样的，肯定是这样没错，她第一回见到那个女孩儿就觉得刺眼了，记得那时还是在刘舒的体操班上，那个姓龚的女孩儿，一副觉得自己在主持正义的样子，呵呵……

回顾往事，母亲冷冷地微笑，她要是会让那丫头接近儿子，才叫怪了。她的目光越过花儿，打量后院里的草坪："又有杂草了，上次才清理过，现在又长出来了，看来得请专业的人来弄……"

说到请人，她有些沉吟。她绝不是怕花钱，而是……请谁呢？请老外吧，或许更加专业，但她口语不佳，很难跟他们交流通畅；请华人吧，交流是没问题，但看那些人一个个喜欢问来问去的劲儿……请来的这个华人家政阿姨，已经让她后悔了，常常说着说着，就爱问你在国内是做什么的，你老公在国内又是做什么的……整天刺探你的隐私。"可是这关你什么事儿呢？"她便一边撒谎，一边在心里冷笑，"大概又是跟那个姓龚的一样，觉得能从中得到什么好处吧。"

突然，前面门廊一响，有人开门进来。

母亲微惊，儿子很少这个点回来的，如果不是他，还会是谁呢？

玄关明亮，儿子披着午后的阳光，微笑走来："妈，我回来了。"

母亲微愕，已经有多久儿子没有对她笑过了？他从玄关走来，身上仿佛披着层光辉。

"今天怎么回来这么早？"她很愿意相信那是一层幸福的光辉，光辉随着儿子，将把她一同照耀……然而事出有异，她不能不小心。

"学校的网络出问题了，就提前回来了。"儿子从冰箱里取饮料，开了一听，"对了，妈，我跟你商量一件事。"

果然。母亲笑颜依旧，却心生警惕："什么事？"

"现在说可能嫌早，但我还是想提前说，征求下你的意见，"儿子喝了几口饮料，又去水槽洗手，"就是圣诞节，我想请一些同学来家里吃饭，家里人少地方大，人来了正好热闹点……"

母亲警惕不减："话是对的，不过……请来的同学都是些什么人，都跟你很要好吗？"

儿子道："就是学校里认识的，比较玩得来……对了，有一个女生，我想你见见她，我……觉得她不错，这次圣诞节她会一起来。"

母亲的心陡然一沉，她竭力地保全脸上的笑容："哦，她是谁？她……是你的女朋友？"

"她叫樊辰，还算不上是女朋友……只是觉得她人很可爱……"儿子边喝饮料，边瞧着母亲，似乎期待她的反应。

她能有什么反应呢？"是吗，那我还真要见见她，见见这个樊辰……你一定要请她来啊！"

"好啊，那就这么定了！我这就跟他们说去……"儿子笑逐颜开，带着饮料上楼去，楼梯上一阵快乐的脚步声。

母亲再次一个人坐着，神情肃杀。再一次，她望向后院的草坪，望到那些杂草。"除不完的蟑螂，拔不完的杂草……"她想，"除掉一个，又来一个，就算能找专业的人来，哪一天是个头呢？"

刘振邦踩着中用不中看的自行车，到运河大道以北的科技园跑市场。名为"跑市场"，实际是来见冯懋伟。此君如今在科技园的一家知名企业工作，今日允许刘振邦在工作的间歇时间跟他见面。

打心眼儿里讲，刘振邦并不情愿跑这一趟。要不是他跟大头鬼两个"石头剪刀布"，连输三场，无一点推脱的余地，他才不会把这个"美差"接下来。

离约定的时间还有十来分钟，刘振邦成功抵达冯懋伟上班的办公楼。由于没有感应卡，进不到里面去，他便在那幢多米诺骨牌式的大楼外给冯懋伟发消息，告诉他自己到了。

很快，他收到了回复："我们定的时间是十一分钟后，而不是现在。精确，刘振邦同学，请学会精确！"

看着那两行字，刘振邦恨不得翻一个大白眼。他顿时预感，今天不会是一场顺利的会面。

此姓冯名懋伟者，已经说过，乃刘振邦和史达才的高中同学。当年刚升学，包剑荣拿着新生的花名册，畅通无阻地点名，一路点到冯懋伟那里，忽然卡壳。

"冯……"他对那个"懋"字没有把握，想要念出来，却又怕出错，丢了班主任的威。

"懋，念茂盛的茂，冯懋伟……"正卡壳着，底下就有人给他提醒，嗓门洪亮。

众同学一望，只见后排一位高个子男生，薄皮大眼，昂首引颈，似乎很享受大家投来的注目礼。

那就是冯懋伟，也就是后来考场上的常胜将军、老师们的得意弟子、年级里的风云人物。就连一向喜欢鄙薄学生的包剑荣也对他赞美有加，称他"在数字上有天赋，精确度堪比计算机"。得这样一块"良材"在手，之前点名出糗的事自然勾销，老包常常前脚夸奖过冯懋伟，后脚就来训斥那些不可雕的"朽木"，曰："看看人家冯懋伟，再看看你们……没事的时候啊，就多想想，明明年纪都一样，为什么人家能做到的事，你们就做不到……"

挨训的学生中，还知道要好的，比如史达才，低个头唯唯；自我感觉还不错的，比如刘振邦，就对老包的断语格外不忿。这种不忿不是没有原因的……

某次体育课上进行体能测试，一千米计时跑，规定几分几秒合格。这种时候，那些有运动天赋的学生，比如冯懋伟，撩开长腿，一骑绝尘，让人徒生怨恨：为何精密的大脑能和发达的四肢并存？

怨恨完了，还是得跑。那些实心眼子的，比如史达才，闷着个头，呼哧哈哧，跑得脸红脖子粗；那些老脸皮厚的，比如刘振邦，向来不知在规定的时间内跑完规定距离的意义何在，一帮子懒人，乱哄哄嘻在一起，带跑带走，优哉游哉，最后关头，突然呼啦啦拥向终点——

体育老师的秒表，这时就不太来得及按，那么一坨子人，鬼知道谁合格谁没合格，何况教那么多个班的体育老师连学生的人脸都认不全。

"老师，老师……"那帮子懒人围上来，勾肩搭背，给他赔笑脸，"反正时间都差不多，过吧，让我们过吧……"

体育老师抓着秒表，本就头疼，再被众口一求，渐渐地立场站不稳，想给他们放行了。

这个时候，就听耳后洪亮的一声："除了王浩和陈博文，其他人都不达标。

而且就算是王浩陈博文，也是脚过线而不是躯干过线，严格算起来也是不合格的。"

冯懋伟拿着只表，巡视那帮子懒人，一个一个点出他们到达终点的先后顺序，竟是丝毫不乱，又道："老师，除了王浩和陈博文，其他人都要重考。"

一帮子懒人立刻不服，就有刘振邦带头："凭什么你说重考就重考？刚才老师都看不清楚，你看清楚了？"

冯懋伟傲然道："我的眼睛从不出错。我手里这只表，精度超高，平时我戴着跑，设置了一千米的合格时间，时间到了就会叫。刚才表叫的时候，正好是王浩踩线，陈博文跟他并排，勉强把他算上好了……其他人拉得更后，当然都不合格，不合格当然要重考。"

一帮人就不忿，冲他大声嚷嚷，说他一个近视眼，不可能看得清楚，又说他居心不良，自己跑得快，就专门拿个表来算计同学，云云。

冯懋伟以寡迎众，毫不怯场，他言辞铿锵："我戴着眼镜，看得很清楚，我的眼睛从不出错。再说一遍，我的眼睛以及我的瞬间记忆力从不出错。我有必要算计你们么，你当我闲得发慌？我说的明明都是事实，老师，请你回忆一下，我说的是不是都是事实……"

被挺立如松柏的冯懋伟震慑住，体育老师越看刘振邦一伙，越觉得他们像是一群乌合之众。做老师的多是喜欢栋梁之材的，体育老师也是老师，于是——

"好了，好了，除了王浩跟那谁，其他人下次重新考，就这样，别吵了！"

一锤定音，懒人们的美梦被砸得粉碎。

刘振邦蹲守在自行车旁，一边回想，一边揪着草坪上的草，百思不解："怪呀，龚雪怎么会和冯懋伟凑到一起的？话说男机器人应该去找女机器人才对啊，可龚雪……怎么看怎么不像是机器……"

正想得有味，他口中的"男机器人"踩着准点来到。"老同学，你好。"冯懋伟目光直透，冲他微微颔首，瞬间就把刘振邦从头到脚扫视一遍，仿佛扫描仪扫描物件。看来时隔多年，这位"英才"修为愈进，甫一出现就祭出一招"眼力波"，压得刘振邦腿软，差点站不起来。

刘振邦拍拍身上的草，一个深呼吸站起："嗯，冯……"

不等他说完，冯懋伟又放出第二招："我得事先声明，我不负责替你向我司销售部采购部的人牵线搭桥，如果你找我来是为了这些私人单子，我劝你趁早放弃。"

刘振邦咧咧嘴："不是什么私人单子啦……"

"最好不是，"冯懋伟看去犹有怀疑，"我马上要被调去南边的公司总部，等下月三号参加完园区的周年庆典跑，第二天就动身走。你就算想麻烦我，把我拖住，到时候也办不到。我是开诚布公，提前告知你，免得到时候你又失望，说我这个老同学不近人情……"

刘振邦心道："哇，机器人居然也晓得人情。"

"真的不是私人单子么？"冯懋伟频频打量他，"如果不是为了这个，你来找我又是为了什么呢？我跟你上学时并没有什么交集……或者说，我跟你们这些老同学向来都没什么交集，以前上学时没有，现在更是没有……现在你突然来找我，是为了什么？我想应该不是同学会之类无关紧要的事吧，那样你直接发个消息就完了，而我也会直接回复你，说我不会参加……"

刘振邦终于逮到机会说话："当然不是同学会啦，同学会是为特定的人打造的，既不是为你这样的，也不是为我这样的……"

冯懋伟显然被勾起了兴趣，他目中光一闪："嗯，这话有水平……可惜你已经浪费了我十分钟的时间，却还没有说到正题……"他向刘振邦微微倾身。

刘振邦清一清嗓子眼，故意拖延，心想："主动权明明在我这儿，凭什么被这个机器人牵着鼻子走，他让我说我就说？你个计算机脑瓜不是能嘛，有本事你算出来呗，干吗要来问我？"

见他仿佛拿乔，冯懋伟面色下沉："刘振邦同学，如果你再不说，我只好回去了。今天能分给你二十分钟，已经是破例，因为我即将调去总部，没太多事，才会有时间见你。换了是往常，你只能给我发消息，而我还不一定有时间回……"

火候差不多了。刘振邦胸一挺，打个哈哈："好啦，也没什么大事，就是受人所托，来问问你，听说你好像认识一个叫龚雪的女孩子，这个龚雪……

嗯……你知不知道她现在的情况？"

"龚雪"二字一出，冯懋伟那向来冷静自制的面孔，唰地一红，整个人一下惊跳。他瞪着刘振邦，又羞又愤，充满戒备，眼睛尽是疑问，却是一个字不出。

刘振邦始料未及："哎，你跟龚雪……"

冯懋伟又是一惊，一惊即走，脚底生风，眨眼就进了那幢多米诺骨牌式的大楼，生怕被刘振邦追上似的。

半天，刘振邦看看周围，四下无人，只有几只雀子在草坪上啄食。

"可惜了——"他一拍大腿，为这伟大的一幕只有他和草地上的雀子目睹而惋惜不已。他——刘振邦，不过几句话就将冯懋伟给惊走，这要是让老包知道，估计能把两只眯缝眼瞪裂开，啊哈哈哈哈……刚刚冯懋伟那样儿，真真把人笑死，活像被人踩到了尾巴，瞬间就从机器人降格成可怜的人类，哎呀呀呀……他对着一群雀子捧腹。

笑上一通，他回味地咂咂嘴："了不起，这个龚雪了不起，能把冯懋伟气成这样……唔，回头得好好挖掘挖掘，这两人之间到底发生了什么事……"

史达才的任务比较轻松，当刘振邦跟冯懋伟斗智的时候，他正沐浴着秋阳，坐在解德芳家的阳台上，帮老太太们计数保健品。

李国珍家某个侨居的远亲回国，经过好几双手，给她送来两罐子洋货，说是调理心脑血管效果好，建议每天服用。李国珍就大惊小怪地，拿着两只写满洋文的罐子，到两个老伙伴面前来显摆："哎哟，你们来尝尝，这东西怎么个滋味，外国来的，都没拆过封……"于她而言，保健品的功效不在于吃，而在于显摆。所谓一显摆，心情就好，气血一通，身体自然棒，吃不吃反而次要。

向英和解德芳知她德性，就顺着她的话说，你奉承一句，我奉承一句，奉承得李国珍优越感飘飘。心情一爽，当场决定赠出一罐，给向英和解德芳平分。

然而一个罐子怎么平分呢？李国珍伸手一抓："来来来，大才，先不急着刷猪大肠……洗下手，擦干了来数数，这个罐子里一共有多少颗，再数出一半来，给老向用空瓶子装上。"

史达才好歹学过英语，他拿过罐子看："不用数吧，上面写着，一共两百颗……"

"那行，你就数出一百颗来给老向。"

史达才没法，只好丢下刷了一半的猪大肠，端个凳子，到阳台上帮老姑婆们数保健品；一边数，一边听她们拉呱。拉呱的主题渐次跳跃，从"保健品"到"送保健品的远房侄女"，到"家里的年轻一代"，到"现在的年轻一代"，再到"大才和小刘"，再到"大才很不错"，最后到"小刘也很不错，录了两回音了，我天天当故事听，比广播都好听"。

说这话的是解德芳。她目不能视，电视机是用不着了，平常就靠听听广播，娱乐娱乐，像什么唱戏啦、说书啦、午夜情感热线啦……一听几十年。年年她都会跟向英说，这些个广播节目质量"不如以前……"年年说，年年听，不听没别的听，只好耐着耳朵。

正无可奈何，忽然从天而降龚雪事件，又有小刘的两段录音输到机子上，叫解德芳仿佛开眼，仿佛见到光。她把个机子开着，闲来就播放，听开头，听中间，听结尾，亦无所谓；烧饭听，吃饭听，洗碗听，随它怎么讲。

她两耳聪敏，心思又是慢工出活地细，听一遍尚懵懂，听两遍也迟疑，等到三遍四遍听下来，慢慢地许多根线就在她脑中变得清晰。谁怎么样，谁跟谁怎么样，谁谁可能出于怎样的原因去做什么事……解德芳心中其实都很有谱，一张一张，整整齐齐，只不过她不像她那两个老伙伴那么爱表达，一张嘴就哇啦哇啦，一句赶一句。她心思慢慢的，说话也是慢慢的，慢慢地触到关节，慢慢地扎针见血。

这边提到了"录音"，接着解德芳就谈起龚雪："讲起来，龚雪不也属于年轻一代吗，可她给人的感觉啊……就有点古怪，不像其他人。一般人，不管年轻年老，都会保命的吧？这个龚雪就好像不会，你看看她，当面指出那个什么干妈的问题，把人给得罪，后面又被那个叫曾成的男孩儿一说，就激动起来了，不知道又干出什么事……她这么干，好是好，但对她自己就很不利。唉，是非只为多开口，烦恼皆因强出头，她又开口，又出头，现在不就出事了么？"

向英也说："这个龚雪，瞧着文文静静，年纪轻轻的，没想到也是个好管事的。这人啊一管事，就难免招人恨，就难免暴露自己。我看啊，她这回没事便罢，要真出了事，就跟她管别人的事脱不开干系。"

史达才听到这些，莫名难受，一颗颗保健品数着数着，就开始神游。

一旁李国珍就怪叫："管事怎么了，不应该管？我看这个龚雪就很好，路见不平一声吼，该出手时就出手，出手了才对头！要不然，上次那个姓祝的丫头跌下来，大家都一声不吭，那就吃定了哑巴亏！不是龚雪打抱不平，把那什么干妈干女儿一吓，你以为他们那么容易会去医院又是看望又是给钱？嗬，老解，老向哎——这个世界不是你不惹事不得罪人就行了……有些人，天生恶赖，比如这个什么干妈，对自己亲生儿子……是吧？说得难听点，就是想自产自销，你说这样的人……"

"老兀鹫"竖根食指，激愤地摇。

这话史达才就爱听，他突然间不难受了，且对这个令他数保健品的李奶奶好感倍增。

向英笑道："看来龚雪这丫头很对老李的胃口，这次要是找到人的话，喊这丫头到老李家去，你们两个交流交流。你一个老兀鹫，带出个徒弟小兀鹫，也算是后继有人了……"

李国珍就一挥手，不屑回应这种明显调侃的话。

"还是要小心一点，越是打抱不平，越是要小心，"解德芳沉思道，"尤其碰上对方是厉害角色的，最好不要太暴露自己。否则弄得你在明，他在暗，防不胜防，你晓得他会干些什么……你要是因为这个被人报复，那不仅你自己憋屈，知道你事情的人也会害怕，以后就更没人敢打抱不平了。上次新闻里不是就有人见义勇为之后，被人报复，还害得一家子人……老李，我说一句，你别生气，你平时管闲事，也要注意一点，能不得罪人就不要得罪人，这样真要做起什么事情来才会方便些。譬如这次你想去套黄心红的话，你为什么不自己去，非要让我去？还不是因为你平时做得太明显，自己站明处，让人人都防备你？我后来就想啊，其实你管闲事，完全可以悄悄地管，不要那么明显，顶好自己在暗，别人在明，让别人不设防，这样子才既容易成功，又能保命……"

史达才一边听了，不觉思量，浑忘了手下的保健品。

李国珍又叫："哎呦乖乖，我管个闲事还要闹这么一大老套文章！我能管就不错了，还烦他那么多，什么明不明，暗不暗的……"

向英拍着腿："老解呢，说的是有道理，问题是说起来容易做起来难啊！有时候，只要你被人盯上了，对他来说你就是在明了，你想暗都暗不了。比如说黄心红说的那件事，人家姑娘可以说什么都没做，没管闲事也没怎样，结果呢，不照样被人恨，给泼了一脸PP粉水？……"

史达才听了这话，分明耳熟，他不禁问："这个黄心红……呃……这个泼人PP粉水的事，我好像也听人说过……这到底是怎么一回事？那个黄心红……呃……他肯告诉你们？"

李国珍道："哎——他还真就跟老解说了，至于说的是真是假就不知道了，不过看黄心红说得有鼻子有眼，估计假不到哪儿去……"

原来黄心红当年退伍之后，曾在该市一所高校食堂打杂。由于是亲戚介绍，人情热络，以及当年老校区的校址距离天堂街不远，地头也熟悉，地利人和，黄心红很快在学校食堂打混得如鱼得水。每日饭点前忙一阵，完了就占张桌子，跟同事们吹牛皮，或者私自盛一大碗干挑面，呼啦啦地灌下肚，然后一边剔牙，一边把食堂里来来去去的男女学生，挨个地打量。打量最多的，首先是那些俊面孔，其次就是那些穿戴不俗的。黄心红常常一边瞧人，一边在心里默默地猜测该学生是来自什么样的家庭，在这大部分人仍穷得叮当响的年代戴那样一块亮铮铮的腕表，这样一块表拿到外面又能倒卖多少钱……

那时同事中有个半大不小老头，比黄心红年长，整天抹抹桌子、扫扫地，其余时候就在校园里拾垃圾；他晚上住在学校，夜里出来巡巡逻。此老头姓高，本地人士，吹起牛来，说自己与该市的各路鱼龙都薄有交情，只如今风向变化，年纪又大了，才托关系在校园里混口养老饭。

别看这高老头其貌不扬，出身又可疑，指点起学校的男女学生来，却是头头是道：这是哪家的儿，那是谁家的女，这家的双亲是做什么的、祖父母干哪一行营生，那个家住何处、家中有无兄弟姐妹……甚至学生之间的恋爱关系，他都一清二楚：谁跟谁好上啦，谁又跟谁分啦，谁谁谁成三角恋爱啦……无事抹布一甩，坐下来跟黄心红吹，声音又低又哑，面上波澜不惊。

"你看见刚进来的那个男同学没有，带皮手套的那个？他家住运河大道南边那片小三楼，他爸爸上下班坐小汽车，家里用着保姆……想想看，这种人在女娃娃中间会有多抢手。"

那日，高老头拈一块萝卜响，又坐下来开始"说古"。他这次说的男学生黄心红也有注意，那人身形魁梧，肤色微黑，从头到脚都是一望即知的好衣料；每次到食堂点菜，鱼啊肉啊不惧地点，那副慷慨劲儿让人咋舌，要知道那时很多学生为了省钱，经常只点萝卜响下饭。

黄心红听了，想起有几回看到的情景来："你说他呀，抢手得很哪，我至少见过他跟三个不同样的女同学一起散步，有一个扎独辫子的看到得最多，姑娘人长得不错，穿得倒普通……"

"那姑娘外地的嘛，又是平民百姓家，当然穿得普通，"高老头嚼着萝卜响，眼皮都不抬，"她有个舅母，就住在北湖那块，她每星期都去她舅母家，陪她舅母，帮忙烧烧饭，搞搞卫生。她舅舅死得早，舅舅家几个小孩儿又都在外地……我之前给她舅母的妹妹家送过煤，算是认得她们……小姑娘人很好，就是有点清高，不太识世故，有时候犟起来，说话有点呛……我估计那个小伙子她不怎么喜欢，上次问过她舅母的妹妹，说是毕业后要回家去的，不愿留这里……"

"那男的家条件那么好她还不喜欢？"黄心红十分不解，心想我要是那女的我上赶着还来不及，"再说，不喜欢还跟人家一起走，这不耍人吗！"

"小声点，人家就在那边吃饭，你声音这么高……"高老头朝食堂那头努努嘴，"……为什么不喜欢？肯定有她的原因，她不说，别人也不好讲。跟小伙子一起走走，这个原因就更多喽，借书喽、搞活动喽、谈学习上的事喽，别人更不好讲……"

黄心红不以为然："就怕这姑娘心眼子多，故意拿乔吊着人家……嘿，人家家条件这么好，我就不相信她一点不动心。"

高老头道："不好讲，反正那小伙子是肯定不缺媳妇的，除了她，不知道你见没见过一个穿长裙子的姑娘，人在外地上大学，也经常来找这个小伙子？"

黄心红回忆："是不是一个长头发、手上戴一块亮晶晶小腕表的女的，人长得很漂亮？我好像见过两次……"

"对啦，就是她！那姑娘家也住南边小三楼，估计跟小伙子家交情不浅，每次说是来找他，其实就是约会啦！"

"那……这个戴腕表的女的知道那小伙子还跟其他女的……特别是那个扎独辫子的？"

"她知道，而且她还劝退过这个情敌。"高老头瞟着那头的小伙子，脸上一抹异笑。

"啊，还劝退？你怎么知道的？"黄心红惊奇了。

高老头瞥瞥眼："我怎么不知道？晚上学校后门口巡逻，亲耳听到的……"

越说越玄乎了。黄心红吃个惊，将信将疑，忙要高老头给他把事情的来龙去脉好好讲讲。可这时候高老头却拿乔了："下次下次，我要去收垃圾了，下次有空再讲吧！"

"别下回分解啊，你这又不是说书……"黄心红忙把人拉住，"来来来，我请你吃碗面条，你边吃边给我讲，等你吃完了，也就讲完了，吃饱了正好去收垃圾……"

其实黄心红也不知道自己为什么那么积极，他的兴趣究竟是在"劝退情敌"一事上还是在那姑娘的腕表上，估计连他自己也说不清楚。总之，这回他是真的自掏腰包买了碗干挑面，多加了酱料，客客气气端给高老头："高师傅，来……"分外殷勤。

高老头是懂规矩的，受人殷勤，吃人面条，肚子里的话少不得就要往外抖搂。"唉，小黄，你这是让我揭人阴私啊。"他挑一筷子面，望望食堂那头，带皮手套的男学生已经离去。他叹口气，将面条一吞。

黄心红笑得有些讪："嘿嘿……"心想个老咸鱼，你可别光吃不吐唉！

"呼啦""呼啦"，高老头吃得头也不抬，声音闷在碗里："事情是这样的……"

原来那日夜间，晚课下过，高老头跟平常一样，晃荡着一身灰不溜秋的旧夹袄，手电也不打，就往后门口的那块弃地里去消遣。弃地杂草丛生，连着一转拉拉杂杂的大灌木，他的前任勤恳，曾在这儿开荒种菜。高老头浪荡了一辈子，没这手艺，没事就收些垃圾堆着。久而久之，被黄鼠狼们看上，做窝安顿下来。高老头独自住在这僻静的后门口，无亲无故，说起来，也就得这一窝黄鼠狼做伴。黑灯瞎火，常听草丛里"沙沙沙"地响。忽然灯一明，一只"黄大仙"伸个颈子，在草里滴溜溜地看人。高老头瞧得一乐，于伶仃中莫名感到慰藉。一来二去，他常摸黑到弃地上，听他的黄鼠狼邻居奔跑、游走，听上一会，走两步到灌木后面撒泡尿，再回屋取手电夜巡。

那晚，他照例坐在木板子上，聆听片刻，尚没感觉到尿意，那边小路上就响起脚步声。

"见鬼。"高老头虽然伶仃，却不爱被人打扰。他静坐在阴影里，就等这些人过去。后门口位置偏，又绕远，一般没什么人走，倒是会有约会的学生，晚归从这儿过，一路卿卿我我，常被高老头的咳嗽声一吓，马上跑远。

以为又是那些处于发情期的娃娃，高老头没什么好气，却也只好耐着，希望这回来的人快些滚蛋，省得他咳嗽提醒，那么不自觉。

屏息着，听到来人走近。他夜视惯了，于乱糟糟的灌木中望去，见是两个长发的女同学，踩着石子，"嗒嗒"地走到灌木边上为止。

"哟，两个女娃！"高老头有点儿稀罕，但还是希望她们赶紧滚蛋，"没事跑到我这儿来干啥，这里可没有你们喜欢的帅气男娃……"

腹诽间，那边两个女学生开始说话，只听其中一人道："……有什么要说的就说吧，约我到这里来，没什么好事情吧？"

"那要看你自己了，如果你愿意合作，是可以皆大欢喜的。"另一个回道，声音相当倨傲。远处的路灯透来微光，淡淡地一照，照得此人身上一物，瞬间晶亮。

习惯使然，高老头对这些东西最为敏感，他仔细一觑，心里"噫"一声，"是那个女娃啊，还戴着那个腕表呢……"再看边上，影影绰绰中那个扎独辫子的女娃是——

"哟呵，这是情敌聚头啊！"

他认出这俩人来，扎独辫子的女生是他以前送过煤的那户人家的亲戚，外地来本市上大学，每个星期五都会从天堂街那边过，到北湖她舅母家去过周末，星期天吃过晚饭再穿过天堂街回学校。这都是那些住北湖的老相识讲的，他自己偶尔周末上天堂街那片打牙祭，就碰到过这姑娘两回。听人说，这姑娘姓孔，叫什么孔明慧。

至于另一个，看她那一身挺括的呢子大衣就知道，有点来头。她出身于南边那片小三楼，目前人在外地上大学，好像是半个月回家一趟。回家来，一为探亲，二为约会；约会对象是同为小三楼出身的男同学，眼下正在追求那个扎独辫子的女娃，但同时也跟其他女娃有接触，比如面前这个戴腕表的。高老头打听过，那个男学生姓江，叫江东，戴腕表女娃的名字倒是不晓得。

他猫在灌木后，瞅了好几遍，确认就是这两个女娃没错。一边瞅，一边就听那个戴腕表的道："……我的提议是，我给你钱，三万块，换你离开江东，不要再见他，别再跟他有任何联系。你看上江东的最大原因是钱，现在我给你钱。只要你承诺，我最迟下星期就可以把现金交到你手上，比你对江东欲擒故纵快多了，你看怎么样？"

那个叫孔明慧的（就当她叫孔明慧好了）语气冷淡："你想多了，我都没有答应跟江东交往过，何来离开的说法？你的提议从根子上就不成立。"

"成不成立你自己心里清楚，"戴腕表的冷笑一下，"既然不交往，平时还那么接触干什么？还搞什么文化社，风花雪月的……哼，说是不交往，比交往还糟，假惺惺地拒绝，又热乎乎地聊天，这不是欲擒故纵是什么？我有说错么？"

孔明慧哂道："真有意思，每次都是江东主动来找我聊天，我从来没有主动找过他，你倒怪起我来了？文化社本就是自愿参加，我加入后江东才进来的，平时他找我聊社里的事，难道我也要避而不见？你真想要他不见我，应该去找他，而不是来找我，譬如你可以把你那三万块钱给他，换他不要再跟我联系，甚至退出文化社都行，这样岂不更加直接？"

"啧，女娃口才不错啊……"高老头听她两个斗口，平白听出点兴味。

戴腕表的一滞，过一会才缓缓地出声："你是嫌钱少，还是铁了心要走到底？应该是嫌钱少吧，毕竟你要真的跟江东结婚，得到的当然不止三万，你肯定早就计算过了，你也不是傻子啊……但问题是你要能顺利嫁给江东呢，嫁给他，并且保持住婚姻，你觉得这很简单么？提醒你一下，婚姻是两个家庭之间的关系，财产关系，而不是两个人之间的爱情关系。像你这样一穷二白的，想要空手套白狼，就不怕出岔子么？你要想清楚，江东之所以是江东，主要是因为他有他那样的父母，就算江东昏了头，江东的父母可不昏头，到时候，你可别狼没套住，自己却被套得一干二净。那时候，就算你能得到一些钱，自己也要付出很多代价，比你现在轻轻松松就从我这儿拿到三万块差远了。这样吧，看你胃口不小，我再给你加点，三万五，怎么样？你年纪轻轻还没毕业，就有了三万五千块钱，这可一下子超越了多少人。"

孔明慧顿住，似乎被这新上涨的三万五千元打动，在考虑要不要接受。高老头听到那数目，都替她着急："她给你，你就拿着呗，管他三七二十一，先把钱揣兜里再说！"

然而孔明慧一开口："你未免太自信了，认为凡是自己青睐的东西别人也一定青睐，比如钱，比如江东，呵……我们之间没什么好说的了，该说的我都说了，你请自便。"脚步一起，往大路上走。

戴腕表的一愣，声音放大："你这样不会有好果子吃的！"隐约含怒。

孔明慧头也不回地走，不再搭理。她愈走愈快，"嗒嗒"的脚步声拐个弯，上了大路，不多会儿就消失不见。

高老头纳罕之余，悄悄张望，他望见那个戴腕表的漂亮女娃，面向孔明慧消失的方向伫立。光线稀薄，看不清她脸上的表情，却可见到她那只戴腕表的手，慢慢地握起，感觉握得很紧。

黄心红听到此处，简直扼腕："那……那个孔、孔什么的真的没要那三万五千块钱？"

"应该是没拿，"高老头吃干净面条，端起碗，将余下的油卤喝得涓滴不剩，"小黄，我后来想了一下，那钱不好拿啊。那钱要是拿了，后患无穷，你自己琢磨琢磨……"

黄心红懒得琢磨："拉倒吧，能有什么后患？是她主动给我的，又不是我问她要的！要我说，她不拿钱，才有后患，生生地得罪了一个财神爷，还把话说得那么难听，装什么清高哎！哼，你瞧着罢，这姓孔的丫头不会有好果子吃。"

"嗯，拿钱有麻烦，不拿钱也有麻烦，"高老头抹抹嘴，"照我看，那女娃自从招惹上江家的男娃那天起，就注定没有好果子吃了，唉，走着瞧罢！"

吃完面，二人分手。

黄心红破费了一碗干挑面的钱，换回个隔靴搔痒的内幕，说没有油水吧，油水很足，足足"三万五"；说有油水吧，可又跟他扯不上什么关系——三万五是给孔家丫头准备的，那丫头再不要，也轮不上自己。思来想去，黄心红就很丧气："真是的，那丫头什么都不用做，就能白得三万五，还是个女的给她的，这叫什么事呀……她、她不就脸蛋好看点嘛，其他还有什么？"

心里不平，无事就蹲在家里的后门口，朝着天堂街，瞧那孔家闺女。还真像高老头说的，每星期五下午，孔明慧背个包，夹着书，由西边过来，穿过横街，拐上东边的公卿巷，一路向北去；到了星期天，天擦黑了，孔明慧又背着包由公卿巷来，过了天堂街，回去西边的学校。黄心红瞧着那孔明慧，一边瞧，一边做梦，想着自己如何能从中分一杯羹。比方说，他可以编一套说辞，危言耸听一点的，告诉孔明慧她现在很危险，有人想对她下毒手，她最好能回家休学一年，避避风头。与此同时，他再装作孔明慧的亲戚，联系那个戴腕表的女学生，暗示孔明慧愿意接受那个提议，也就是接受那三万五千块钱……

有时正梦着，孔明慧就从他面前走过，一身素服，冷淡着脸，夹带着书，一副生人勿近的气息。黄心红见了，肚里喋喋地骂"清高个什么劲儿，不就多读了几本书嘛"，却也不敢真上前，说一些无聊话，更别提梦想成真了。

如此几星期望下来，天气渐寒，黄心红既捞不着油水，也就犯不着成天蹲门口喝风。可真的待屋里呢，暖和倒是暖和，耳朵根就受苦了。他那个婆娘，跟天底下所有结婚若干年后幡然醒悟嫁错了又不便离婚的婆娘一样，能就任何一件鸡毛蒜皮的小事向他发怨，什么"堂堂一个大男人，成天在食堂里跟老娘们打混，门口整条街，就数你下班最早，还生怕别人不晓得，蹲门口现眼，丢不丢人"，什么"下班早就早吧，回来帮着做事呀，小孩功课辅导不了，饭你总会烧吧？地你总会扫吧？桌子你总会擦吧？别上班时这些事你做得麻利，下了班就断手断脚啦"，什么"你说你蹲后门口成天望什么哪，望人家来来去去的小姑娘？那是你能望得着的吗？我在这里忙，你在那里望街，敢情我这饭是做给没事人吃的……"怨声绵绵，仿佛一圈一圈的丝线，绕得黄心红脑壳儿疼，烦不胜烦。

吵架是吵不过的，打架么又不至于，黄心红看来看去，无法可想，只好穿好棉大衣，继续出门喝风。这回不蹲家门口了，蹲在街角邻居老水家两道山墙之间的小夹道，黑黢黢的跟一堆坛坛罐罐融为一体，又避人，又避风；这边天堂街，那边公卿巷，视野还很好。

这日晚，黄心红因在老婆骂小孩时劝了一句，引火烧身，不得不在晚饭时分，揣着两个冷麻团，蹲到街角的小夹道里充饥。

夜黑风高，行人寥寥。黄心红蹲在山墙的阴影里，心里把家里婆娘的祖宗十八代都咒骂了一遍："……哼，还说我看人小姑娘，不看小姑娘，难道看老大娘？哪个老大娘会有人给她三万五千块钱？真是没见识的煮饭婆！"

心里骂，嘴上吃，冲着那丁字路口的灯亮处，拼命眨着眼瞅。他想起来，今天是周末，那个孔明慧不出差错，该从北边来，过了这丁字路，再折而向西。对他来说，看到孔明慧，就等于看到"三万五"，孔明慧就是那行走的"三万五"；如今那钱是没指望了，但过过眼瘾也是好的。看那"三万五"来了，看那"三万五"又去了，唉，什么时候他也能白捡个三万五千块钱……

黄心红想钱想得眼直，几口吞掉麻团，正想着眼下几点，那个孔明慧差不多该吃过饭回学校了，那边路口就来个人，穿着宽厚的棉服，帽子套得严严实实，走着走着，突然手腕一翻，对着灯光看。

一个晶亮之物忽闪，黄心红条件反射般望去："这年头人人都戴小腕表了？"心里嘀咕着，感觉这腕表好像在哪里见过。再去看那戴表的人，遮没头脸，腿脚细细，看一下时间，匆匆地走，岔进个小巷道不见。

路灯昏蒙，没多少光亮。黄心红皱着眉，冲着那人消失的方向，总觉得哪里不对，"怪呀，这人是……"苦苦思索，从方才那个将他吸引了的小腕表，慢慢思想开，"这个人……八成是个女的！"

灵光一闪，他忽然想起刚才那人看表时，露出戴表的一截手腕。腕子细白，怎么看都不像是个男人的手腕，再加上那人走路的步态，有一股微妙的优雅，黄心红几乎可以肯定，刚才戴小腕表的人是一个女的。而迄今为止他只知道一个女的会戴这样的腕表，所以方才走过去的那个人很可能是……

黄心红突地一噎，胃酸泛上，火辣辣充斥食道和口腔。他张着嘴惊疑："那……那个女的这个点到天堂街来干什么？还穿成这个模样？"

一个不成熟的猜想在心头浮起，风声呼呼，黄心红搓一搓手："不会要出大事吧……我是不是最好跟去看看？"

腿快蹲麻了，他由蹲改站，朝着公卿巷北探头。望到那人消失的小巷道，他犹豫不决："要不要去看看？如果不是那女的，就没什么事，还可以顺道打听，是谁家来了个贵客，戴那样一只腕表，不知多少钱买来的……如果是那个女的，那就……"

黄心红对着长巷，想得出神，身后天堂街上传来他婆娘唤他的声音，他都不知觉。"要死要死，如果是那个女的，我怎么能跟过去？谁晓得她今晚到这里来想干什么……万一我坏了她的好事，那我岂不是要吃不了兜着走？人家可是一下就能拿出三万五千块钱的人，我怎么能得罪这样的人？我又不是那个姓孔的丫头，把清高当饭吃，不知道低头，嘶……"

最后的那声"嘶"，是吃惊地一嘶，因为黄心红分明望见，公卿巷那头，一个素色的身影愈走愈近。那身影他望了好几个星期，熟稔至极，想都不用想，就知道是那个孔明慧来了。

心提到嗓子眼儿，黄心红陷入两难："要不要……要不要去提醒她？"眼望着孔明慧经过小巷道，他心惊胆战，几乎不敢看，就怕突然冒出个什么东西，对孔明慧下歹手，又砍又戳，鲜血淋漓……

然而什么也没有发生，孔明慧好端端地走到丁字路口，折个弯，上了天堂街，面色平平，仍是老模样。

黄心红松口气，一颗心重重落地："还好还好……妈的，吓死个人！我大概是财迷心窍，看人戴个表，就以为是那女的。其实吧，那个高老头说得不一定真，哪个女的会拿出三万五来劝退情敌啊？有那么多钱干什么不行？那老头多半对我编故事，来骗我面条吃……"

正宽慰自己，西边的天堂街上传来惨叫，"啊！——"随即一个人影从街口蹿出，十分认路地，由天堂街拐上公卿巷，一路向南，眨眼就消失。

黄心红心惊肉跳："怎么回事？"借着路灯光，他看出刚刚那人是个男的，瞧身形轮廓，像是哪个地棍小喽啰，"这人难不成把姓孔的丫头给捅死了？"

惨叫声中，又夹杂着他婆娘的呼救："哎呀这个姑娘，这个姑娘怎么了……大家都来帮帮忙哎！姓黄的，姓黄的你人呢，不要再浪了快回来看看！天呐这姑娘的脸上……"

就有好事的邻居纷纷地从屋里出来，也有怕事的只开了点窗户，望一望赶紧关上。黄心红听见自己家门口大呼小叫，人声喧嚷，正想过去看看，好知道那个孔明慧到底出了什么事。脚下刚动，斜对面的小巷道里闪出黑影，棉服宽大，帽子遮脸，悄悄地来到丁字路上。

黄心红不由地张嘴："这、这个人……"

那人夹在一众看热闹的邻居中间，冲着天堂街张望，抬起脸孔，很关心地张望。路灯光打在脸上，刹那间映得清楚，黄心红望见了，像被敲了当头一棒！

就是她，就是她，就是那个戴腕表的女的！那样一张脸，漂亮、白皙、养尊处优，他不会弄错，绝不会弄错的！就是她，就是她！

黄心红在心里无声地喊，他越来越认为自己估计得没错。事情是不可能这样巧的，她那样一个住小三楼的人，在这个时候，无缘无故出现在天堂街。她前脚刚出现，姓孔的后脚就出了事，这其中要是没有一点弯弯绕，他黄心红就把脑袋砍下来！

帮忙的人都帮忙去了，看热闹的看上一会儿，事不关己，便分头回屋，关门闭户取暖。那个戴腕表的女的见人散去，帽檐一低，也欲离开，沿着公卿巷往南，跟刚才那小喽啰逃走的方向一个样。

黄心红盯着她，脚下不自觉跟上，下意识地想弄个水落石出。谁知没走几步，那女的警觉至极，猛一回头，乜了黄心红一眼，目光极利，似起疑，似警告，似威胁。

黄心红一吓，呆在了原地。那女的回转身，飞快地隐入夜幕，不知往哪儿去了。

讲到这儿，李国珍停下来喘歇："哎，杯子里都没水了，我去倒点水……"拿着杯子，起身离开。

史达才追着问："那后来呢，后来……后来他回家后是不是就发现……"

"发现他老婆救下来的姑娘是孔明慧，"解德芳接口，"脸被 PP 粉水烧得黑乎乎，但看别的能看出来是她，衣服啊，书啊，包啊……黄心红吓得要死，被那个戴手表的女的那一眼吓的，在家坐立不安。他怕惹祸上身，怕那女的知道是他家把孔明慧给救了，这烫手山芋，黄心红可不敢接。万幸姓孔的丫头不麻烦人，上过医院，在他家待了一天，第二天自己就走了，留了钱和条子，说是谢谢他们。其他的小姑娘都没说，之前黄心红老婆问她也不说。后来黄心红悄悄上北湖她舅母家打听，说也不知道是怎么回事，外甥女突然就休学回家了，之后有没有再接着读也不知道……"

李国珍端着杯子走来："她舅母肯定知道情况，但对外人是决计不会说的，黄心红问也是白问。"

"不说是对的，发生了这种被人报复的事情，谁心里不害怕？万一问的人再有个坏心……换我我也不说。"向英道。

史达才听着，感到深深的忧伤和惋惜："那……那后来就再没有这个孔明慧的消息了？"

"黄心红只说了这些，应该是没有了。"解德芳叹口气，似乎理解他的心情，"不过，他后来倒是见过那个戴手表的女的一次，是在电视上。那是又过了好多年了，据黄心红说，那天他偶然看电视，一条跟健美操有关的新闻，记者正在采访一个女的，好像是个评委还是什么人，结果他一看那张脸，吓得差点坐地上。原来那个记者采访的人，就是当年戴小手表的女的，人变老了点，但还是那个模子，他发誓绝对没看错，就是那个女的！等回过魂，黄心红特意注意了一下她的名字，叫作什么谭晓音，日字旁的晓，音乐的音……"

史达才听得发愣："谭晓音？谭晓音，她……她也姓谭？哪一个谭？"话没落地，左右两边眼皮同时一跳，"她……她也是健美操的评委？"

仁老太太一时仿佛不大明白，是解德芳率先反应过来："是啊，黄心红是这么说，反正跟跳操有关吧，有点……像刘舒的干妈。"茶色的眼镜片一晃，上面泛过忧虑的光。

李国珍眨巴两下眼："哎哟，哎哟还真是……还真的是这样哎！"身躯惊起，双手一举，"哎哟，哎哟！这两个要是同一个人，那……那……"

"那龚雪可就凶多吉少喽……"向英的话一出，大家顿时陷入沉默。

就只有史达才还想要挣扎一把："也……也不一定，说不定龚雪没有怎么样，她打算去管江飞的事，实际上并没有管，那……那样也就惹不上刘舒的干妈了。"

仁老太太望望他，也不知同意不同意他的观点。其中数李国珍的表情最为悻悻，她眼皮一翻一翻地嘀咕："那个干妈真把自己当天王老子了，谁都不能惹……她是想干什么就干什么，谁要是碍她的事，就要被毁容……哼哼！"

正说间，刘振邦从科技园回来了。一进门，他亮出手里的手机，向大家示意："曾成刚给我发消息，说他爸妈问过刘舒干妈的情况了。干妈全名叫谭晓音，春眠不觉晓的晓，音乐的音。她是去年出的国，为了陪儿子读研……"

再次听到这名字，史达才和仁老太太你望我，我望你，一时都缄默，面容多悲戚。饶这样，史达才依然还想挣扎一番，不肯放弃："也……也不一定，说不定人家同名同姓……"

"什么同名同姓？"刘振邦觉出来他们的异样，却没工夫多问。冲着史达才，他手指头一点，"另外，大才你有新的任务。下个月三号，请穿上运动鞋随我到科技园去参加周年跑——我在旁边骑车，你跑。"

天上一片浓阴，空中飘着细雨。科技园宽阔的道路被隔离出来，出让给园区的周年庆典跑活动。大大的氢气球升起来了，道旁插上彩旗，标语牌取代了广告牌，主办方望望天，把采购矿泉水的一部分钱拿去批发塑料雨衣。园内各家企业的员工，但凡身体条件允许，都被强征到起点；其他感兴趣的员工家属及闲人，也大力欢迎来充数。

距离开跑还有一会儿，史达才和刘振邦混在准备区的边缘，支着脖子，到处去望冯懋伟。

刘振邦靠在他的自行车上，戴着棒球帽："你最好快点找到那个机器人，然后照我说的，说出那句话……相信我，那个机器人的自尊心会受不了，为了证明不是那个样子，他一定会把实情说出来。你要抓住机会啊，大才，你要是不想跑的话，最好在起跑前就把冯懋伟给搞定，否则一旦开跑，冯懋伟那步子一跨出去，你就拍马难追了。"

史达才闻言没好气："你这么会说，干吗你自己不去，要让我去？你不是'振邦永远最伶俐'吗，怎么关键时刻，你个伶俐的不上场，倒把我推上去？还要让我跑步……"

他里面一身亮色的短打，外套主办方派发的雨衣。雨衣是均码的，裹在身上，显得他尤为头大肚圆。好几个年轻的姑娘经过他身边，一眼望过，都诧异地笑，还跟同伴头碰头，暗示对方一起看。史达才不免泄气，他尝试着吸肚皮，好掩饰一点臃肿的身躯，然而没几秒就差点憋死过去，大口喘着，遂放弃。

刘振邦咧嘴嘻嘻："我不是跟你说了嘛，上次我见过那个机器人，说得不欢而散，他对我已有了警惕。再说，你也说我伶俐，就是伶俐才遭人警惕啊！你就不一样了，一看就不伶俐，不伶俐就没人警惕，就适合去骚扰冯懋伟，去激他发火，一发火，他也就发话了……就是这么简单。"

史达才面色狐疑，他怎么听怎么觉得刘振邦这是在变着法儿奚落他。

刘振邦继续殷殷相劝："而且，你这么做是为了龚雪，你就不想快点找到她？现在你也知道，那位谭晓音女士——也就是刘舒的干妈有前科，龚雪要是不惹她还好，一旦惹上了她，咳咳……你看你为龚雪的事，忙了这么多，前面九十九步都走下来了，就剩最后一个冯懋伟，你还攻克不了吗？"

说曹操，曹操到，一身专业跑步装备的冯懋伟来到了准备区。他拒绝了志愿者递过来的一次性雨衣，以高出众人一头的身量，有条不紊地向离起点最近的地方挤。

刘振邦一看："快，快跟上，机器人在抢占有利位置呢！"把史达才一推，自己则缩到一边去。

史达才抹一把镜片上的雨水，望着前头的冯懋伟，吞口唾沫，蓦地心一横，也挺身往前挤。"不好意思，不好意思"，一路"不好意思"，来到冯懋伟身后，张口叫："冯……"

冯懋伟是警觉的，早在史达才张口之前，他就感觉到身后有异动，往后看，只见一个发顶稀疏的大头人划在人丛里，看样子像是冲着自己来。他便掉转身，静静地注视着这个来客，同时也想起来，这个大头人是谁。

"冯……"远看还不觉得怎样，待往身前一站，望着高高如鹤立的冯懋伟，迎上人家居高临下的视线，史达才便一阵气虚。刹那间，高中时代的感觉回来了。那个时候，如他这般的同学跟冯懋伟是没什么交集可言；那个时候，他不仅在身高上仰望冯懋伟，在成绩排行榜上更是这样。毕业多年后的今天，成绩排行榜是没有了，身高上他则继续着他的仰望。成绩排行榜是没有了，却似乎出现了别的排行榜，在这个榜上他落后得更多了，过几年大约连冯懋伟的影子都要望不见。

冯懋伟认出他来，显然有点意外："你好，老同学……没想到你也在园区上班，我之前都没见过你。可不可以请问你在哪家公司上班，做的岗位是……?"非常认真地相询。

史达才一赧，踌躇道："我不在这里上班，我今天……是专门来找你，向你……打听一个人……"

冯懋伟猛地站直了，两眼警惕地扫射："啊，啊，我明白了，我明白你要问谁……我说这两天怎么接二连三地遇见老同学，原来都是为了她。"

见话说破了，史达才也不再顾忌："是为了龚雪，她好像出了点事情，人也联系不上。你既然跟她认得，那你知不知道她人可能在哪里，或者……你有没有她别的联系方式？"

"她出了事情么，"冯懋伟听上去十分冷淡，"这不奇怪，像她这种品行不端的人，出事很正常。"

"龚雪品行不端？"史达才大惊。

冯懋伟看他一眼："你不知道？呵呵，这也正常……她的外表还是很有迷惑性的，你以为自己找到了一个淑女，实际上……"

他适时地收口，眼睛里流露出一丝愤恨，一掠即过。这时候，广播里提醒将要参加庆典跑活动的选手到起跑区集合。冯懋伟时刻准备着，脚跟一提向前："……我非常庆幸自己没有再继续跟这样的人接触，一发现苗头不对就及时止损。作为老同学，我也奉劝你不要再跟这样的人掺和不清……前两天刘振邦也来找我问她，你看她多么有本事，能让你们都围着她转……我唯一感到奇怪的是，她怎么认识的都是我的老同学，这也未免太巧了。"

史达才不得不追着解释："这个……这个跟她没关系，我跟刘振邦是一起的，我们都是……都是受人所托来找龚雪，我们其实连她的面都没见过……"

"哦？"冯懋伟朝他瞥眼，看上去不十分相信，"那就更奇怪了，她要是出了事，怎么派你们两个来出面寻找，这种事难道不是应该由警察负责？"

"……"史达才语塞，周遭乱哄哄的，选手们有说有笑，跃跃跳跳，有拉伸的，有拍照的，加上广播里呜里呜啦一刻不停地介绍着诸项事宜，开跑在即，哪儿容他把事情的前因后果给冯懋伟一一说清？

见他无言，冯懋伟轻蔑地笑笑："还是有猫腻吧……我就知道龚雪有问题，出了事都只能偷偷摸摸地问，连警察都不敢找，呵……"

见他一味地贬低龚雪，史达才不由恼怒，刚想出言驳斥，周围一众选手背一弓，突然安静。在史达才反应过来前，发令枪响了，身贴号码布的选手们纷纷冲了出去，人脚过处，塑料雨衣踩了一地。

由于跟史达才谈论龚雪，分了点神，冯懋伟起跑的效果低于预期。他骂了一句英文脏话，甩开两条腿，就要将失去的优势弥补回来。史达才眼一眨，这位刘振邦口中的机器人已经蹿出了两三丈，蒙蒙细雨中留给他一个缥缈的背影。

"大头鬼，你个大头鬼，快追啊！"场边上，刘振邦推着自行车，对他跳脚大叫，"再不追，你找个屁的龚雪！"

史达才心一紧，犹如醍醐灌顶，望着冯懋伟那几乎已看不见的影子，他突然意气迸发："你个冯懋伟，把话给我说清楚！"塑料雨衣一扒，再一摔，他拔起脚跟，冒雨狂奔，誓要追上冯懋伟，让他把有关龚雪的情况吐露出来。

"呼哧呼哧""呼哧呼哧"，就见跑道上一个戴眼镜的大头人，红着眼，咬着牙，以极不寻常的速度向前冲刺。几乎没有人在长跑的起跑阶段就把步频提成这样的，被他超越了的选手，一个两个，都诧异地望着他。包括冯懋伟，他已成功地进入了选手中的第一集团，正纯熟地调整着自己的呼吸，实践着长跑比赛的策略，就听身后一个滞重的脚步声，"咚踏咚踏""咚踏咚踏"，逐渐追近。

"冯……冯懋伟，你别跑，"史达才一鼓作气追上来，一开口，气散了，愈发觉得吃力，"你……你污蔑了人就跑，这算什么？我们有……有什么猫腻，你说，我们找个龚雪，这……这就有猫腻了？"

冯懋伟压根儿不想再听到这个名字，他今天是来夺魁而不是来闲话的，被一而再再而三地打岔，他简直要像厌恶龚雪一样厌恶这位昔日的老同学了。

"那是你们的事，不要再用你们的问题来骚扰我，我对你们之间的猫腻没有任何兴趣！"说着提口气，加快步频，试图将史达才给甩开。这当然是不明智的，也不符合他长跑的策略，但史达才像个跟屁虫一样，喋喋不休，让他不堪其扰，非如此不能落个清静。

于是一下子，冯懋伟冲在了所有选手之前，留给史达才一个难以企及的背影。眼看着要再次被甩到后面，史达才可没有力气去做第二次追赶了，他气直喘，他脚发软。情急之下，他豁了出去，对着冯懋伟的背影喊："冯懋伟，你……是你自己有猫腻吧！你说，是不是龚雪把你给甩了，你才一直诋毁人家，瞧你那小气样儿！……"最后那一嗓子，劲用大发了，身子一晃，路面湿滑，"啪嚓"，摔了个脸朝下，眼镜都飞出去。膝盖生疼着，他也顾不上，只在心里想："完了完了，这下可叫冯懋伟溜掉了……"

离他不远，刘振邦刹住自行车，望见这一幕，同样叹气："这个机器人油盐不进，比当年上学时还要难搞，真是……"刚才史达才在跑道上追，他则骑着个车子在旁边踩，要跟他们的速度保持一致，可谓踩得辛苦，谁知踩了半天，还是白费！

他们俩一哀一叹，皆以为功败垂成，那头一个高标的身影大踏步走回来。刘振邦在帽檐底下看到了，嘴一张："哎哟，我的妈——"

史达才没听见。他摸着了自己的眼镜，正赖在地上，一时不想起来："……我呢，是做什么什么不成，自从离开幼儿园，就好像没有做成过事，

179

唉……"抹一把脸上的水，感到说不出的苦涩，呆呆讷讷，抓着眼镜而不戴。

正在发怔，突然头顶一暗，胳肢窝被人架着，直提起来——冯懋伟的面孔对上了他。表情其实严厉，但史达才没戴眼镜，瞧不真切，只认出来是冯懋伟，刹那间他转忧为喜："咦，你……你回来了？你没跑？那正好，我跟你说……"

"现在是我跟你说！"冯懋伟火冒三丈，抓着他直摇晃，"你听着，我没有被龚雪甩，真是笑话，我会被这样的人给甩掉？是她自己做贼心虚，偷偷溜掉不敢见我，怎么能说是我被她甩了?!"怒不可遏，自觉三言两语跟这个大头呆子说不清，干脆挟着人，强行把他往场外拖，"你来，你过来，听我把真相告诉你，省得你胡说八道，坏我名誉！你跟我过来……"走了几步，一眼望到刘振邦，"正好，你也在，你们一起过来，我要拨乱反正，澄清事实！"挟着史达才，在前带路。

刘振邦深深地颔首，非常顺从地跟上。"啊哈，就知道那一句话会奏效！"他长舒口气，在心里头笑，"看来就算是机器人，被戳到痛处也会受不了呢！"

冯懋伟高视阔步，将史达才一路"挟持"到他公司的员工餐厅，即那幢多米诺骨牌式的大楼的地下一层，后面跟着个刘振邦。"滴""滴""滴"……他刷了好几遍卡，以一带二，蓦然出现在餐厅，把那些因园区庆典而懒散闲聊、玩忽职守的餐厅工作人员吓了一跳，惊起而望。"跑步这么快就跑完了？"他们看到冯懋伟身上的号码布，小声嘀咕。

冯懋伟面色铁青，毫不理睬，他就近拉开一张椅子，把史达才推过去："老同学，请坐！"接着扭头去寻刘振邦，"另一位老同学，你也请……"

"我已经坐下来了。"刘振邦无须吩咐，早悄无声息地自己拖开椅子，一屁股坐下，望着冯懋伟嘻嘻。

冯懋伟不经意地皱眉，他厌恶这种吊儿郎当的样子、这种玩笑似的态度、这种小聪明，记得刘振邦上学的时候就是这副德性，不思进取，自鸣得意，屡教不改……要不是因为龚雪，那个差点把他骗过的渣女，他大概是没有可能在毕业后还跟刘振邦这样的人打交道的。一想到自己今日就是因为一个垃圾而不得不跟废柴对话，一想到这个世界居然还能容忍这些垃圾和废柴，他那机器人的内心也不禁感到了难过。

椅子上，史达才惊魂未定，胡乱抹着脸，把眼镜戴戴正。冯懋伟肯开口让他高兴极了，以至于他一点也不计较冯懋伟对他的态度，他万分期待地望着冯懋伟，静待他的发言。

刘振邦则并不着急，他摸着肚腹，将整座餐厅打量一番，估摸着这样一个装修风格的餐厅会提供怎样水准的伙食。他不介意在谈话的时候，顺便点一两道菜，比如杂烩什么的。不过看冯懋伟的样子，让他刷卡请吃是不可能的了——这年头，容易请吃的是大大小小的姑婆们，而不是面前这种类似机器的人。

冯懋伟沉脸坐着，当然没有想到任何有关吃饭的事情上去。事实上，想起那些跟龚雪相关的回忆令他不自在极了，根本没有胃口吃饭。他端过桌上大罐免费的柠檬泡水，先给自己倒了一杯，看到对面两个老同学，把罐子一推："你们自便。"

史达才和刘振邦对视一眼，也各自倒了一杯，默不作声地喝。

冯懋伟喝了几口，思想片刻，大致想好了该怎么说，便开始了他的"演讲"。

冯懋伟认识龚雪的经过非常地传统，起因为他拜托大学时一位敬重的师长替他物色女朋友，而这位师长又拜托其他的朋友，如此一层层拜托下去，那头就给他介绍了一个人，那个人便是龚雪。

"等等，"冯懋伟刚起个头，就被刘振邦打断，手掌一竖，抛出问题，"你——怎么会想要找女朋友？你这么一个……心无旁骛的人……"

史达才心中也有此疑问，却不敢真的问出来，刘振邦这一问，是正中他下怀。两个人都极感兴趣地盯着冯懋伟。

冯懋伟有些不自在，但还是振振有词："老同学，请不要过于狭隘地看问题。我忙于立业，心无旁骛不假，但这不等于我为了立业要放弃成家，准备单打独斗一辈子。单打独斗绝非上策，老同学，成家如果成对了，那才是上策，甚至是上上策。既然有上策摆在那儿，我当然就要去追求，稳定的家庭生活对人的支持是全方位的，有好处的事为什么不干？当然了，前提是成家成对了，也就是所择取的对象得极为可靠，全方位的可靠。这样的人不多。为了节约时间，同时也是信任那个师长的为人，我把这件事拜托给他，相信他至少不会故意坑害我。然而我忽略了一点，那就是我的师长也许是可信的，但他的朋友、他朋友的朋友，就未必了。就算那些人也都可信，人心隔肚皮，他们也未必能真正地了解一个人，了解龚雪。有一类人，非常地擅于伪装，伪装成可靠的样子，龚雪就是其中之一。"

冯懋伟一番大论，说得斩钉截铁，顺便又把龚雪贬一顿。史达才听得直皱眉，他很想把之前祝明霞、顾盼盼她们的事拿出来反驳，说明龚雪可不是"伪装成可靠"，心思刚动，就被刘振邦在桌子下面轻轻一踢，又听刘振邦故作惊讶道："看不出来啊，龚雪好像是大家公认的淑女呢！"

"哼哼……"冯懋伟冷笑连连，"你们当然看不出来，一开始就连我都看不出来。所以说她擅于伪装么，要是看出来了，就不会有后来的事……"

初次见面，冯懋伟对龚雪的印象可以说相当不错。外表生得顺眼，这一点自不必说，尽管冯懋伟出于对头脑的重视而较为忽略容貌，但这不表明他愿意跟一个丑八怪结缘。而为了验证对方的头脑，他陆续搬出若干话题，诸如"未来社会""人类形态"之类，侃侃而谈，时而在几个比较有争议的点上停下来，询问龚雪的意见。

龚雪的反应让他满意，实际上龚雪说得大多简短，极少展示什么鲜明的立场。她通常会就刚刚冯懋伟的所说，进一步引申，向他发问，将发言权迅速地交还，做得得体而不露痕迹。

冯懋伟感到满意，因为首先他压根儿不认为龚雪能发表什么真知灼见，他询问她的意见仅仅是一个姿态，或者说试探，来看看跟龚雪相处是否让他感到舒服。答案是"他感到舒服"，龚雪两句话一过就交还发言权的做法让他高兴极了，如果龚雪一直滔滔不绝地说下去那才要叫他皱眉呢！

"老实说，龚雪这一点还是值得肯定的，就算我现在知道她人品有问题，但她的优点我也不能抹杀，"冯懋伟看上去颇为怀念，"她是一个好听众，这样的人不多。她会很注意地听你说话，跟着你的思路走，而不是嗯嗯啊啊，敷衍了事，或是在任何能联想起自己的地方，突然打断，莫名其妙地谈论起他们自己。龚雪好就好在，第一，她会听你说话，第二，她很少主动谈自己……"

"她很少谈自己？"刘振邦斜溜眼珠儿，瞅着冯懋伟，"可是你们不是在……嗯……尝试交往吗，她……很少谈她自己？"

冯懋伟怔了怔，即道："我的意思是说，她很少在谈话中打断别人，说起自己来，什么观点啊感想啊一大堆……我观察过，很多人都喜欢这么干，但他们并没有意识到，除了他们自己，其实没人对他们的那点东西感兴趣，然而他们偏偏还是喜欢说，这就很可笑了。龚雪不会这样，仅此而已。至于她的个人情况，我当然要过问，虽然她是我的师长介绍来的，但这只说明她可靠的可能性比较大，她的背景到底怎样，是不是真的可靠，这我都得亲自考察。"

说着，他的面色转冷，"……想不到的是，我考察来考察去，居然还是马失前蹄。"

预感到他又要说龚雪的不是，史达才忙插进来，拨转话头："那……那你考察龚雪，都考察了些什么？你有没有问她家住哪里，本地的亲戚，还有……她老家什么的？"

冯懋伟看看他："这些我当然都问过，这都是必问的东西。她老家在醉湖那边的龚家庄，市里的亲戚据说是她表姨一家。她上小学的时候就寄宿在表姨家，为了上这里的学校，毕竟这边学校更好。后来她家人给她在市里买了套房，在运河大道北边的运河雅苑。她家里有个姐姐，比她大不少，已经结婚生子。她的父母则跟亲戚一起合伙做生意，据她讲是医疗器械方面的……"

听了这么多，史达才只听进去一个地名，"龚家庄？"以前没有听过，他猜测是醉湖一带众多县乡村镇中的一个。至于位置具体在哪里，他掏出手机，自然而然地开始上网搜索。

冯懋伟见状，像是知道他在干什么似的："不用查了，龚家庄并不远，自己开车的话最多一个小时，就算是坐长途汽车，前后加起来也应该不超过两小时。"

刘振邦闻言嘻嘻："了解得这么清楚，难不成你去过？"

冯懋伟耸肩："如果不是后来发生那事，我早晚都要去的，早一点了解清楚，做到心中有数，不好么?"

"这么说，一开始你是相当看好龚雪……"刘振邦持续嘻嘻。

冯懋伟并不否认："如你所说。当时龚雪的整个风格，或者说她伪装出来的风格，都符合我的期待——话少、平和、端庄、得体、情绪稳定、不偏不倚。我跟她大约一星期见一次面，吃饭、谈话、再见，中间极少联系，这都是我所希望的。本来我还担心龚雪会是一个黏黏虫，需要跟我一刻不停地互动，再提一些莫名其妙的要求，好像我一些同事交往的女友那样……我拒绝那样的人。伴侣之间，应当高效地合作，相敬如宾，而不是时不时地搅动情绪，制造一些意外。

"对了，就是这个词——意外，我一直以来做事的原则就是避免意外，就算是好的意外，我也不欢迎。我喜欢一切都在意料之中，那些不能预料的东西，我不会让它近身。我看好龚雪，也是因为她不像是一个会带来意外的人，她的风格太不像了，然而……"

"然而这个最不会带来意外的龚雪给你制造了一个大意外。"刘振邦嘻嘻不绝，他已经等不及要听那件大意外是什么了。

事到如今，史达才仍然忍不住替龚雪开脱："我觉得……你很可能误会龚雪了，她……不是那样的人……"

冯懋伟冷冷地看他："你觉得? 你认识她，你接触过她? 我怎么记得，你们俩刚才说你们连龚雪的面都没见过?"

史达才被他一堵，说不出话，桌子底下恰好又被刘振邦踢了一脚。气闷之下，他拿起杯子，"咕嘟嘟"把柠檬水灌而一空，灌完又去倒。

刘振邦冲着冯懋伟笑："我们确实没见过龚雪，但我们见过其他认识龚雪的人，在他们那里，嗯……龚雪的口碑不坏。"

冯懋伟依旧冷冷地："那是因为她会装，再加上那些人也许得过且过，不像我这么时刻保持警惕……"

那天是周三，冯懋伟记得很清楚，傍晚时分，狂风大作，暴雨如注，外边的电缆被风刮断，一片火花闪。天气正恶，又出了电路故障，再如何想奋斗的员工也奋斗不起来了。黑黢黢的办公室里，领导模糊的身影发出声音："今天早点下班，明天等电来了，加点班就是……"

同事里爆发出小小的欢呼，以及小小的感叹——五点钟不到就下班，这简直就像梦回小学。突然多出来的几个小时休闲，令这些习惯了连轴转的上班族几乎呆愣，这多出来的时间干什么好呢，轧马路？玩游戏？看电影？还是干脆回家补补眠？

被两点一线的日常生活所尘封的同事们，在这意外的停电面前，开始一点点地舒活，变得健谈，变得愉悦，外边倾盆的大雨也浇不息他们突然上涨的热情。大家把手机当电筒，照着下楼梯，这个谈论新闻，那个约起饭局，好像一群快乐的小学生，三五成群，从楼梯间里出来，冲向等候在雨中的班车。

一群人中，唯有冯懋伟反应平平，不参与任何讨论。他攥着手机，对这突如其来的停电、突然变化的日程安排比谁都不满意。他讨厌意外，而没有什么比在他专注工作的时候不让他工作叫他更意外的了。这多出来的几小时休闲，迫使他重新安排一切。他当然不会像他的同事们那样，真的拿这时间去休闲，吃饭聊天什么的；他做的每件事都必须有确实的目的，如果今天不得不提前休闲，那么……也许可以把周末跟龚雪的约会提前，如此这几小时就不会浪费，而周末他则可以有完整的时间来致力于其他。

冯懋伟喜欢这个设想，因此刚坐上班车他就给龚雪发消息，极度希望她能够同意这个改变："今天我下班早，可以把周六的吃饭改到今天吗？"他知道龚雪正在一家关爱老年人的公益组织实习，通常五点半下班，地点就在运河大道北，离她住的地方不远，而他的班车将要停靠的第一站就是运河大道北，一下车就是公交车站。如果龚雪同意的话，他可以约她下班后就在车站见面。

几分钟后，龚雪回复了他："抱歉，不巧我今天有事，没法跟你见面。"

冯懋伟一看，立时不悦，想了想，又问她："你今天要加班？大约多久，我们可以推迟一些。"

一会儿之后，龚雪又回复："不必了，时间不确定。"

冯懋伟对着手机，不快地皱一皱眉，看来今日他注定要遭遇一个又一个意外，无法顺心了。先是公司停电，再是龚雪加班，加上这恶劣的天气，如今唯有希望不会再来一个意外……

班车驰进运河大道，已经接近了停靠的第一站。冯懋伟坐在座位上，看着即将下车的同事一个个起身，走向门口，他在心里盘算今天到家后做些什么最合适。没想出个一二三，他望着前方雨刷摇来摇去的车窗，突然捉见一个人影。那人收起雨伞，跟在队伍后边准备上车，雨刷向右，现出她的半张脸，雨刷向左，又看见了她的包。两眼看过，冯懋伟的眉毛质疑性地耸起，因为那人分明就是龚雪。

班车停住，到站的同事鱼贯下车，冯懋伟突然紧张，知道自己必须迅速做出决定。他看看时间，不到五点一刻，这说明按规定龚雪不应该在这时下班。他又望望前面那辆公交车，车后"16"两个阿拉伯数字，遥遥映目。冯懋伟知道，龚雪这绝对不是回家，因为她所住的运河雅苑位于车站的东北面，而16路公交车是一路南下往市中心去的，所以……他望着龚雪登上那辆16路车，公交车缓缓开动了，而他所在的班车，随着最后一个同事下车完毕，门也"啪"一合。

冯懋伟惊而起立，他把包一抓，冲到门前："师傅，请开下门！"

司机望望他，没说什么，给他开了门。冯懋伟边说"谢谢"边跳跨出去，三脚两步蹿上公交站台，脖子一转，正好另一辆16路车驶近。他心中大喜，不顾雨水浇头，第一个奔过去。上了车，他立在司机之后，标着前面那辆16路，见两车之间已经隔了好几辆私家车和出租车，暗自着急。所幸前面的16路载走了大部分乘客，这一辆就没上太多人，不一会儿司机关门，车子启动，沿着运河大道往南去。

"你跟踪龚雪？"冯懋伟讲得正酣，不想被刘振邦打断。

冯懋伟一滞，正色道："我对她产生了疑问，我理所当然要去解开……"

刘振邦嘻嘻地："你跟踪龚雪？"

"谁叫她行为反常？我讨厌别人做事不合常理，更讨厌别人对我撒谎……"冯懋伟拔高声音。

刘振邦愈想愈乐："你居然跟踪龚雪！"

"是啊，我跟踪了她，那又怎么样！"冯懋伟终于生气了，"我完全是出于自我保护，我有权利去弄清楚事实真相！我可不习惯当鸵鸟，明明有问题，却假装没有问题，稀里糊涂地过日子……哼，也幸亏我跟踪了她，否则怎么知道她到底是个什么样的人，背着我又干些什么勾当？所谓君子不立于危墙之下，她自己是一堵危墙，还不许我去发现、去远离了？笑话！"

刘振邦被一阵批驳，跷着二郎腿不介意，毕竟在他眼里，看机器人发火本身就是乐趣。至于史达才，对着汹汹的冯懋伟，小心翼翼地啜柠檬水："龚雪可能真的是去办事情，说不定……就她上班的地方派她去的呢……"

冯懋伟针尖般的目光便向他刺过来："老同学，你的愿望很美好，但是却忘了一点，龚雪他们那个地方平常所做的工作是关爱老年人，而那天龚雪去见的却是一个……"

冯懋伟笔立在公交车前端，目视前面那一辆16路，生怕自己的这一辆跟得太快或太慢，又怕乱中出错导致自己望不见龚雪下的是哪一站。他所在的这辆16路由于乘客较少，靠站时间短，一度超越了龚雪乘坐的那辆车，使得他不得不从车头跑到车尾，从车后窗进行观察。后来这辆16路乘客渐多，两站过后又被龚雪那辆车超过，冯懋伟又"咚咚"地从车尾穿到车头，密切注视前面公交车各个下车的乘客。

他就站在车前窗下，司机之侧。开车的司机对他频频注目，终于不耐道："没听到广播啊，不要站在车门口，后面又不是没地方……"

冯懋伟眼盯着前面的16路，道："我晕车，只能站这里。"

司机对他没辙，摇摇头，随他去了。

七八站后，16路车驶入市中心繁华地段，冯懋伟的神经绷得更紧了。到目前为止他并没有看见龚雪从那辆16路上下来，而他怀疑龚雪极可能就在这市中心的某一站下车。当然，也有可能龚雪已经悄悄地下车，他在恶劣天气和繁忙交通的干扰下没有看见……

正当他沉吟之际，16路车再次进站，一前一后，两辆车头尾相衔停泊。在市中心，上车和下车的乘客都很多，冯懋伟抓住时机，打开侧面的车窗，望着前面一个个下车的乘客，或往左，或往右，一下来就打开各自的雨伞。尽管当时只瞥见短短的几秒，他仍记得清楚，龚雪打的是一把印有他们公益组织标志的夕阳红颜色的伞。冯懋伟对自己的瞬间记忆力自信极了，但要是这时龚雪已经不在车上他的记忆力再好也没用；如果在两辆公交车相错开来的那几站龚雪已经下车，那现在还在这里观望别人雨伞的他则成了个可笑的傻瓜……

一想到自己有可能无功而返，且因为无功而返而让整件事都显得无聊透顶，尤其自己为了这无功而返的无聊事花费了这么多时间和精力，冯懋伟就止不住地生气。到现在都见不到龚雪，他已经有些动摇，他在想自己要不要亲自上到那辆16路去看看，如果龚雪真的已经不在那上面，他也好及时止损，打道回府。

正想着，一幅夕阳红的伞面在眼前放开。冯懋伟精神一振，再看那打伞人的身形衣饰，定是龚雪无疑。他立时便要下车，然而发动机响，车身已动，司机正娴熟地打着方向盘。

冯懋伟急道："麻烦开下门，我要下车！"几步跨到门口，等着。

司机连忙刹住，见又是他，气不打一处来："你早干吗去了?!"恶狠狠将门开启。

冯懋伟不理，他直奔下车，抬眼见龚雪的那抹夕阳红冉冉地往人行道上去了。雨势依旧，他忙也取出伞具，打开了，一边遮挡，一边在后面尾随。

市中心的商业街，不免拥挤，吃饭的、购物的、避雨的、等车的……伞挨着伞，人挤着人，形势不利于跟踪。得亏冯懋伟身量过人，高高瞭望，始终标着那抹夕阳红。跟上一段，龚雪升阶收伞，推门进入一家快餐店。

冯懋伟紧随其后，刚想进去，忽然心思一动，先附在外面，透过玻璃观察。只见龚雪进门后，目光环视，似在找人。满堂人头中，就有一个戴深色口罩并棒球帽的举了举手，龚雪看见了，做手势回应。接着她去点了份饮料，径直端过去，就在那个人对面的空座上坐下来。

"啊——"听到这儿，刘振邦夸张地发出声音，同时冲史达才点头，"我来猜一猜，这位戴口罩和棒球帽的人……嗯……是一个年轻男性？"

冯懋伟冷哼一声："如你所说。"

"那么……这位年轻男性的脸你有见到？"

"没有，自始至终他都戴着帽子和口罩，头还低着，"冯懋伟说完，追加一句，"藏头露尾，不是君子所为。"

刘振邦听了，心中更加确定："这个嘛……也许他有难言之隐，不想被别人看到他跟龚雪见面，特别……嗯……是为了那样的一件事……"

史达才把眉头一皱："你是说，龚雪去见的这个人是……"

"得得得得得……"他口型摆好，几乎已发出了第一个音节，被刘振邦一阵"得得"，要他打住，"……涉及别人重大隐私，在没有确认之前，不可随意暴露他人的名字！"

史达才瘪瘪嘴，想想也是，就埋头去喝柠檬水。

冯懋伟不高兴了："你们在说些什么乱七八糟的？你们是不是知道些什么，故意不说？"

刘振邦表示无辜："没有没有……我这只是猜想，到底是不是那个人还得听你往下说，毕竟那天在场的是你，掌握第一手资料的人也是你……"

这还差不多。冯懋伟再次冷哼，思绪拨转，他重拾那个星期三在快餐店的一幕幕，想起不少东西。

快餐店里，龚雪和那个戴口罩的人不知在说什么，神情严正，谈得颇密切。观察下来，冯懋伟发现，他们中大部分时候都是龚雪在说话，那个戴口罩的偶尔插上一句，也大都简短，龚雪很快又接过话头，滔滔不绝。

"有点意思。"冯懋伟心想，他还没有见过这么健谈的龚雪。龚雪跟他见面时，大部分时间都是他在说，龚雪反而处于眼下那个戴口罩之人的位置，安于听讲，没有废话，让冯懋伟的表达欲得到极大的满足。

想不到的是，原来龚雪也是很能说的，冯懋伟感到意外之余，不禁好奇此时此刻她跟那人到底在说些什么。他当然不以为龚雪是在发表什么真知灼见，他猜那很可能是一些软绵绵的充满情绪的话，翻来覆去，看上去滔滔不绝，实际上毫无意义。再看那个戴口罩的，始终埋着头，都很少抬眼，一副对这个世界束手无策的废柴样儿。

冯懋伟望上一会儿，心生轻蔑，携着雨伞欲离去。在他看来，事情已了，龚雪已经出局了，在龚雪向他撒谎并隐瞒事实的那一刻起，她就已经出局了。既然证据确凿，就没有再逗留的必要，他已经花费了太多的时间，而为了一个已经出局的人是不应该花费任何时间的，只是——

说到"证据确凿"，他好像并没有拿到什么确凿的证据。"远远地看见你在跟另一个人谈话？"如果他这么对龚雪说，龚雪很可能进行反驳，"他是一个朋友，遇到事情想不开，我劝劝他"，或者说"那是一个老人的孙子，跟自己爷爷生气，主管让我去给他们做调解"……总之，理由很多，随龚雪怎么讲，而他都无法证伪，谁叫他只是看到而非听到他们的谈话呢？

冯懋伟是何许人，会让自己陷入这么被动的境地？他马上收住脚，将快餐店由内而外扫视一遍，有了主意。此店店面不小，有前后两道门，他发现后，从背对龚雪的那道门进去，又在背对龚雪的柜台前点了份饮料，然后走到龚雪背后一板之隔的座位上，低低询问——态度大大方方，就跟店里的其他顾客一样。

桌子对面的人，看起来像在店里避雨，见冯懋伟想坐，有些不情愿，但还是把桌上的东西挪一挪，顺便吸一口饮料，继续低头看手机。

亮堂堂的店面里，顾客大都对着手机，专心致志。冯懋伟坐下后，也把手机取出，做出一副专心于手机的模样，实际上却在倾听隔板那端的动静。他听见龚雪说话的声音，声音连贯而平匀，这说明她并没有发现自己。"很好。"他想，随后他缓缓地、慢慢地向隔板靠近，越来越近，近无可近，终于他听见了他们的话。

依然是龚雪在讲，声音略低，个别地方听得模糊，但大意是清楚的："……没错，她对你很好，不打，不骂，供吃供喝，嘘寒问暖。唯一不足的是，她不让你成长，人格上的成长，她不想看到你脱离她，不想看到你自由地选择，过自己的生活，更不想你有自己的意志，因为你一旦拥有了自己的意志，她的意志很可能就无法影响你了。只有影响你，才能控制你，通过你……来让她快乐——我可以说得很直接吧？她不断地在精神上蚕食你，按照她的想法来塑造你，让你们俩的关系始终保持在一个让她高兴而让你困扰的状态，这种……控制的态度，这种控制别人来取悦自己的企图，如果不停止，你只会死去，在精神上死去，变成别人的影子，一个行尸走肉……"

冯懋伟听着，大为惊异。他从未料到，龚雪能用她那种语气，那种特有的轻缓的语气，说出这样的话来。他一直都以为她是一个淑女，循规蹈矩的淑女，最大的优点是能做一个好听众，至于独特的见解，却是没有什么的。现在看来，她不仅有见解，而且见解相当深，甚至可以称得上尖锐，尤其当她以那种轻缓的语气说出这些话来的时候，比别人大喊大叫说出来的效果更甚，动人心魄。

龚雪说毕，那个戴口罩的不知问了句什么，似乎是"该怎么办"之类，声音含含糊糊，冯懋伟连听带猜。

便又听龚雪道："除非你强悍到可以无视你妈妈给你的影响，那么最好的办法当然是远离。在你能够自立之前，减少跟她单独相处的机会，保持距离，时刻以对尊敬的长辈的态度对待她。另外，扩大你的生活范围，去实习，去交朋友，去做志愿者，去认识更多的人……去了解他人的生活，去看看这个世界上你之前没有注意过的地方，慢慢地从你那暗昧的家庭中走出来，走到开阔的地方，走到阳光下面来……"

正说得动人，龚雪猛地一顿，"你在干什么？……"接着"咣唥唥"桌子响处人影飞蹿，同时龚雪叫道，"你不是江飞?!"

"什么，那不是江飞?!"刘振邦惊跳。

史达才睁着双呆眼："如果不是江飞，那会是谁？"

冯懋伟看看他俩："我怎么知道？我还要问你们呢，这个江飞是谁，为什么你们都认为那个戴口罩的是江飞？"

史达才和刘振邦互望一眼，这个话可不易讲。

刘振邦急于听后面的事，稍一思索，便道："你先把你的说完，完了我们再说。"

冯懋伟皱皱眉，不喜刘振邦对他用祈使的语气，但还是依着严谨的习惯，将事情叙述完。

听到龚雪叫，冯懋伟惊讶起身，见那戴口罩的三撞两撞，冲出门去，后面追着龚雪，直追到快餐店外，在风雨前止步。

戴口罩的身手敏捷，早跑出了老远，追上是不可能了。龚雪立在快餐店门口，向着那人跑掉的方向，神情由震惊渐渐转为凝重，良久不动。

快餐店内的众顾客大约以为是小情侣吵嘴，仅在那个戴口罩的人跑出去的时候望上一望，等到龚雪追出门，许久没有下文，大家失去兴趣，便又低下头去，对上各自的手机。

目睹龚雪在大庭广众之下如此失态，连最后一丝淑女风度都失去，冯懋伟深表遗憾。自然，龚雪是已经出局了，出局得如此彻底，此时此刻他完全可以一走了之，轻松结束他们之间短暂的交往，一条消息、一封电邮就可以搞定。不过出于某种心态，冯懋伟并不想这么轻易地放过龚雪，他十分想要当面揭穿她的假面，发泄被愚弄的恼火，表达一番义正的言辞，以及——看看龚雪的反应，听听她会怎么说，当一个不诚实的人被捉住马脚……

冯懋伟略作思忖，便收拾东西，施施然走到快餐店外，走到龚雪旁边，道："刚刚那个人是怎么回事，我希望能得到一个合理的解释……"

龚雪脸转过来，见是他，微微一惊，再无别的反应。她面容沉肃，似在考虑什么大事，以至于心不在焉，都不过问冯懋伟为何会在这里出现。

冯懋伟有点失望，但还是加重语气："不巧今天下班早，不巧我来市中心吃饭，不巧我就坐在你和那个人的隔壁，听到你们的对话……听上去你不像是在办公事，也不大像是私事，到底是什么事呢，只能由你来告诉我了。如果你现在愿意说，我洗耳恭听；如果你觉得现在状态欠佳，没什么准备，我可以给你半个月时间，你慢慢想好该怎么解释今天这件事。半个月后，我联系你见面，到时我会根据你的解释，来重新评估你的为人，再重新评估我们是否应该继续交往，你同意吗？"

龚雪没有反应，她眼神飘忽，看上去颇为不安，冯懋伟本以为她是为自己撒谎被戳穿而不安，结果说了那么多，龚雪并不注意他，倒是一直面朝那人跑走的方向，若有所疑，若有所思。

冯懋伟生气了："你在听我说话吗？"

龚雪终于看了看他，撕去了淑女伪装的她一副无所谓的态度："就这么说吧！"像是想快点摆脱他似的。

冯懋伟快气死了，脚跟一顿，转身就走，立刻在心里打腹稿，计划半个月后他们最后一次见面，他要怎样把龚雪批得狗血淋头，哑口无言，好一泄今日之愤。

"可你不是说半个月后见面，你要根据龚雪说的，重新评估……"史达才表示不解。

冯懋伟哼道："老同学，那些话不过是外交辞令，外交辞令，懂不懂？为的是把她哄来赴约，把人给稳住……我说过，她已经出局了，你以为我是随便说说而已？不管她会给我怎样的解释，她都已经出局了，出局了！她那天在一天之内，给我制造了一连串意外，超过了我的容忍极限，再加上她那态度，呵呵……"

刘振邦问他："那半个月后，你又见到龚雪，她怎么说？"

"她呀，呵，比我想象得还要狡猾。半个月后，她再也没有露面，我联系她的时候她还回我消息，确认见面的时间、地点。等到见面那天，我等了她一个多小时，给她消息不回，给她电话不接，之后干脆关机——多好的金蝉脱壳计！我原以为把她给稳住了，谁知是我被她给稳住了，我还在那儿傻乎乎地等着跟她理论，人家却已经销声匿迹。这一手，试问哪一个教养良好的人能做得出来？由此可见龚雪的真面目，她被我揭穿后心里有多虚，这还是在我看到的地方，冰山一角，换了我没看到的地方，还不知道她都干了些什么……"冯懋伟余怒未消，一拿装柠檬水的大罐子，发现已喝空，他撒手丢开，面色悻悻。

刘振邦忙把邻桌上装柠檬水的罐子取到手，给冯懋伟的杯子满上："这是什么时候的事，就是你最后一次约龚雪见面，打算跟她理论？"

冯懋伟喝着柠檬水，脸色依然不佳："去年夏天。"

"那后来，你就再也没联系过龚雪，没去找过她，也没打过她电话？"

冯懋伟放下杯子："我还联系她？老同学，这么一个不三不四、无信用、不诚实的人，我为什么还要去联系她？我已经说过，现在再说一遍，龚雪出局了，她的所作所为已经证明了她是个怎样的人。如果说那时我还想要跟她理论，那么现在我不想再跟她扯上一点儿关系。对你们我之所以说这么多，也仅仅是为了澄清事实，免得你们迷惑在虚假的印象里，认为龚雪真的是一个淑女。"

史达才便又忍不住，嘟囔道："龚雪怎么不三不四了？她对那个她以为是江飞的人说的话都很对啊，就是后来她……她没去见你，那也说不定有什么原因，她……她不太方便跟你讲……"话是这么说，连他自己也犹疑。

冯懋伟就更不用说了："老同学，我发现你好像对这个你连面都没见过的龚雪出奇地信任，你方不方便告诉我这里面的原因？你真的连她的面都没见过？我不太相信。我说了这么多，你仍这么执着地维护她，坚信她是一个……算了，你永远叫不醒一个装睡的人，我无意说服你。不过，这个叫江飞的——现在轮到你们来告诉我，这个江飞是谁？听龚雪的意思，这个江飞好像跟他妈妈之间关系不好，龚雪就开导他，是吗？"

"完全正确，完全正确，就是这样，"刘振邦飞快接口，不想过多泄漏隐情，"江飞是龚雪以前在心理咨询室实习时接的一个咨询人，咨询他跟他妈妈的相处问题，你猜得完全正确。"

"仅仅是这样？那后来龚雪喊的那一句'你不是江飞'是怎么回事，他们之间不仅仅是咨询的关系吧？"冯懋伟似笑非笑，问得别有意味。

"啊?"这下不仅史达才，就连"振邦永远最伶俐"都一愣——这种问题该怎么回答？

"算了，算了，不用为难，"冯懋伟摆摆手，"这件事到此为止。我知道的我都告诉了你们，至于你们知道的，你们愿意的话就说，如果不愿意说，我问了也没用。问急了，反而逼得你们拿话搪塞我，最后闹得大家都不开心。没有这个必要，是不是，老同学？"

刘振邦听了，面上讪讪，心里却道："不得了，机器人居然也知道大家会不开心。"

冯懋伟又道："总之，这件事到此为止。今天，我把我知道的都告诉了你们，从此这件事跟我再没有任何关系，我也希望以后不要再有人跑来问起这件事。老实讲，你们俩突然出现，让我非常意外，我从来没料到你们俩会跑来找我问龚雪。你们什么时候跟她搅和到一起的？好了，我只是这么一问，你们不必回答，你们的那些理由你们自己知道就行了，不必跟我解释。只是出于一个老同学的立场，我想给你们一个提醒，就是关于你们这种做法——"说着他看向史达才，"不好意思，我又要批判龚雪了，请你忍耐一下。"接上前面的话，"……你们的这种做法，有欠考虑，很不明智。在这种毕业后的关键时期，你们难道不应该忙着工作、上班、跳槽、创业，怎么反而把时间都花在龚雪身上？那龚雪又是个什么样的人呢，种种迹象表明，她反正不是什么良人就对了，人品不端，形迹可疑，就算在某些问题上见解比较独特，又有什么用？她依然是一个不可靠的人，会制造意外，会弄出事情。这样一个人的人生，必不是一条平滑的曲线，跟这样一个人打交道，也就充满了风险。我的建议是，远离会让你的人生曲线不稳定、不平滑的人，而龚雪恰恰符合这样的特征。这是来自一个老同学的忠告，专门给你们两位，尤其是给你——大才，我记得老包就是这么叫你的。我不管你喜不喜欢听，我就是要这么说，少跟龚雪这样的人搅和，好好上班，好好工作，如果想谈恋爱，去找一个简单一点的女孩子，这对你有好处。"

见冯懋伟都点名给他忠告了，史达才无可奈何，只好装傻地"哦"一声。

大约感觉到史达才并不心服，冯懋伟耸耸肩："好罢，我言尽于此，反正那是你们的生活，你们的人生，我无能为力。至于我，我明天就要去位于南边的总部报到，跟这座城市说再见了，同时也是跟你们——我的老同学——说再见。今后，请不要再突然出现在我面前，这会让我感到意外，而我讨厌意外，请记住这一点。"

他一口气喝光了柠檬水，站起来，将椅子归位："已经没什么事了，我要说再见了。再见，你们两位，其实我更想说，再也不见！"

说罢，这位高中时代的骄子就毫不留恋地走了出去，走出了员工餐厅。他背影高耸，步伐有力，好似脚下走的并不是什么平常的路，而是他的下一段征程。

Chapter 12

在龚家庄

"你们说，大才现在到哪里了哟？是不是该到醉湖了？"寒潮来临，气温骤降，白雾凝窗，一夜入冬。李国珍把个压箱底的大花围巾翻了出来，左绕右绕，裹住头颈，露出炯炯两只眼、尖尖一根鼻，又穿着她女儿不要了送她的小夹袄，打扮得跟个狼外婆似的，扒在解德芳家的墙上研究那一幅发黄的不知道是哪一年的本市及周边区县地图。解德芳目不能视，纯粹拿这张地图当墙纸贴。也亏她目不能视，才看不见此地图上给刘振邦画了一大片，包括多期彩票中奖号码的记录、计算工资扣除保险和税费后的算式、时不时给老姑婆们测量血压做下的记录……以及一个猪头模样的史达才丑化像——谁也不知道那是什么时候涂上去的，甚至有没有人认出那是史达才都不可知。

听到李国珍问，向英走过来："你着什么急，大才坐长途汽车，得有一会儿呢！醉湖说远不远，说近也不近哦，再说那个龚家庄还要过了醉湖再往西……"

李国珍就道："以前我女婿开车带我去醉湖玩，没觉得多远，就是路不好走，绕来绕去，一会儿过河一会儿过桥的，绕得人头晕。"

向英道："你那是坐自己家汽车，比大才可爽多了，你女婿开车，你就负责睡觉。而且你们去的就是醉湖，人大才现在要去龚家庄，说是就在醉湖边上，可听刘振邦说，醉湖边上那些不知名的小地方多了，也不晓得大才找不找得到。"

隔着道门，就听解德芳在厨房里道："依我看，大才就不应该这么急着走，缓个几天，到周末让小刘陪着一起去，不好吗？两个人，有商有量，也有个照应。反正我们找龚雪也不是一天两天了，再拖上几天，也没什么大不了，他干吗非要一个人急吼吼地去？人生地不熟的，又是农村，多危险。"

解德芳十分担心，李国珍就不，她听了，跟只老兀鹫似的桀桀笑："老解你瞎操心，大才是个男的，你还担心他被人拐了怎的？再说，醉湖那边的农村可不是一般的农村，上次我女婿带我过去，在桥上一望，一片一片的大院子、小楼房，那屋顶上的瓦、那墙上的瓷砖，嘿哟，金碧辉煌！他们那居住条件，要我说，比我们这鸽子笼爽多了。唉，我是在那边没亲戚，要是有亲戚，嗜，我一年中至少过去住个三五月的，也叫我宽敞宽敞，爽一爽。"

向英笑道："你住得还不够宽敞？"手里取了干货，拿过去厨房，"老解你是担心大才，大才呢，他担心龚雪。你看他这次跟小刘两个打听出来的东西多离奇！看那情况，龚雪本来要见的是江飞，结果来的人不是江飞，连龚雪都差点没发现。你说怎么会这样，为什么明明见的是江飞，最后来的却不是江飞？不是江飞的话，那人又是谁？他怎么会知道江飞要跟龚雪见面，又怎么会胆大包天地冒充江飞，来见龚雪？"

李国珍在后面哼："你问的这些，嗜，八九不离十，跟江飞他妈，也就是那叫谭什么的干妈有关系。怎么个有关系，我猜不出来，但肯定有关系就对了，我这鼻子老归老，可就是这么灵！"

"说到鼻子灵，其实你不如我，你们记得不，我老早就怀疑那个干妈有问题，凭的什么？就凭录音里的一句话，说那干妈的反应比她干女儿还大。当时说给你们，你们还不信，怎么样，现在对上号了吧？那时她们害人家姓祝的小姑娘摔下来，龚雪说她们像是什么蓄意谋杀，那个干妈就一下子跳起来了……为什么呢？原来她以前还真害过人，指使人往那姓孔的脸上泼PP粉水，这就是谋杀、是犯罪啊，还真给龚雪说着了！照她那样，多少年都这么过来了，风平浪静地，以为能这样一直到死，突然一个黄毛丫头歪打正着，揭她老底，她能不害怕不生气，恨不得一榔头锤死这丫头？再加上……"

"再加上那个丫头是个天生的小兀鹫，居然管闲事管到她家里去，劝说她的宝贝儿子自力更生，离开他老娘的魔爪，嘿嘿！我估计那个干妈恨死了龚雪，她要是现在手上还有 PP 粉水，肯定第一个要泼龚雪，这么'哗啦'一下，'哗啦'两下……"李国珍接过向英的话，口无遮拦，毫不忌讳地想象事态的发展。

解德芳却忌讳："哎哟，老李你嘴上积点德唉！人家小姑娘被毁容，这一辈子差不多就被毁了，到了你那里，说得就跟泼水似的，真是心大！"

李国珍手一摊："我心大怎的，我心大怎的？我告诉你说，老解，我们做兀鹫的，一要心大，二要皮厚，也就是要舍得这张脸。毁容不是没命，只要命还在，嚓吧嚓吧，重新长层皮，十八年——不，十八个月后就又是一条好汉！龚雪真想做兀鹫，就要有这觉悟，否则趁早改行，去做小鸡小鸭小喜鹊，每天叽叽嘎嘎喳喳——"

越说话越疯，解德芳和向英都忍不住喷笑，"呵呵呵……""哈哈哈……"，仨老太太挤在小小的厨房里，说不了笑不了，在这凋敝的季节、不明朗的事态面前，居然给舞起一片热腾腾的欢欣。

经这一通吵，解德芳的担忧减轻不少："反正大才手机带在身上，说是到了之后会打电话给我们知道。他在那边先熟悉熟悉，等过两天小刘放假过去，两个人一会合，事情就好办多了。不管他们找不找得到龚雪……"

长途汽车上，史达才头戴连衣帽的帽子，拉紧松紧扣，半遮南瓜头，怕冷地窝在座位上，冲着车窗发愣。他走得匆忙，顶着寒潮，只来得及带上一件衬绒的旧夹克，就急急忙忙赶到汽车站坐车。开车的司机不知是忘了还是想省油，没有开暖气，史达才好几次想把小箱子里的旧夹克拿出来套上，头一伸，自己的箱子被不知是谁的行李挤开了两个座位，远离了头顶上方。他坐在靠窗的位置上，邻座上的人仰脸昏睡，旁边的过道上，还有好几个加座，将他团团包围。史达才见此，把衣服上各个部位的松紧扣都拉拉紧，手揣进口袋，继续在座位上呆想。

来龚家庄这一趟，实际上是刘振邦首先提出来，只不过他向公司请假未成，说要拖到周末，史达才便自告奋勇，愿意做这个"先头部队"，孤身前往。老太太们知道了，大都鼓舞，尤其是那个李奶奶，张膀子把他一抱，一个劲儿叫"好小伙子"，激动起来，甚至于想跟史达才同行。亏得胖胖的向奶奶把她拉住，扳指头跟她算起车票钱、食宿钱，李奶奶才慢慢地不再激动。倒是他天天给买菜的解奶奶，对他不放心得很，仿佛这一趟上龚家庄，是入什么龙潭虎穴，总劝他"用不着急，等星期五跟刘振邦一块儿走就是"。史达才不愿再等，却说不出个所以然，还是刘振邦道："解奶奶，我去也只能去周末两天，两天一过，要是没结果，我回去上班，大才还是得一个人在那儿耗着。谁叫快年底了，公司里事多不肯放人呢？而且大才替龚雪急，你硬留他，他也难过，不如早点叫他去跑跑，他心里还松快些。"解奶奶听毕，叹一口气，也就随他去。

如今人坐在车上，史达才想起刘振邦给他找的理由，这理由不能说不对，可也不完全对。一方面，他的确担心龚雪，想快点找到她，弄个水落石出，可另一方面……他并不情愿承认，甚至连"振邦永远最伶俐"都未必能猜到的原因是——他有点儿想早点结束这件事，好早点儿去按部就班地找工作，用冯懋伟的话说，抓紧时间，把人生过成一个平滑的曲线。

是的，就是"平滑的曲线"，这个比喻不知怎的触动了史达才，躬身自省之下，让他深深地恐慌起来。冯懋伟说得不错，这段时间他确实花了很多时间在龚雪身上，工作不找，前途不想，每天不是给老太太们买菜，就是陪老太太们吃饭、聊天，顺带着找找龚雪。就这样不务正业，居然过得也很愉悦，好像日子真的能这么一直过下去，他可以一直这么找龚雪，一直这么陪老太太们打发时间。

问题是，真的可能这样么？龚雪如果一直找不到，他真的就这么一直空耗，跟那三个老太太，以及刘振邦一道？三个老太太，已经是落山的太阳，无事一身轻，怎么耗都是耗，没有所谓。即使是刘振邦，也还有一个正经工作撑着，是一边上班，一边找龚雪，且找龚雪一旦跟上班冲突，他还不是首选上班，把找龚雪的事搁一边？也就他大头呆，赤膊上阵，全职找龚雪，找来找去，从秋天找到冬天，进展是有了，可他也空费了光阴，仍是个无业人员。

那日冯懋伟给过他忠告后，他在恐慌感的驱使下，曾网投了几份简历，可接到对方的电话，一板一眼地被问了两个问题，那种冷冰冰公事公办的气息扑面，他立刻又退缩了，想缩回不计得失寻找龚雪的事业当中去。是的，不计得失，他多么想无拘无束、畅畅快快地做事，可问题是他愿意不计得失，他的房东却未必。他如今手上的积蓄，大概还能撑到过年，年后拿不出钱付房租，他连个落脚地都无，更别谈找什么龚雪。

所以希望老天保佑，让他快点找到龚雪，最好在十天半月之内，完结这件事，既让他心安，又不耽误他找工作，把人生过成一道平滑的曲线。相反，如果这么一直拖下去，不用多久，只要再拖上俩月，他就退无可退，不得不匆忙找个饭碗，到时龚雪的事可能就⋯⋯

汽车马不停蹄，一路过河过桥，直奔醉湖县，风风火火地卸下一车人，便又进入车队待命。史达才心中忧郁着，跟着其他人一道下车，立在陌生的车站里，他一无主张。望着周围来来去去的人，他忽想，自己大概永远做不到冯懋伟说的那样，把人生过成一条平滑的曲线。也许从幼儿园起他的人生就注定平滑不起来，想想看这么多年他遇到的每一件给他以冲击的事情⋯⋯

"住宿啊，住宿啊？""打车不，打车不？"⋯⋯史达才定了定神，拖着小箱子走出车站大门时，门口招徕生意的人几乎把手挥到他脸上。"小伙子，住宿啊？价格便宜哎，就在车站对面，里面什么都有，你只要带个身份证⋯⋯"他立刻被三两持牌子的老阿姨缠上，几张嘴就跟喇叭似的，哇里哇啦对着他耳朵，吵得他发蒙。"不用，不用！"他赶紧拖箱子跑，不想刚跑出了老阿姨的势力范围，迎面又碰上司机的"长龙阵"。

一长溜小汽车，排开在路边，等着揽客的司机，或站或蹲，各挨在自己的汽车边。这些个车辆的运营证明，想来是不可考的了。想来也正因为此，这些司机都不比那些老阿姨的嗓门大、腰杆直，一个个默默地吸烟，间或用直勾勾的两眼，将每一个潜在的顾客打量一番，搭讪着："坐车啊？周围随便跑。""坐车来，车里干净哎！"⋯⋯史达才拖着小箱，由此车阵前走过，被司机们看得竖汗毛。他人生地不熟，不敢贸然迈出哪怕一步，何况他上这儿来要做的事非比寻常，要找一个连面都没见过的人——这话该怎么跟人讲？

史达才立在路边上，正冻得缩头，没个方向，就见那"长龙阵"最末，停靠着一辆马自达小车。此马自达非彼马自达，而是二十世纪九十年代街头窜来窜去的载人小轮车，开动起来，"嘟嘟嘟嘟"，根据大小，有两座的，有四座的，还有更长的六座的，史达才小时候不知坐过多少回，而今在市区却是绝迹了。

眼前这辆就是个四座位的小马自达，车主是个瘪嘴的小老头儿。只见他套个老棉袄，歪戴绒线帽，仰在车上，不知在哼什么小调，哼得帽子一颠一颠，二郎腿一跷一跷。史达才走近两步，听着那曲调分明熟悉："亭亭白桦，悠悠碧空，微微南来风。木兰花开山岗上，北国的春天，啊，北国的春天已来临……"

尽管眼下正进入冬季，这里也算不得什么北国，史达才听到这调子，仍然觉得温暖，觉得温暖而亲切。"上次是谁唱来着?"他想上一想，想不起来，对那瘪嘴的小老头儿却起了好感，步子一跨，张口就问："老师傅，你知道龚家庄怎么走?"

"啊?"瘪嘴小老头儿闻声转头，调子照哼，帽子照颠，不以为史达才是在跟自己讲话，只把两只老鼠眼往史达才身上瞅。

史达才便又问一遍："老师傅，你知道龚家庄怎么走?你上龚家庄吗?"

"龚家庄?"小老头儿听见，身子一拧，跳到地上，"你要去龚家庄?"惊奇地将他打量。

史达才不明所以："呃对，我要去龚家庄，你……你认得那里?"

"这有什么不认得，不过我这小马自达可比不上他们前边的那些车，到龚家庄得有一会儿，你不嫌慢?"小老头儿说着，拿干抹布"噗噗"地掸后座上的灰。

"有……有多慢?"史达才到底没底儿。

"我这小车，得嘟嘟上半个小时吧，他们那车可快，十分钟不要就能到!不过龚家庄地方不小，你具体要上哪个地头，你可知道?"

史达才哪儿能知道?他吞吐两句："我……我是要找人，但具体门牌还得问……"

"问？问哪个哦？"

"呃，不知道……要不，你先送我过去，你知道那里有什么旅馆，物美价廉的那种，我把东西放下，才好去打听。"

小老头儿的瘪嘴一咧："小伙子，不常出门吧？让我介绍旅馆，不怕我是托，把你骗去个龙门客栈，把你做成人肉包子哦？"

可惜史达才不是刘振邦，他的幽默感一向比较匮乏："啊，龚家庄有龙门客栈？！"他怎么记得龙门客栈是开在沙漠里的……

玩笑开落空，小老头儿悄悄撇嘴："当然没有——美得他们！哼，还龙门客栈，就凭那个老板娘，连母夜叉都不如，还开龙门客栈？开个泥鳅客栈还差不多……来，走吧，我现在就把你送到那个母冬瓜那儿去，到了后，你问母冬瓜——也就是那个老板娘——找一个叫'老鸬鹚子'的人，他对龚家庄了如指掌，他会告诉你你要找的人在哪儿的！"说着话，小老头儿把史达才往座上搡，又将小箱子丢上去，自己一拧拧到前面，手动脚踏，"嘟嘟嘟嘟"地就载着史达才上路了。

史达才一手抱箱，一手扒窗，惊魂未定地左右张望。他有一分疑心这小老头儿想绑架自己，可看看前面正在开马自达的小老头儿，摇头晃脑地，又开始哼《北国之春》，感觉又不像。

他想起小老头儿刚才的话，就问："母冬瓜是谁，她……就是龚家庄的人？"

小老头儿道："本来不是，可架不住人家命好，母鸡变凤凰，嫁到了龚家庄，当了一辈子老板娘！开小铺子，开小饭馆，开小旅馆，越开越像一只冬瓜，跟年轻时哪儿能比哦！不过她那男人老鸬鹚子倒是越来越瘦，全身上下，刮不下二两肉。我们这边的人一直猜老鸬鹚子是不是得了什么病，不然怎么会瘦得皮包骨头……"

"你让我问的老鸬鹚子就是那老板娘的丈夫？那、那他不就该是老板了？"

"屁的老板！人母冬瓜才是老板，老板、老板娘都是她。老鸬鹚子就是一摸鱼的料，守着那几块鱼塘，整天搁水里泡着，要不怎么叫他老鸬鹚子呢！可养鱼从来就不挣钱，凭他怎么弄，卖不出都白搭！真要挣钱，学学其他人办厂跑销路，龚家庄的好多人都这么挣钱，过得风生水起……对了，小伙子，你要上那边找谁哦?"

史达才挠头,半天憋一句:"找……一个老同学……"

"老同学?"小老头儿不知信未信,"唔,你是第一次来,给你提个醒——龚家庄的人可都是硬扎子,会做生意的硬扎子,不管男女老少,都不大好惹,当然,老鸬鹚子除外。你去了后小心点儿,有话说话,没话夹尾巴,不要耍花的,知道不?现在还好一点,他们庄上不少人都搬到县里市里去了,哪像以前,我们只要一听是龚家庄来的……"

史达才被他唬了一路,本来不忐忑的心情也变得忐忑,仿佛那龚家庄真的如解奶奶所说,是个碰不得的凶恶之地。可身下的小马自达"嘟嘟嘟嘟",已经跑出这么远,沿途景物陌生,想后悔也迟了。忐忑半天,他忽然想到,可……可龚雪不也是龚家庄出来的吗,她看上去一点也不凶恶啊!

正自我安慰呢,小马自达拐弯了,开上不远,径直开进个敞开的大院,停在院中央。瘪嘴小老头儿跳下车,呼道:"老板娘,给你拉客人来——"

只见迎面一幢四层高的楼房里,走出一个黑胖的老阿姨,那身量比向奶奶还阔出一圈,跟只巨瓜似的,利利索索,向史达才逼过来。

史达才抱着箱子,就有些胆虚,等人走近了,才看出老板娘生得浓眉大眼,颊上团着血气,显得虎虎精神。寒潮当前,她只穿两件艳色的长褂,周身一裹,活似酋长夫人,露一截大粗胳膊,毫不把天气的变化放在心上。

"就是他?"老板娘指着史达才问。

瘪嘴小老头儿冲一只威风凛凛貌似是看院子的大狗打招呼,大狗视若无睹。"就是他,这小伙子来你们庄上找人,找个老同学还是什么的人。你给他安排个地方住,再打发人去叫老鸬鹚子,让老鸬鹚子跟他说。"

"找同学,什么同学?"老板娘圆眼翻转,一看就不上当,"小伙子你哪儿来的,怎么跑这儿找同学?"

史达才咽口唾沫,报了城市:"……找的是高中同学,叫龚雪,她老家是这里的,但从小就在市里上学,上次……呃……上次问她借了点钱,现在要还她,可怎么联系都联系不上,我马上工作……呃……马上工作要调到南方,临走过来看看，她要是不在，把钱丢给她家人也好。"说毕，解开松紧扣，脱下连衣帽，脑袋上已出了一层细汗。

"哦，从市里来还钱的，"老板娘大约信了几分，"庄上是有好多有钱人喜欢把小孩儿送到市里读书，以前还少一点，现在越来越多，还有全家都搬去的……"说着，过来帮史达才拎箱子，不等史达才婉拒，单臂一伸，跟拎棵小白菜似的，轻松开步，转眼上了露天楼梯，史达才急趋跟上。

那瘪嘴小老头儿就在下面喊："老板娘，给你拉客人来，给我包伙一个月！"

冬瓜似的老板娘就在楼梯上骂："放你娘的屁，包伙三天都是便宜你！八辈子才带一个人来，平时不知道开着那灵车在哪儿载鬼拉私活！"

"哈哈哈哈……"上面骂，下面笑，瘪嘴老头儿一点儿不生气。笑完了，他哼着小调，钻进楼内某处去。

老板娘领史达才上到个大露台，后者还在为方才老板娘把那小马自达叫作"灵车"而别扭着。老板娘是顾不上这些的，她粗腰一抖，问他道："小伙子，你要什么价位的住宿？我这儿要铺有铺，要床有床，要单双有单双，不过你既是从市里来的，睡个铺板子就太委屈了……"

史达才明白她的意思："那……那就给我个最小的房间？"

"最小的房间？"老板娘好像被难住了，想上一会儿，带史达才来到一间屋，告诉他，"这是最小的一间房，没有再小的了……"

老板娘交代完钥匙、伙食、结账等事项后离去，留史达才一个人望着这个据说是最小的客房，从屋顶望到四壁，空旷得像是来到个小礼堂。跟这个相比，他在市里租住的那一间斗室活像是粒胶囊，猛地从"胶囊"里放出来，他不由得震撼，几秒后才慢慢适应。当然，他应该料到的，想想门外那么长的走廊、走廊尽头那么大的露台、楼下那么宽敞的院子……

史达才扶着行李箱，将屋子里面逐次打量，从左看到右，从前看到后，最后看到窗户外。好几面大塘，不规则形状，就布在这幢楼之后。这时节，水面落得低了，仔细一看，有人影在塘边晃动。

史达才呆看一会儿，突然想起"老鸬鹚子"的事，忙抓起钥匙，锁了房门，到一楼问老板娘"老鸬鹚子"人叫回来没有。他在一楼的厨房里找到了老板娘，刚才带他过来的瘪嘴小老头儿也在那儿，此外还有两个老阿姨，看去像帮厨的模样。

厨房里热烘烘的，一股烧菜的油酱气味，瘪嘴小老头儿头埋在碗里，不知在吃什么东西。他看见史达才进来，叫道："老板娘，快上饭，人家小伙子饿了哦！"

老板娘转过头，还没说话，史达才忙道："不是不是，我……就来问问，那个老……老鸬鹚子……"不好意思呼别人的绰号，可又没别的办法。

老板娘就明白了："他就在塘子里，要不，你先吃饭，吃完了让老柴带你去找他。小伙子，不用急，反正人就在庄上，早点晚点，跑不掉的。"说着要给史达才拿碗。

瘪嘴小老头儿——大概就是那个"老柴"了——不愿意："哎哟，窗子一推就能见到的人，还要我带他去？他一个小伙子，不缺胳膊不少腿的，还能掉沟里？"

老板娘就瞪他，眼白瞪出来大半，威慑的话未出口，那边史达才道："不用、不用他带，我看见后面塘子里有个人，那个就是……老鸬鹚子？"

老柴抢道："就是他了，没错！你上去问就行……"

史达才一听，道了谢就走，走到院子里还能听见老板娘骂老柴的声音："我想服务周到，好让他住得长一点，你在这里歪七扭八，给我把人往外推！我看你大概好的吃多了，改天给你放放油……"史达才心里不大好意思，可龚雪的事优先，他也顾不得许多。

他直奔后面的大塘。远远地看，那人还在，史达才不由得心跳，终于要有结果了。横七竖八的河沟挡在面前，他一一跨越，跟只炸蜢似的跳来跳去。慢慢地，他看见了"老鸬鹚子"，穿着身长长的黑雨衣，帽子盖头，只是看那腿，似乎过于细了，再看那脚，也过分地小。

"难道是因为老鸬鹚子太瘦的缘故？"史达才想起老柴来时说的话，心里纳着闷儿，上前道："您好，请问……您是老鸬鹚子？"

那人俯身坐着，手里拿个什么在地上写画，听到声音，微微抬头："你找老鸬鹚子？"出乎意料地，是个女性的声音，年轻女性的声音。

史达才张张嘴："啊，你、你不是老鸬鹚子？老鸬鹚子人呢？"

"他上厕所去了，我帮他看下工具，你有急事找他？"姑娘半张脸被帽子遮住，只看到她一些下巴颏儿。

"没什么事。"史达才肚子饿了，越饿越急，想快点儿找到龚雪家。顿一顿，他顾不上对方不是老鸬鹚子，便问，"你……你也是龚家庄的人？我问个人你认得吗，她叫龚雪，一直在市里上学，说是她家人在这里，呃……她还有个姐姐，叫龚洁，你认得这一家吗？他们家住哪儿？"

那姑娘道："龚洁？龚洁我知道，她妹妹倒没什么印象。你问的是龚洁住哪里，还是她爸妈住哪里？龚洁结婚了，自己在县里有房，平时都住县里，她爸妈还在庄上住，喏，就这片塘子过去，东北角上那一排，门前堆着划子，院子里两排松树的，就是他们家……你过去再问问，应该没错。"

史达才见得来毫不费功夫，不禁大为感激："谢谢，谢谢！"忘记了肚子饿，一路颠着步，绕过大塘，转到东北角的几处院落，冲每一户大门里张望。

没望两下，惹来看门狗的猜疑，"呼啦"起立，声声地冲他吠。这里家家户户似乎都养犬，跟旅馆老板娘院子里的大狗一般大的犬，个个膘肥体健，扒在院门上威吓史达才。一只吠，其他的就跟着吠，眨眼间吠成一片。史达才胆怯得很，生怕院门一开，大狗们都出来，但眼见着龚雪家近在咫尺，用刘振邦的话讲，"九十九步都走下来了，剩下那一步还走不来？"他拼着被狗咬，也要找过去，把事情弄清楚。

自己家的犬吠，有的主人不睬，有的主人就坐不住，要出来看究竟。史达才正走间，道旁的院门一开，走出来个小老太太。

"你找谁？"小老太太拄一根长拐，"笃笃"地走近，盘问史达才。

"呃……"史达才想说找龚雪，忽然想起刚才塘边那姑娘的反应，知龚洁而不知龚雪。大约龚雪常居市里，这边的人对她都生疏了，既然如此……脑筋一变，就道要找龚洁。

"龚洁？喏，那个不就是……话说你是从哪儿来的？"小老太太拐杖一举，指点不远处。

史达才一回头，果然一个戴口罩的姑娘正从一院门里出来。那院门外，堆着好几张尖头小划子；门里边，雪松高出墙头，碧森森两溜——可见塘边那姑娘说得分毫不差。

眼看着龚洁往这里走，史达才急忙迎上："龚……龚洁，你是龚洁吗？"

戴口罩的姑娘停下来，口罩往下拉一拉："对，是我，你是哪位？"

史达才忽地狂喜："我……我是来找龚雪的，她在家吗？我们……她之前体操班的同学，都在找她，说是换了手机号码，都联系不上……她现在人在这里？"

脸上的口罩拉下去，龚洁露出了鼻子，从这个角度看，史达才感觉她跟照片上的龚雪长得还真像，一样的沉稳平和神气。见问，龚洁略显迟疑："你找小雪？非常不巧，小雪人不在。"

"她……她不在？"史达才刚刚雀跃的心情瞬间栽到地上，"那她人在哪里？"声音里满是失望。

龚洁看看他，许是看他表情真诚，面相老实，就忍不住多透露一点儿："小雪出国去了。"

"龚雪出国了？！"史达才两眼瞪直，嘴巴大张，被这个终极答案惊得定在原处。此刻若是刘振邦在，一定会笑他像个不折不扣的大头呆，忙来忙去，忙出这么个结果，不疼不痒，不淡不咸，知道龚雪在哪里了，却见不上她的面。

大约看他实在太过吃惊，龚洁就多说两句："嗯，小雪出国散心去了，她遇到些事情，身体不太好，到国外去养一养……"

史达才不知道自己是怎么走回去的，只记得走进旅馆的院门时，他迎面碰上老板娘。老板娘一见他就问："小伙子，你找着老鸬鹚子了？"对着他又多看上两眼，惊道，"哟，你这脸色怎么这么难看，出岔子了？"

史达才回想一下，隐约记得回来时塘子里有个瘦瘦的男人，叉着两条筷子似的腿，在泥里一撅一撅地走。彼时他蔫头耷脑，提不起劲，见什么都不上心，被老板娘这一问，才想起那个男人可能就是老鸬鹚子。

"唔唔"两声，他有气无力："您还有饭么，我饿得慌……"算是搪塞了问题。

老板娘登时殷勤起来："有，有，我这里随时都有饭……那谁，给这小伙子大碗盛饭，大块切肉，还有大火热酒，去去寒！"

听得史达才连连摇手，说光吃饭，不吃酒。那边帮厨的老阿姨将饭菜一递给他，他就溜上楼到自己的房间，关起门来进食。

平心而论，好米好饭，好材好菜，尽管史达才几乎没有胃口，还是扒了好几嘴，吃尽了那肉间筋、骨上肉，才慢慢扒拉着筷子，停下来寻思。

按理说，龚雪的事是了了，她姐姐龚洁亲口告诉他龚雪出了国，他尽可以马上就打道回府，将之原封不动地转告刘振邦和老太太们，还有祝明霞、顾盼盼、曾成，叫他们所有人都断了想头。随着这件事情结束，他自己也可长舒口气，轻装上阵，毫无挂碍地去找工作，找一个好工作，努把力，尽量把人生过成冯懋伟口中的那个"平滑的曲线"。你看，他不愧对龚雪，他已经尽了力，答案从龚雪的姐姐龚洁口中说了出来，龚洁没有必要骗他，对不对？

口里嚼着饭，史达才想起刚才龚洁说的"小雪出国散心去了，她遇到些事情，身体不太好，到国外去养一养"。初次见面，他没好意思追问太多，比如龚雪遇到了什么事、龚雪去了哪个国家之类。且说完那一句，龚洁可能感觉透露多了，找个借口，拉上口罩，骑着电动车匆匆离去，留史达才一个人面对着那个拄长拐的小老太太，后者不停地追问他从哪儿来，跟龚洁又是什么关系……要不是她腿脚不便，史达才还未必能甩脱她哩！

如果一切真如龚洁所说，那这整件事情可让史达才笑不出来。一想到自己不惜时间精力，东奔西走，忙了半天，就忙出这么一个干巴巴的结果，他就不高兴、不舒坦，像挨了一记闷棍，又像是便秘一周，又买不到开塞露。事情不应该是这样的。在他的想象中，事情应该是这样：他历尽辛苦，终于找到了龚雪。龚雪的脸被PP粉水泼坏了，但仍旧乐观坚强，她正在积极收集证据，准备起诉谭晓音。大屋里，灯光闪烁，他跟龚雪彻夜长谈，谈人生，谈理想，谈困惑，谈他为什么找来，谈龚雪有没有找到她的路，谈那一首《人生颂》，谈冯懋伟所谓的"平滑的曲线"……龚雪指点迷津，予他安慰，予他鼓励，帮他拨云见日。渐渐地，他充满了对生活的勇气，满载而归——这才该是故事的结局才对！

越思越想，越吃不下饭，史达才郁闷得慌，筷子一丢，干脆一个电话打到向英向奶奶那里。那头向英才说了句"大才呀，你才来电话，我们还担心你出事呢……"他就把话打断，一口气将遇到龚洁的事情说了。

果不其然，立刻听见那头向奶奶惊讶又遗憾地："啊，出国了啊，这……这算什么啊！活要见人，死要见尸，这……这就到头啦？"

听到向奶奶跟自己感同身受，史达才宽慰不少："就是就是……唉，你们商量一下，看看下面怎么办，我是不是就这么回去？"

话筒里，向奶奶答应了他，说最迟晚上给他回复。两人互相哀叹着，便挂了电话。

"什么，龚雪出国了?!"向英把这个最新消息告诉两个老伙伴时，李国珍由于嫌冷，正把个围巾跟个绳索似的，一圈一圈地往脖子上勒。听到消息，她一惊出汗，一把拽下来围巾，"大才刚这么说的?"

向英就把史达才的话原原本本讲一遍，什么龚雪遇到事情啦、身体不舒服啦、出去散心啦，统共没有几句话，却让仨老太太们咀嚼了半天。

李国珍性子急，总是恨不得能一锹刨到底："遇到事？她遇到什么事？是不是跟那干妈有关系？……她身体不舒服，会不会就是PP粉水把脸泼坏咯？她说是出国养养，其实是看病去了，脸烧伤了要植皮，你们说我猜得对不对？"

"刚才听大才讲的时候，我也这么想。人龚雪姐姐对着个生人，肯定不能告诉你实话，遮遮掩掩地，也不算是撒谎……"向英道。

"如果是这样，那我们就得体谅人家的心情，不要再问来问去。好好的小姑娘遇到这种事，她家人心里肯定不好受，我看……这件事就这样吧，把大才叫回来，小刘周末也不用去了。"解德芳打起了退堂鼓。

李国珍就不愿意："哎我说老解，你不要听风就是雨！这些都是我们猜的，我们猜的不一定对啊！万一事情不是这个样子呢？万一龚雪没出国呢？万一她那个姐姐就是在扯谎呢？话说得这么含糊，我要是大才，我当时就要抓住她问，龚雪什么时候走的？去的哪个国家？大概什么时候回来？留个联系方式？这些不都可以问么？再胆子大点，买些礼物，上龚雪家去坐坐，见见她家其他人，聊一聊，多了解了解。这些不都可以？这才叫尽力！哪有像大才这样，人家说什么就是什么，三言两语，给打发回来，搞了老半天，还是不清不楚的……"

向英道："大才和老解一样，都是不想叫人为难，看人家不想讲，他们也就算了，宁可事情办不成，也不愿伤人感情，不像你们这些做兀鹫的……"

李国珍把手一挥："然而关键时刻，还得靠我们这些做兀鹫的，不然被人家骗得团团转，你们都不知道！"

"什么意思？老李，你不会又想……"向英以为"老兀鹫"又想亲自飞去龚家庄探明情况了。

"啊，想什么？"李国珍倒没这念头，因为她把宝押在了另一个人身上，"我想，早点让那小滑头刘振邦上龚家庄去，让他去活动，应该比大才有用。唉，不是我说，虽然大才平时看上去很好，买菜跑腿，耐耐心心地，是个好小伙子，可是一遇到这些事情，他那南瓜土豆的样子就不经用咯，比不上小刘……"

"为什么，小刘也变成兀鹫了？"解德芳忍不住笑。

"不，他不是兀鹫，他是……"李国珍想打个比方，可一时想不起来，"嘻，反正他是个鸟，是鸟就能干这个！你们赶快给刘振邦打电话，把情况跟他讲，让他一得空就买票上龚家庄……"

史达才待在旅馆里，有点儿百无聊赖。老太太们昨晚来电话，指示他继续坚守龚家庄，等候刘振邦前来支援，对此他有点儿高兴，又有点儿不高兴。高兴的是老太太们不屈不挠，即使知道龚雪出国了也不放弃，一个个精神强健，特别是那个李奶奶，就听她在话筒里道："大才哦，你在龚家庄里多转转，到处闻一闻，嗅一嗅，指不定给你嗅出什么来，听到没有！"声音大得炸耳朵，把史达才吓一跳；不高兴的是，老姑婆们叫他等"振邦永远最伶俐"，好像刘振邦是什么奇兵，专门来给他这个熊兵蛋子解围，从死局中开出生路，好证明龚雪并非出国了，而是……

"而是"什么呢，史达才想不出来，下意识地去挠头。挠着挠着，手一伸，好几根碎头发，吓得他不敢再挠——为了龚雪的事，他的头发可谓贡献良多，不说他自己挠的，就光说刘振邦拔他的那些……为了他的那些毛，他也要不争馒头争口气呢！

这么一想，史达才立刻关了油汀，按照李奶奶说的，出门闻嗅去。

这闻嗅的第一个地方，就是旅馆的厨房。瘪嘴的老柴上县城拉客去了，偌大的厨房里，例行只有"母冬瓜"老板娘和帮厨的几个老阿姨在做饭。跟老太太们面前待久了，史达才看到那些个做饭的家伙，就忍不住上前帮忙，知道趁着帮忙的工夫，可以套近乎，拉家常，顺便就可以打探一下……可惜老板娘和几个老阿姨也是这么想。整日对着知根知底的熟面孔，看都看烦了，如今这新鲜的从市里来的大头小伙儿愿意搭腔，她们立刻来劲，嘴皮子一张，就开始了"攻防"，即严守自己信息，圈套别人信息。这种口头上的"攻防"她们练了大半辈子，哪是史达才这种新手可比，不几个回合，史达才就被"多大了""哪里上班""一个月挣几钱"等问题轰得招架不住，感觉不是对手，忙借口上厕所，匆匆逃出厨房，站在院中喘气。

厨房温暖，外面寒凉，兼之地势平敞，迎面一个打头风，激出史达才一个喷嚏。如此天气，可不利于探访，单从保暖上说，史达才只穿了件旧夹克——他唯一带来的厚衣服，他哪儿想到郊区会这么冷的！

但史达才可不愿退缩，这点子困难完全可以克服，只要做一些简单的运动，让身体热络起来，气血跑起来——

他解开夹克衫，在院子里舞了一套八段锦。旅馆的看门狗和逮鼠猫，闻到厨房的饭香，正思量着有人给投食，猛地见史达才从厨房出来，以为食物来了，都迎上来几步。谁料此大头人两手空空，不仅不给吃，还怪模怪样地舞，瞧得看门狗不耐，喷个响鼻回窝，逮鼠猫则丢个白眼，转而打起老板娘晾在外面的冻鱼头的主意。史达才不知自己被嫌弃了，舞上一段后，感觉正好，扣上夹克衫，高高兴兴往外走。

依他的本意，顶好能亲自到龚雪家，到那个有小划子、有松树的院子，去敲开门，进去坐下来，把话好好地讲一讲。可昨天龚洁的态度是明显的，戴着口罩，言语隐晦，步履匆匆，一副不愿别人深究的模样。史达才脑袋虽大，脸皮却薄，人家既不愿意，他也就不好意思穷追，唯恐戳破别人的隐私，惹得人或伤心，或发怒。那种单刀直入的本领，他一时半会是学不来的了，龚雪家去不了，便只能隔着大塘，冲着东北角那一片小楼张望。

他就立在塘边张望，离他不远，"老鸬鹚子"正支着两根瘦腿，给塘子放水，边放边清理塘底的泥。昨天一天，史达才遇到"老鸬鹚子"几次，都没搭得上话，只记得"老鸬鹚子"嘴角撇撇的，似乎不是个易接近的人。

之前开马自达的老柴就让他来找"老鸬鹚子"，那边李奶奶又叫他多闻嗅，加上他自己都"不争馒头"了，即使对方不好说话，史达才也踉踉步子，硬硬头皮，走到"老鸬鹚子"那儿，差不多就是"老鸬鹚子"摆工具、也就是昨天他遇见那个穿雨衣的姑娘的地方。

"老鸬鹚子"见他走近，凭借那颗大头，认出是家里旅馆新到的客人，听老婆说，小伙子被老柴从县汽车站拖来，据说是来还钱……当然了，老婆不相信史达才真的是到龚家庄来还钱，"老鸬鹚子"也不信，区别在于老婆其实并不在乎此人到龚家庄来干吗，只想他能多住几晚，而"老鸬鹚子"却很介意。他有一种感觉，感觉这大头小子到这儿来是想挖出点什么，拿走点什么，瞧他那转来转去、东瞧西望的样儿……

"出来走走？""老鸬鹚子"于是抢先打招呼，决意探探史达才的口风。

史达才就很意外，很高兴："呃对，走一走，活动活动，呼吸一下新鲜空气……"

"听说你是从市里来找同学的，人找到了吗？"

"呃，没找到……"龚雪出国的话，那也可算是没找到吧。

"没找到啊，你同学叫什么名字？说说看，兴许我知道……""老鸬鹚子"循循善诱。

史达才巴不得他问这一句："我找龚雪，她一直在市里上学，她有个姐姐叫龚洁，家在那边的东北角，一个院子里有两排雪松的……"

"咦，你这不是什么都知道吗？""老鸬鹚子"怀疑地瞅他，"你找的人叫龚雪？啧，叫龚雪的这庄上有好几个，老的小的都有，你说的那个……在市里上学的？在市里上学不稀奇，庄上在外面上学的多哩，都是去了就不回来了。不过龚洁倒还在，经常能见到的，喏，就昨天还帮我看工具来着，我去上厕所，远远见着那丫头，叫她帮我看一会儿……"

"昨天那个女的是龚洁?!"史达才惊叫失声，"就那个穿雨衣的?!"如果穿雨衣的是龚洁，那昨天那个戴口罩的姑娘又是谁？那小老太太不是说戴口罩的才是龚洁吗？

"老鸬鹚子"道："对啊，就那穿雨衣的是龚洁，她一直穿那雨衣的，我还不知道?"

史达才张口结舌，瞪什么似的瞪着"老鸬鹚子"，瞪得"老鸬鹚子"都觉得不对劲儿了，对他上下看看："你……没事吧?"

史达才反应过来，蓦然不好意思，目光一落，落到脚下的地上。那地上被人画了几笔，写了好几个"人"字，一撇一捺，挺拔清劲，那股生气，依稀曾相见。

"这地上的字是谁写的？……"他不由自主喃喃。

"老鸬鹚子"也看见了："啧，昨天在这儿和水泥，不知道哪家小孩儿过来乱涂的，真是，你不说我还没看到……"

老板娘发现冻鱼头上的肉缺了一大截，怒从心头起，但她极富经验，不骂不咧，荡着膀子，悄咪咪走到厨房，发现了正在擀面桌下洗脸的逮鼠猫。她若无其事，手一捞，揪着猫颈子："是不是你……?"一张黑脸盘子，咧嘴怒目，好似李逵的亲姊妹，猛然对上逮鼠猫。猫儿一吓，张牙欠口，浓浓的鱼腥味扑鼻，正好给老板娘提供了证据。

"好哇，你整天不逮老鼠，反来偷我的腥……"老板娘提着猫颈子，正在训猫，忽然看见那个市里来的大头小伙蹩进院子，眉毛压在眼睛上，一副中邪的模样。

老板娘觉得奇了。"吃饭啊?"她招呼似的问一句，谁知小伙子充耳不闻，好像没她这个人，闷头上楼，进房间去了。

"哼，"老板娘心里不快，也懒得训猫了，将那乍毛的逮鼠猫一丢，回头就对帮厨的老阿姨道，"那个市里来的小子，每次出门回来，都跟丢了魂似的，饭饭不吃，刚刚我叫他都不应，你们说，这个人不会有问题吧？"

老阿姨们非常实际："按时结账就没问题，不结账就有问题，其他的管他那么多……"

这话老板娘爱听，膀子一甩，她从冰柜里拿另一个鱼头出来化冻。

史达才沉浸在"两个龚洁"的谜题里，确实就疏忽了礼貌，更忘记了肚饥。回房之后，他捧着个大脑袋，面前放着他用手机拍的地上那几个"人"字的照片，攒眉苦思。

他想："怎么会有两个龚洁呢？难道是同名同姓？可昨天戴口罩的女的都说了龚雪出国了，她应该就是龚雪的姐姐龚洁没错。如果戴口罩的女的是龚洁，那那个穿雨衣的又是谁？难道她也叫龚洁？看老鸬鹚子说得那么肯定……会不会是……同音不同字？除了洁净的洁，还有别的字也念洁，比如……"

史达才的思路到此为止。平心而论，他的脑袋并不适宜进行这种精微的推理活动，就像上学时那些印着各种公式符号的习题集对他同样的不适宜。从一个点推导出另一个点，再推导出另一个点，如此层层推进，发散开来，对于有些人也许是充满趣味的游戏，对于史达才则味同嚼蜡，没推两步就乏了，脑汁凝固，仿佛风干的水泥。

"唉……"就像以前做习题时解不出来，需要吃点好吃的提神，眼下又遇上难解的谜题，史达才因循习惯，摸出小箱子里带来的一只手腕粗的火腿，撕开了皮，吧唧吧唧地啃食起来。啃了一半，口感甚好，又想起来时自己还带了些棉花糖、辣锅巴、炸坚果儿……有的散在箱子的夹层里，有的揣在裤兜，还有的好像跟钱包在一起——

他一手执火腿，一手开始翻找，掏出这个那个口袋，掏出来几小袋零食，还有其他一些东西。其中一张不知是什么的纸，大约在洗衣机里漂洗过，被洗得发硬，叠成巴掌那么大。史达才咬着火腿，将这张叠好的纸打开，以为是什么单页票据。一看之下，原来是自己手抄的《人生颂》，龚雪送给祝明霞的那一首诗，不知道怎么落在这口袋。他还记得这个，诗意深沉，诗句铿锵。可惜再铿锵也当不得饭吃，解决不了他的烦难，解不开眼下的谜题……

突然，他记起一事，对着"人生颂"三个字，心头灵犀一闪。"这这这……"他终于想起他是在哪里见到过那样清劲的字迹了，"那那那……"

史达才一个起立，像是冲破了什么谜关，全身的气血轰然奔流，生生不息。这么一来，这么一来……如果他的猜测是正确的，如果这几个字真的是那个姑娘写的，那么……他开始发挥想象力，一泻千里。

当他终于想象了一大圈，从那金光闪闪的想象的世界回到现实中的时候，他满足得已经不需要零食的安慰了。剩下一小截火腿被丢弃到一边，他抑制住激动，从手机里找出祝明霞的联系方式，带着一腔希冀，给祝明霞发消息："你好，请问可不可以在你方便的时候，把龚雪手写的那首人生颂的开头拍个照片，发给我……"

刘振邦从老姑婆那儿听说了史达才在龚家庄的活动之后，一个人在心里响亮地笑了很久，他就知道那个大头呆不堪大用，他就知道非得他"振邦永远最伶俐"出马不可。没有他"振邦永远最伶俐"，那个大头呆真的就是个大头呆，被人耍得团团转，还真的相信龚雪是出国散心去了，好像电视剧里演的那样，"到一个没有人认识的地方，重新开始"。这么一个小儿科的说辞，那个大头呆子也信，还郑重地汇报给老姑婆，言下之意就是这件事可以完结了……哼，他刘振邦还没到龚家庄亮相，这件事就完结了？抢戏也不是这么抢的！想用一句"出国去了"终结他"振邦永远最伶俐"的探索，门儿都没有！想当初他嗅觉何等灵敏，在网上筛查刘舒和她干妈社交网站的个人主页，不眠不休，眼球几乎看爆，终于给他扒出那最最不足为外人道的隐私，使得情况急转直下，将他们寻找龚雪的事业引向正确的方向。他煞费苦心如此，可不是为了把一切拱手让给大头呆，叫别人两句话给断送掉的！"出国去了"，哼哼，亏那些人想得出来，以为骗人说远走高飞就没事了？到底是真的出国去了，还是猫在哪个地方避风头，就由他刘家振邦同学到龚家庄走一趟，亲自揭晓——

于是刘振邦迫不及待，一个丧假条打给公司人事，曰"爷爷的亲哥哥的二儿子的大儿子不幸溺水身亡，需回老家奔丧"。人事倒无意见，只是业务主管铁青着脸，于百忙之中，找到刘振邦，要他详细说明，这个"爷爷的亲哥哥的二儿子的大儿子"是谁，"……跟你关系挺远的吧，一定要在业务旺季离岗吗"？

刘振邦眼睛眨巴两下，起了急智。他拿起手机，翻出一张照片——某日他抓拍的史达才，正小心翼翼地挠他的那颗大脑袋："喏，这个就是我那中表兄弟，跟我从小玩到大，谁想到年纪轻轻的，出了这样的事……"暗地里，猛掐自己的大腿根，掐得眼角一红，声气一哽，形容相当惨淡。

业务主管见他如此，无可奈何，再看看手机屏幕上那个仿若考拉模样的人，瞪着眼睛，一脸呆相，看去像是个笨拙会溺水的，便只好挥挥手，批准刘振邦回家奔丧去。

刘振邦又闯一关，踌躇满志，带上两件换洗衣服，一路高歌，从汽车站打车到龚家庄，大半夜的，坐在车子里唱"几度风雨，几度春秋"。惹得司机频频张望后视镜，怀疑此人精神有问题，好不容易忐忑地把车开到地头，看到刘振邦下了车，正常地付了钱，才松口气。

刘振邦抵达旅馆的时候，史达才正在床上睡不着觉。祝明霞已经将龚雪手写的《人生颂》拍照发了过来，还很感兴趣地问他："你要这个干什么，你找到龚雪了？"

对此发问，史达才千言万语，不知该从何说，只好实打实地："龚雪没找到，我要她的字来研究一下。"祝明霞又道："如果见到龚雪，别忘记问她那句话。"史达才一愣，想起来了，再次答应祝明霞。

可他什么时候才能见到龚雪呢？那个写下这么多"人"字的姑娘会是龚雪吗？他看着手上的两张照片—— 一张是自己拍的那几个"人"字的照片，一张祝明霞发来的龚雪的手迹，横看竖看，不敢确认是否真的出自同一人之手。两张照片上的"人"字，仿佛很相像，又仿佛不太一样。他不是什么笔迹鉴定专家，"人"这个字似乎又简单了些，一撇一捺，统共只有两画，不大能看出特点来。史达才看了半天，越看越犹豫，看得眼睛都发胀了，也得不出一个定论。这么一来，他那个想象中的金光闪闪的世界又逐渐变得暗淡，变得模糊，眼看要变成一个镜花水月般的泡影。史达才不希望它成为泡影，可又拿不出什么切实的办法来，只好开着油汀，在被窝里辗转不已。

正辗转着，楼下突然传来争执声。"那是单间，单人间，你要住得再订一间，不能两个人挤一个单间！都像你这样，我旅馆别开，生意别做了！……""不不不，我都听说了，房间很大，床很大，沙发也很大，这么大的地方，别说住两个人，住五个人都绰绰有余！阿姨，你不了解我们这些常年住鸽子笼的，只要能把身子装进去，就很满足了……"两个人就在院子里，唇枪舌剑，两个嗓门把冬夜的冷空气吵得火热，一旁的看门狗瞧得兴奋地大叫，而两眼幽幽的逮鼠猫终于又瞅到了偷鱼头的机会……

　　史达才抱被坐起，光听声音就知道这是谁来了，点开手机看日期，心道这来得未免太早了。自己正卡在重要关节上，他不想被人掺和，尤其是这个"振邦永远最伶俐"，仗着牙齿白又大，时不时就搞小动作，挤对人，要他说，他才不愿意跟此人一屋住呢！

　　可惜天不遂人愿，楼上史达才正暗暗祈祷老板娘一定要拦下刘振邦，楼下"母冬瓜"就和刘振邦达成了一致。老板娘渴求客源，而刘振邦却无所谓，振振有词"以天为盖地为庐"，在哪儿睡不是睡，拿出了高手砍价时拂袖而去的决绝气势。"母冬瓜"慌了，忙把人拉住，说一屋住就一屋住吧，价钱什么的可以谈。刘振邦同意了。这一次，他们谈得很顺利，成交后刘振邦抛着钥匙，一溜烟上楼，在史达才惊慌地从床上跳下来前，推门而入："大才，我们要做室友喽——"

　　后半夜，史达才裹着毯子，睡到了沙发上，翻来覆去，难以成眠，而身旁大床上的刘振邦，则吹着悠长的呼噜，一副恬静的模样。

　　刘振邦一来，大床就易了主，当然史达才是被迫的。"石头剪刀布"三回合，他连遭惨败，后斗胆想用武力占得一席之地，被刘振邦手脚并用，驱逐出境，还凶狠地拔下他脑袋上一根珍贵的毛，称他"愿赌不服输，将来变秃瓢"。史达才迫于他的淫威，同时也是不愿变秃瓢，只好委委屈屈，蜷身沙发，怀着对刘振邦的一腔怨恨，睡睡醒醒，醒了又睡，睡了又醒。

　　现在他唯一可聊以自慰的，就是他知道一些东西而刘振邦不知道。原本他还打算告诉刘振邦来着，可谁叫那人欺人太甚，又是霸占床，又是拔他的毛。

史达才一气，小心眼子发作，就决定藏私，背着刘振邦，自己偷偷琢磨。倘若一不小心，给他琢磨出什么来，以致峰回路转，柳暗花明，最后连刘振邦都不得不跑来向他请教，到那时候——哈哈！那个"振邦永远最伶俐"的名号就得改改喽，改成"达才永远最伶俐"，如果这个可以被老包包剑荣知道……

史达才迷迷糊糊，在毯子里做着变伶俐的梦，越做越飘然。渐渐地，远处传来抑扬顿挫的吟咏之声，节奏那么熟悉，仿佛在什么地方听到过：

"不要在哀伤的诗句里告诉我，

"'人生不过是一场幻梦'。

"灵魂睡着了，就等于死了，

"事物的真相与外表不同……"

史达才一个激灵，翻身而起。是谁在朗诵《人生颂》？他套上外套，循声而出，关门的时候还很小心，以免把刘振邦惊醒。

"……灵魂睡着了，就等于死了，

"事物的真相与外表不同……"

这一句不断重复，意有所指一般，将史达才一路引至大塘，"老鸬鹚子"的大塘。立在塘边，吟咏声愈近了，也愈雄浑，像是从地底逃逸，又像从心里涌出。

"事物的真相与外表不同……

"事物的真相与外表不同……"

史达才追着那声音跑，淡淡的雾气缭绕。走上一段，忽而前方有人，一领大黑雨衣，帽子盖头，腿有些细，脚有些小。那人正坐着，手执什么写画，史达才这回瞧仔细了，一撇一捺，一撇一捺……往前走两步，地面上出现的正是"人"字，许许多多挺拔的、清劲的"人"字。

看着这些个"人"字，史达才心提到嗓子眼儿："你……你……"他认出了这些"人"字，一模一样的"人"字，跟祝明霞发来的照片上不差分毫的"人"字。

"又是你，"姑娘突然开口，把史达才吓了一跳，"你还没找到'老鸬鹚子'吗？"跟那日一样，雨衣的帽子遮住她的大半张脸，只露出一些下巴颏儿。

史达才嗫嚅："我……我……"

姑娘笑了，洞悉人心的笑："还是说，你真正要找的不是老鸬鹚子，你其实是在找我吧?"

随着话音，她蓦然掀开帽子，暴露出老大一块额颅，由鼻口往上，尽皆黑焦，好似烤糊了的山芋，中间两颗眼珠，弹丸一般，直直地看人。

史达才仅望得一眼，就一气不出，向后昏厥了过去。

"叶老师救命!"史达才一个大骇，从梦中醒来，惊出一层冷汗。"幸好只是个梦……"他摸摸脸，躺在毯子里平息了一会儿，回忆梦中的光景，他不由心有余悸，"难道龚雪真的被毁容成那个样子?"

思来想去，反复猜测，想着那天塘子边穿黑色雨衣的姑娘，史达才睡意全消。看看窗户外，一点儿鱼肚白颜色，他干脆爬起来，穿衣洗漱，回头望望刘振邦还在床上酣睡，跟梦中一般。他犹豫一下，终究没把他叫醒，一个人悄无声息地出门，下楼。

院中静悄悄的，老板娘大约昨晚跟刘振邦争了一场，争累了，睡过了点而不自知;帮厨的老阿姨们，自然不会这么早来;逮鼠猫不管偷没偷到腥，天一亮是肯定要躲起来睡一觉的;唯有看门的大狗，早就睡饱了，正趴着等待早饭。见大头人下来，它竖起一只耳朵，暗暗纳罕地，目送他走出去。

片刻，又有一个人影从楼梯上奔下，此人眼镜片光溜，一龇一嘴牙。看门狗认出来，正是那昨晚上来的客人，跟老板娘好一通吵。既然老板娘都不是他的对手……大狗识时务地闭口，望着那人蹑在大头人之后走远。瞧那人鬼祟的样子，它心中突然有一种很不好的预感，可怜的大头人……

史达才其实并不太清楚自己想要上哪儿。出了旅馆的院子，他信步由缰，走着走着，不知不觉走到"老鸬鹚子"的大塘边上，像是那里有什么在召唤他一般。塘里水浅，塘上雾薄，史达才置身其间，前后左右只听见他一个人"踢拖踢拖"的脚步声，心神稍一恍惚，就有几分梦中的意思。

一想到梦中的情形，他汗毛都站立起来了。可人就是这么奇怪，越是汗毛站立，越是要往深处去，去亲自验证一番，究竟会不会噩梦成真。史达才壮着胆子，一步一顿，来到那日他偶遇穿黑色雨衣的姑娘的地方，屏住一口气，生怕下一秒就会看到那张可怕的脸孔——

然而什么也没有，那地方空空如也，熹微的晨光下，除了水泥地上的那几个"人"字，并没有什么穿黑色雨衣的姑娘。史达才东张张，西望望，瞻顾半天，知道梦境到底不是现实，心里有一些失落，总的来说却是很高兴。

"龚雪应该就是出国去了，像龚洁说的那样，"他驻足一会儿，心情变得轻快，又沿着塘边走起来，"我这两天太紧张了，所以才会做噩梦，梦得乱七八糟，完全是自己吓自己嘛……"

一边走，一边自我安慰。这一次也不嫌"龚雪出国"这个理由太敷衍了，反而认为就应该是那样，人龚雪姐姐说的是大实话，是自己胡思乱想，非要看到龚雪被毁容了，认为那个才是事实真相。结果呢，自己被吓得半死，害人害己，一点意思也无，不如就这么着，接受龚洁的说法，不要再折腾，折腾来，折腾去，折腾到最后——

"哗啦，哗啦，哗啦……"河沟边上，隐约一个人影弯着腰，在捣鼓一个划子。走得近了，能看出那人穿一领黑色雨衣，帽子盖头，腿脚细小，正是梦中那个姑娘的轮廓。

史达才冷不防地吸一口气，脚步一顿。他左右看看，才发现原来自己不知不觉地，已经走过了塘子，来到了塘子的东北角。只不过上一次他是从那些小楼中间穿过去的，这一回他却是从外围绕了过来，以他目前所在的方位看，他很可能已经离龚雪的家很近了。

想到这一点，史达才连吸气都缓了。他望着前方那个穿黑色雨衣的身影，有那么一瞬间感到膝盖发软，想要就地坐一坐。但他没有坐，而是左手搭右手，把虎口狠捏了一下。捏完了，他清醒了些，即使想到梦里那张脸，也勉强可以镇定。"忙了这么长时间，不就是为了这一刻，哪怕她那张脸被毁得再可怕呢？这种情况下，我应该做的是给她支持和安慰，而不是自己先一言不发地昏过去……幸好那只是一个梦，除了我别人都不知道，幸好那个梦里没有刘振邦，否则就太丢人了……"

这样想着，史达才强行给自己打气。他快步向前，冲着那个姑娘，决定一改风格，单刀直入一把："你好，请问是龚雪吗？那天我在塘边跟你问'老鸬鹚子'的，你……你还记得吗？"

那姑娘听见声音，身子一转，雨衣的帽子太大了，盖住她半张脸。她手一伸，将帽子往后掀去——

史达才蓦然止步，不由自主闭眼，心念："叶老师救……"却是把眼虚眯着，迎着晨光偷望。只见干干净净的一张脸，不疤不麻，脸上一双平和的杏眼，仿佛晨间的霜露，正定定地瞧着自己，带着一丝好奇。

史达才登时高兴了——就是说嘛，谁说龚雪被毁容来着？他凑得更近了，看着那张脸，忽然感觉好像在哪儿见过似的，但他太高兴了，管不了那么多："你……你真是龚雪？那天我完全没想到！早知道踏破铁鞋无觅处，原来那天就见到你了！哎，我找了你好久，那天你姐姐说你出国去，我都想放弃了，可是……可是不知道怎么的，我心里不踏实，想要再找一找，谁想到还真给我找着了！……"

"那你费了这么多功夫，是有什么事情吗？""龚雪"开口了，声音也有点耳熟，"你找小雪干什么？"

"呃，"史达才一愣，终于反应过来，"小雪？！你……你不是……"他想起来了，这个模样、这副声音——是那天戴口罩的女的，也就是龚洁！可龚洁又怎么会穿着这身雨衣呢？如果面前的还是龚洁，那真正的龚雪在哪里？

"是呀，你这么孜孜不倦地找我，到底想干什么？"身后骤然传来另一个姑娘的声音。

史达才惊骇无已，正想回身，屁股上被人猛地一踹！他始料不及，身子一歪，栽到河沟里！

"救命，叶老师救命……"他吓得魂飞魄散，两只手乱抓乱舞。作为一只不折不扣的"旱鸭子"，史达才自小怕水。小时候上游泳兴趣班，别的小朋友都自在地浮在水面上，划来划去转悠，只有他永远跟一块顽石似的，缓缓下沉，越划越沉，越沉越扑腾。整个学游泳的过程，就是泳池的水不断被史达才喝下去的过程。直到他喝得肚圆，游泳也没学会，反而受了许多溺水的惊。从此史达才便绕着水面走，安全至今，谁想这几日看着"老鸬鹚子"塘里的水慢慢放干，失了戒心，冷不丁地，河沟里"翻船"。又是冬天，水出奇地凉，浸着他一身厚衣服，秤砣一般要把他坠下去，坠下去，强迫他同这个世界告别……

"大头鬼——"正绝望着呢，就听见刘振邦在上面喊。只见他如飞奔来，远远地一个三级跳远，"腾"地越过河沟，蹦到龚雪和龚洁面前，"你们恩将仇报，不识好人心！还不赶快把人救上来，再迟一会儿，你就是故意杀人罪，我就是目击证人，听到没有！"

龚雪好整以暇地看着他，问了句："你也不会游泳吗？"

刘振邦脸一热，把声音放得愈发严肃："快救他上来，否则罪加一等！"还把胳膊举起来，挥上两下，做出恫吓的样子。

龚雪不为所动，不仅不为所动，反而急急抿嘴，憋住一个笑。刘振邦见了，心中直懊恼，早就知道龚雪是什么人，她怎么可能被他这点儿把戏给吓住，要知道，人家可是连冯懋伟都能将一军的角色呢！

他们说话的时候，龚洁看史达才的狼狈相，心中大不忍，她执一根长篙，手持一端，将另一端递给史达才。史达才忙中捞住了，死死拽着，力气之大，差点把龚洁拽一个趔趄。

龚洁按按长篙，道："你站起来吧，这条沟浅得很，就是水不大干净……"

史达才一捞着长篙，心就定了，那边听龚洁一说，他往下一踩，果真踩到了底。"呃？"他一脚踩实，接下来就顺利多了，拽着龚洁的长篙，他跟个水鸡儿似的，抖抖索索往上走，眼看就要上岸——

龚雪手扶长篙，正在岸上等着他。此时天光大开，映出龚雪的面孔，光洁、完好，不像经受过毁容的样子。她跟她的姐姐龚洁站在一块儿，乍看两人长得还真像，你看她们那几乎一样的半长的发型，一样的心平气和的眼睛……啊不对，左边龚洁的眼睛的确是平和的，但是右边龚雪的眼睛，那一双照片上原本非常平和的杏眼——

杏眼还是那双杏眼，但其中的神采已经不复平静。如今这双眼睛里跳着股隐约的火焰，这让她看起来跟照片上的龚雪截然不同，照片上那个浅浅微笑的少女不见了，取而代之的是……

"你们不是她派来的么?"龚雪突然发问,冲着史达才。

"呃?"史达才神思恍惚,他一只脚站在水里,脚趾头感觉快冻掉了。他一时意识不到那个"她"指的是谁,只是依据事实摇头——他当然不是别人派来的,他是自己找过来的,谁也没要求他,是他自己要来的。

龚雪打量着他,忽又问:"你找我干什么?"

史达才想也不想,再一次依据事实:"我找你就想问问,呃……你有没有找到那条适合你的路,于老师说你有力量,但是放不出来,那现在你怎么样了?你找到什么方法……"

龚雪听后,把他望上一望,脸上的表情颇复杂。

Chapter 13

潜流暗涌

史达才裹着厚毛毯，坐在龚雪家的大客厅里，喝着龚洁端给他的热姜汤。龚洁本来还给他盛了碗热腾腾的鸡汤，碗里斜戳着一只鸡腿，结果刘振邦一见，嚷嚷自己刚才也受到了惊吓，需要吃点好的压压惊。他毫不客气地霸占了那碗鸡汤，眨眼把那只鸡腿啃得只剩一根光溜溜的骨。吃完了，他嫌汤烫，不好下嘴，又问龚洁要米饭，说正好早饭没吃，用鸡汤泡了填肚。

龚洁到底年纪比他们都大，又成过家了，好客地有求必应。她见刘振邦胃口不错，源源不断地给他端来米饭、肉包、烧卖……又将一大碗真材实料的鸡汤摆上桌，让他们随便喝。史达才折腾了一早上，又是做噩梦又是落水的，这会儿身上穿着龚雪爸爸的衣服，脚上套着龚洁拿给他的棉拖——寒冷一去，正是要吃。起初他还略略地感到不好意思，不料就这么一矜持，鸡腿没了不说，连大肉包都一下去了俩，他饿得耐不住，那边龚洁又劝他吃，史达才便也盛了鸡汤，多夹了肉，就着烧卖吃起来。

龚洁在那里忙来忙去，龚雪就坐在他们对面，饶有兴趣地看着他们吃。大约闹得动静大了，吵醒了房子的男女主人。龚雪的妈妈先出来，她刚一露脸，这边史达才就吃了一惊，原来龚雪的妈妈正是在旅馆给"母冬瓜"帮厨的老阿姨之一。

这位老阿姨一见史达才，倒是很了然地笑道："哟，小伙子，你这是还钱来啦？"

史达才被她一羞，赶紧低头，正犯嘀咕呢，对面的龚雪一语道破："你刚到庄上不久我妈就告诉我了——这就是在旅馆帮忙的好处，我一直都在防备这个，防备谭晓音会派人过来……"

听到"谭晓音"的名字，史达才马上有了反应："那你……你跟她……她、她没有……"又想吃，又想说，二者难兼有。

还是刘振邦从容一些："那位谭女士没把你怎么样吧？"他问龚雪。

龚雪没有回答，反而问他道："你们是怎么知道谭晓音的，你们很了解她？"

刘振邦一滞，朝天打个哈哈："这个……可就说来话长喽——"

这时候，龚雪的爸爸从里面出来。他生就一副敦实的身材，疏眉大眼，唇上养一撇小胡子，模糊地看，有点像几十年后经受了历练的史达才——就是头发比他多多了。

龚雪的爸爸望到史刘两个，询问地看过来："他们是……？"

龚雪微微一笑："两个好朋友。"

龚雪的爸爸点点头，又对着史达才的大头凝望一会儿，便踱到院子里抽烟去了。龚雪的妈妈在厨房，龚雪的爸爸出去，屋子里就剩下龚洁和龚雪，对着刘振邦和史达才。四个人彼此望上几眼，都心知肚明接下来会交谈些什么。史达才手里抓着半只烧卖，顿时觉得有些饱。

"那位谭女士到底有没有找你麻烦？"刘振邦还是忍不住问龚雪，"你是在躲她还是……？"

龚雪和龚洁听了，互望一望，这一回是龚洁开口："你们知道多少，你们先说……最好再自我介绍一下，我们连你们的名字都还不知道。"

刘振邦一听，马上冲史达才做个"请"的手势，意思是要他来讲。史达才无可推托，便一老一实地，细说从头："是这样的，我的一个奶奶前阵子接到电话，是找龚雪的……"从李国珍开始，讲到向英，讲到解德芳；又从老太太们讲到刘振邦，讲到他自己；讲他们一伙人如何聚头，如何旁生枝节，联系上于老师；讲他如何在于老师处了解情况；讲从于老师起，他们又如何一个个地接触到祝明霞、顾盼盼、曾成、冯懋伟，这些人分别都说了些什么……这可谓是一个长长的回顾，漫长又丰富，明明不过两个月的时间跨度，谁想说起来会有那么多的内容，充斥着那么多心情和感想。

当着这么多人的面，尤其是当着"振邦永远最伶俐"，史达才有些束手束脚，没法痛快地倾诉他的那些心情和感想。同时为了照顾龚雪的心情，怕她听了会难过，他又忙不迭地避免将一些东西提及，譬如冯懋伟的某些言语。

他是如此地瞻前顾后，小心翼翼，可那个号称"最伶俐"的刘振邦却不明白他的良苦用心："大才，你漏说话了，漏说了重要的东西！……"

把他往旁边一推，刘振邦夺过话头："我得声明一下，最初发现那个谭女士有问题的是我，是我在网络上刻苦地钻研……"洋洋洒洒，详详细细，把谭晓音私密的心声道给龚雪和龚洁听。说上半天，终于让大家都了解了他的功绩，末了又来一句，"啊对了，那个冯懋伟似乎对你很有意见，你们在市中心那次……还有后来你放他鸽子……嗯，他对你有很深的怨气啊！"刘振邦频频朝龚雪点头。

那边龚洁和龚雪听了，面上各现异色，史达才一见，忙婉转地做出解释："是这样的，冯懋伟他……呃……他讨厌意外，他说他喜欢人生是一道平滑的曲线，而你……呃……让他意外了，让他的人生……人生曲线变得不平滑，所以他就对你……呃……那个……不是很高兴……"

"平滑的曲线？"龚雪听上去有些惊奇，她忽而转笑，"果真是他的风格，只不过这个风格似乎跟这个曲折的世界不太合拍。"

刘振邦听了这话真高兴，他真想把冯懋伟拉过来听听："来来来，之前你说你前女友的坏话，现在你前女友开始说你的坏话了……"

史达才则继续婉转道："冯懋伟他讨厌意外，碰到这样的事反应就很强烈，对人的态度就……呃……不是很好。其实在市中心那回，不仅是他，你也感到很意外，对不对？你也没想到那人不是江飞啊！出了这样的事，他不问问清楚就一味指责你，这个……我觉得不好。你后来放他鸽子，不跟他见面，应该……应该就有这方面原因，呃……"边说他边看着龚雪，希望一切都像他猜想的那样，希望冯懋伟批判龚雪的话全都不成立。他有些胆怯地、略带探究地看着龚雪，然后发现龚雪也正在专注地、探究地看着他。

霎时他有点不好意思，随手抓个问题遮掩："那那个人，那个冒充江飞跟你见面的人，你后来知道他是谁吗？这到底是怎么一回事？他怎么会知道江飞要跟你见面，他、他认识江飞吗？"

"他不认识江飞，但江飞的妈妈认识江飞啊。"龚雪望着史达才的眼睛，轻缓地道，"江飞的妈妈，也就是谭晓音，通过某种方法，截获了我发给江飞的电邮。然后她将计就计，找个人冒充自己的儿子，来跟我见面。那是我第一次见江飞，以为他戴着口罩帽子，全副武装，是爱面子，本来发生这种事情……就容易尴尬，再加上他在电邮里说情况紧急，他妈妈催着他出国，他没办法再拖下去……总之，我有些大意了，这是我的失误。那天我也只顾着说话，没去过多地盘问，直到那个人总是把手伸进口袋里，才引起我的怀疑……"

快餐店外，龚雪望着那个"假江飞"跑远，在雨伞和行人间三钻两钻，不知所终。震惊之余，她立刻想到这件事的幕后主使，除了江飞的妈妈谭晓音，不会有第二个人。继而她想起方才她跟那人拉扯间，从那人的口袋里露出来的东西，那大概就是录音设备了吧。至于那是录音笔还是什么并不重要，重要的是如果今天自己说的话都被谭晓音知道……龚雪想起谭晓音来，想起多少次健美操比赛时评委席上那张美丽的冷脸，她想起祝明霞摔伤那回，自己的随口一句，换来谭晓音可怕的眼神。她曾想，在谭晓音那端庄的外表之下，隐藏着一颗多么不愉快的灵魂。一颗不愉快的灵魂为了摆脱掉不愉快，会做出怎样的事情，随着事情的进展，她越看越清楚。

"现在的当务之急是……"龚雪站在那儿飞快地思考，她试着推测谭晓音是从什么时候开始介入她同江飞来往的电邮的，"应该不会很早，很可能只有最近的一封，也就是约我见面的那一封。江飞一定还没有发现，因为如果他发现了，他大概率会用别的方式提醒我。"龚雪想起江飞的那些信件，最开始手写的一封加上后面的若干封电邮，数量并不多。跟大多数身处困境中的人一样，江飞的那些信件充满了各种情绪上的发泄，时而狂躁，时而优柔，时而惊惧。有时候谭晓音的随便一句话、一个眼神都能让他坐立不安，在心底破口大骂——在心底骂，在纸上骂，却是万万不会真的对着谭晓音骂出口。根据江飞自己的说法，对付谭晓音的最佳方式是"彻底地无视"，而千万不可表现出任何情绪上的反应，尤其是激烈的反应，因为谭晓音要的就是这些反应，反应越大，她越兴奋，如果两人能够吵起来就更好了，因为吵架也是一种交流——"不，不要吵架，不要交流，不要有反应，要装聋作哑，要当作她不存在。这一招我是从我爸那里学的，他可比我老奸巨猾得多……"某次龚雪建议江飞去找更加专业的心理医生来解决他的困境，江飞断然拒绝，还告诉她他有办法，除了上面说的从他爸爸那里学来的招数之外，他还自有计划。至于他有些什么计划，龚雪就不得而知了，她只知道后来江飞似乎考上了外地某校的研究生，已经准备动身报到了，这时他突然来封邮件，说谭晓音已替他报名参加语言考试，要求他出国读研……

就在龚雪对着一天一地的风雨，紧张地思考之际，冯懋伟意外出现，开口就是一连串谴责，突如其来，莫名其妙，用的是一贯的发号施令的语气。之前两人每周见一次面，气氛缓和，冯懋伟用这种语气高谈阔论，龚雪还能以一种调侃般的心态寻思："为什么一个人可以自信成这样?"迄今不过才寻思了三回，每回不过吃个饭的一二小时，即便如此，她的涵养也快要不够用。还没想出一个得体的方式"撤退"，这边就发生了"假江飞"事件，她的人身安全隐隐受到威胁，危急关头那个冯懋伟居然还横插一杠，嘴嘴舌舌，说个不停。龚雪焦躁起来，勉强耐住性子，将人打发走，至于冯懋伟说的什么"半个月后解释"的话，她已经无暇顾及了。

事后她才想起来，那天冯懋伟突然现身，也是有点蹊跷的，但那时她全副精神都放在了应付谭晓音上，没工夫去追究太多。既然冯懋伟要她"半个月后给出解释"，那半个月后她就给他一个解释。对龚雪而言，解释那天快餐店里的事并不重要，重要的是她将提出一个得体的理由，让两人和平分手。

"啊，所以、所以你也打算提出分手，然后那、那个半个月后就是你们的最后一次见面了?"听到这儿，史达才突然想起冯懋伟的话，想起那一位原就打算半个月后向龚雪提出分手的。

话一出口，他的脚就挨了刘振邦一踢，史达才马上反应过来，"噢，噢，我……我刚才是说……"他脸孔大红，尴尬地咬舌头。

龚雪却无所谓："冯懋伟也是这么想的么，那我们倒是第一次所见略同了。看来他也发现，他那道平滑的曲线与我这条波浪线不相合。"

刘振邦笑道："你是波浪线？冯懋伟一开始还以为你也是一条平滑的曲线。"

这时龚洁道："其实谁不想人生安安稳稳、顺顺当当的？问题是有时候事情由不得你，更不要说还有像我们小雪这样，喜欢没事找点事情给自己做的。那个姓冯的看人不差，几回一接触，知道你也就外表本分，实际上……嗯，人家自然就不乐意了。"

面对姐姐的微词，龚雪报之以一笑。

刘振邦又道："如果你那天就计划着跟冯懋伟见面的，那为什么后来又放冯懋伟的鸽子？你不是也想当面跟他说清楚分手的吗？"

此疑问史达才也有，刘振邦那边说，他这边跟着点头。

龚雪道："是啊，我是打算跟他见面把话说清楚的，我那天都已经走在路上了，我没理由放他鸽子，约好了却不出现。除非——"

"除非什么？"史达才把个大脑袋往前抻着，两眼睁得溜圆。

龚雪就转目看着他，深深地暗示性地看着他。她眼中的光亮逐渐地下沉，缓缓地、不容置疑地沉下去，仿佛夕阳的落山，又仿佛生命的终将消逝。

史达才望着龚雪的眼睛，突然感到一阵寒意，他好像知道那日龚雪在路上遇到什么了："除非……"

"除非有一股不可抗力，把你给挡住了。"刘振邦平静地替他把话说完。

自从发生了"假江飞"事件，龚雪就一直为谭晓音接下来会做出什么举动而困扰。她一度猜想谭晓音可能会找她约谈，可随即她就否定了这个想法。因为这是一件"丑闻"，谭晓音绝对不会约一个知道自己丑闻的人见面、谈话。以谭晓音的风格来看，对于知道自己丑闻的人，她更有可能做出的是……

龚雪不断地回想她所知道的有关谭晓音的事情，其中想得最多的就是祝明霞摔伤那一次。那一次，事出蹊跷，为了维护祝明霞，她当着所有人的面，暗示谭晓音的出现和刘舒的呼叫也许不仅仅是凑巧。当时，刘舒的反应在她的意料之中，而那个干妈谭晓音的反应则显得……再一次，龚雪回忆起多年前的那一幕，那个她大概会终生难忘的几秒钟。那几秒钟里，谭晓音的表情经历了惊慌、羞恼、震怒……最后定格在绝对的冷酷上。不掺一丝杂质的冷酷，不含有一丁点儿温度的冷酷，龚雪在这种冷酷的重压之下，分明感到一样东西的迫近，那就是"死亡"。她相信，那一瞬间谭晓音是希望她消失的，希望把她这个人从这世界上给抹去……

　　龚雪反复地回想谭晓音当时的表情，越想越认为自己的感觉没错。谭晓音不可能跟她坐下来心平气和地交流，对于胆敢恼犯自己的人，这位刘舒的干妈似乎更倾向于采取强硬的手段。为了封锁家丑，为了维护名声，更为了将儿子江飞牢牢地拴在自己身边，无论从哪个角度而言，谭晓音都有可能给自己一个警告、一个打击，这个打击——会是致命的么？

　　接下来的几天，龚雪都怀着这个疑问度过。她并非容易受到惊吓的人，但她行事还是一点点地小心了起来。她先是联系姐姐龚洁，约好每天晚上九点钟通话一次，确认自己的安全。她用的是晚上会加班的借口，龚洁没有多想，自然同意。接着龚雪又几乎取消了所有夜间的外出，确保每天都能在太阳落山之前回到家，之后便尽量不出门。家里的门锁是可靠的，楼下的单元防盗门也只有业主才能开启，她又在家里安装了监控……除此，她不再订购任何送货上门的外卖食品，网购的包裹则一律交由附近报刊亭代收。龚雪将自己的活动范围全面收缩，如此过了几日，风平浪静，她也没有被人盯梢或监视的感觉。心情稍微放松了一点儿，一口气没喘完，那边冯懋伟又突然杀出，给她发消息，约她见面，等着听她解释那日快餐店内的事情。

　　约见的时间定在晚上，龚雪第一个反应是希望改为白天，哪怕提前或推迟几天都可以。但是按冯懋伟的意思，既然说了"半个月后"，那就一定得是"半个月后"，时间提前会影响他的日程安排，推迟则更是没有可能。沟通无果，龚雪看看日历，想着夏日天长，天黑得晚，她跟冯懋伟七点钟见面，一切交涉清楚后，八点钟应该就可以返回，那时天色尚亮。到那天，她乘坐公共交通工具（那种会与司机同处于密闭空间的出租车一开始就被她排除了），途中多半可以保证安全，唯一需注意的是从站台到家里这一段，如果步行的话，选择哪一条路线更加保险。

龚雪居住的小区名叫"运河雅苑"，顾名思义，距离小区不太远就是一段至今仍在使用的水道。借此运河的光，开发商蜂拥而至，在附近建起连绵小区，除了龚雪所住的"运河雅苑"之外，还有将近十个大小不等的小区纵横。其中"运河雅苑"建成的时间最早，离运河也最近，小区与运河之间只隔了一个绿化带、一条马路，以及正在翻新中的"运河公园"。可供龚雪选择的路线有两条，一条是从周围那些小区中间穿越而过，另一条就是沿着运河边的马路走。两条路线距离差不多，不同之处在于一闹一静，前者住宅密集，沿途行人多，障碍物也多；后者一面是水道，沿途行人少，但胜在视野开阔。另外，取前者可有车直达目的地，取后者则需要换乘地铁，稍有不便，时间上倒是相差无几。龚雪考虑良久，终于还是决定从住宅区中穿过，尽管这样一来，视野不佳，转角处可能会突然跳出一个人来。"但万一出了事，也更容易呼救吧。"她想。

然而到了那日下午，天气忽变，雷声隐隐，龚雪还没出门，太阳就不知沉到哪里去，暮色也早早地罩了下来。龚雪虽不是什么迷信的人，对着这天也略有迟疑，不过想起跟冯懋伟之间，再拖下去也无意义，早一刻解决，就早了一桩事。"何况半个月下来，谭晓音那边没什么动静，也许到了她那个岁数上，她也不愿冒险行事。"龚雪这样猜。

既然谭晓音按兵不动，她就要出动了。龚雪抓着包和雨伞出门，出了"运河雅苑"，刚走到另一个小区门口，就见一拨人议论纷纷地迎面过来。"……就是一个要直行，一个要左拐，都觉得该自己走，就这么撞上的！直行车直接切了上去，刚才你们都看到没，那左拐车都撞变形了！""看到了看到了，惨得哟，车里的人也不知道是死是活……那个交警也是，我不过就想多看两眼，结果他就过来撵我走……""撵你走是对的，那种是非之地，不要多待。现在路口都乱成一锅粥了都，又是下班高峰，我们还算好的，离得近，下了车，走走就到家了，其他人就这么堵着，还不知道要堵到什么时候……"

龚雪听到只言片语，心有所疑，径直向那路人发问："前面路口出事了？"

那些人就回道："出个大车祸，警察都过来封路了！""乱七八糟，车子根本走不动，你走路骑车还行，坐车就算了，过都过不来……"

说着讲着，这些人走了过去。龚雪听了，不肯偏信，心想，不至于堵成这样吧？她快步赶到路边，就见去向的那股车道，排起了长龙，来向的那股车道，则可以罗雀。过路的人们，无论骑车的走路的，但凡从路口来，都一副闯关之后的庆幸模样，三三两两，边走边说，还边回头望："人卡在车里，弄不出来，交警也不敢动啊，只好等专门的人来……"

龚雪在旁听见，顺之瞭望，见前方的路口，一团灰压压。地上灰压压，天上也灰压压，天地间的灰影连成一片，好像巨大的幕景，暗示着某种不祥。

"可是这跟我应该没什么关系吧！"龚雪到底年轻，年轻就不免气盛。她看了下时间，当机立断，从路边折返，掉头往运河那边去。第一条路线既然不通，且不知道什么时候能恢复畅通，她自然只有取第二条路线。换乘地铁是有一点麻烦，但这样一来，可让过发生车祸的那个路口，不过分地耽误时间，她现在的时间已经有点儿耽误了……

雷声一直间歇地在头顶上滚，每滚一下，就骤然起一阵风，可雨点始终不落下来。龚雪匆匆忙忙在小区之间穿行，折叠伞抓在手上，随时准备打开。往常这个时候，路上会有不少遛弯的闲人，扶老携幼，呼朋唤友。今日大约天气不佳，前面路口又出了交通事故，一路走来，都没遇到什么人，且越是接近运河，遇到的人就越少。路灯已亮，人影幢幢，龚雪边走边注意着周围，好几个归家的上班族同她擦肩而过，看样子他们都是从运河那边的马路过来。那边虽然只有不多的两三路公交车，但胜在途经的地段不繁忙，很少拥堵……堪堪走到绿化带上，龚雪脸上仿佛落了些雨丝："下雨了？"她忙把伞一抖，就要撑开来，就在这个时候——

一个上班族模样的人低头盯着手机，似乎不看路，直直地对上龚雪。龚雪一个犹豫，顺势让过："小心啊！"照旧撑伞。

"砰！""哐啷！""啊！！——"

一瞬间，有人惨呼，有东西落地，手上的伞变得半零不落，犹如飞灰。一切都在两秒钟之内发生，龚雪讶然片刻，才感觉到手臂上好几处剧痛，同时鼻子里还闻到股腐蚀性气味。

"这、这是什么？"她立刻知道事情不对。顾不上多想，她果断脱下衣服，脱得只剩下内衣，然后飞跑到小区门卫室外私接的水龙头下，将龙头拧至最大，哗哗地冲洗。那个"上班族"见状，也慌乱地脱衣服，一边脱，一边痛得龇牙咧嘴。

"怎么回事？！""怎么回事？！"门卫跑了出来，下班路过的人也奔过来几个，他们见到龚雪和那"上班族"的模样，都是又惊又骇。

"这是什么东西？"大家都闻到了那股刺鼻的气味，老到的门卫一下子嚷出来："这是不是硫酸啊，你们都别过来啊，这……这就是硫酸！"

"我不知道这是硫酸啊，都是那个女的叫我……""上班族"带着哭音分辩，他将龚雪推开，霸占了水龙头，边冲洗边往一个方向指。

龚雪跟着他的手指望，只见小区外一辆黑色轿车急急启动，轮胎底发出尖音，就要拐上大道而去。

她这边见了，突然发足，追着那辆车狂奔。奔出小区，转上大道，眼看被那车越拉越远，蓦然运河上波光闪亮，映得半空雪亮。

刹那间，龚雪看清了那辆车的车牌，非常吉利的令人印象深刻的车牌……

"你认得那车牌？"刘振邦问。

龚雪道："以前在体操班，谭晓音不是来看过她干女儿刘舒么，祝明霞空翻跌下来那回她来过，后面又来过几次，每次都开车。当时我们就注意到她的那个车牌，吉利得吓人，为此还议论过，说办那样一个车牌要通过什么途径，要花多少钱……"

"这么说，那天车里的人就是谭晓音了？"

龚雪眼里依旧暗沉沉的："她的可能性最大。"

史达才动了动身子，为联想起什么而感到不舒服似的："她那天找的那个人朝你泼的是硫酸，不是高锰酸钾？"

"稀释过的硫酸，浓度不高，但也不低，"龚雪看他一眼，大约奇怪怎么会突然冒出高锰酸钾来，"医院的医生这么说的，说当时要不是我的伞挡了一挡，那一下泼到脸上，我现在的样子恐怕会比较令人遗憾，你们看——"

　　说着，她袖子一撸，裸露出手臂。只见上面星星点点，好几处赭色的疤痕，有的大，有的小，记录着一个个丑陋的恶意。

　　"本来伤势还能再轻一点，要不是我急着去追车，水龙头又被那个泼硫酸的人给抢占了……不过后来等我返回，那个人已经偷偷溜了，大概他一听门卫要报警，就被吓跑了。当时我什么心情都没有，又冲洗了一会儿，就联系上我姐，直奔医院，冯懋伟那边早被我忘到了老爷爷家去……"

　　"那既然这样，你后来就没再跟冯懋伟解释？这……这根本就不是你的原因啊，放他鸽子是迫不得已。"史达才此刻搞明白了前因后果，忍不住唏嘘。

　　"跟冯懋伟解释？"龚雪反问，"人家可是力求人生是一道平滑的曲线的，我这边都被人打击报复泼硫酸了，我要是这么一说，你不怕把他吓坏？"

　　史达才一想，果真如此，就不说话了。

　　"那后来那门卫报警了吗？"刘振邦问。

　　"不知道，也许报了，也许没报。那个泼硫酸的早就趁乱溜了，我又急着上医院，其他人一闻气味不对都躲得远远的，他就算报警也提供不了什么吧，还不是不了了之。"

　　"小雪出事后不久，我就赶去了医院。她受伤算轻的，但不知道那个女的会不会再来报复，我跟她商量了一下，就决定回龚家庄来避一避。为了小雪的安全，我们没跟任何人说小雪回来了，就怕那个女的不死心，再派人追过来。平时都是我遮遮掩掩地，穿雨衣，戴口罩，在庄上到处走动，让人看到了，都道是龚洁。有时小雪在屋子里呆闷了，也会穿上我的雨衣出去，别人都以为那是我，我们俩本来长得就像。小雪很小就到市里去了，这里的人对她印象不深，后来庄上的人又走了一大批，熟悉她的人更少……"龚洁将后续和盘托出。

　　"可要是哪次龚雪穿着雨衣出门，正好你也在外面，又不小心都被你们庄上的人碰到了，他们就不会奇怪，哪来的两个龚洁？"刘振邦又问。

龚洁笑了笑："我们会注意避免这种情况。就算哪次不小心，出现你说的那种，也没事！现在大多数人都没那么仔细，走在路上，心里头想的还是他们自己那一亩三分地，至于别的东西，看过就忘了。你当别人都跟你们俩似的，肯这么为不相干的事花功夫？"

"说到这个，"龚雪忽然望望史达才，"你又是什么时候把我认出来的？那天我穿着雨衣，在塘边帮老鸬鹚子看工具，那天你就认出我来了吗？"

史达才道："没有，没有……我就是看了你写在地上的字……"摸摸脑袋，把那个"人"字的事说了一遍。

说的时候，旁边刘振邦就吊着眉毛，满脸不悦地："你个大头鬼，如今也知道藏私了，这么重要的线索你居然想一个人独吞，哼！我就晓得有什么不对劲，我一来就闻出来了，亏我留个心眼儿，一直在床上标着你，装睡装打呼噜打得我扁桃体都疼了！……"

史达才自知理亏，不敢接他的茬，装作没有听见，一味跟龚雪絮聒，从笔迹的事说到祝明霞，又从祝明霞说到那首《人生颂》："……那首诗真、真的很好，祝明霞现在都还把你的手抄稿带在身边。我自己也抄了一份，后来看到地上的字，想起你来，就是受到那首诗的启发。对了，祝明霞还让我问你，你还记不记得'世界是一片辽阔的战场'？"

"明霞让你这么问我的？"龚雪眼里原本暗沉沉，随着史达才的说话，她眼中的暗沉逐渐晃动，像是黑暗被打破，一点光亮缓缓地升起。

史达才点头："嗯，她后来又提醒了一次，怕我忘记一样。"

"明霞她还真是……"龚雪一声轻叹，这时她不仅仅是眼中现出光亮，就连脸颊上都绽出笑，仿佛走过漫长的黑夜，终于迎来了黎明。

她开始侃侃而谈："当初赠诗给明霞，完全是出于对她的欣赏，欣赏和喜爱，欣赏她的勃勃生气，喜爱她的那股精气神。她那普罗杜诺娃式风格的精气神，那么大开大合，那么磊落，那么无畏，让人见而忘忧，再见忘俗，好像只要那么远远地看着她，就充满了一种生命无限舒展的喜悦。我怎么能让这股生气、这种精气神被人轻易地摧折？我怎么能让这种生命的喜悦被人为地、恶意地掐断？当然我能理解，这种精气神不是每个人都欣赏，至少刘舒和谭晓音就不欣赏，所以如果时机恰当，她们就会抓住机会给明霞一个打击，比如……让她空翻时摔下来，身体受伤，精神上也受伤。身体上的伤易好，精神上的伤怕是就……可如果一个人身体完好却精神颓废，那这个人成了什么？就像如果明霞身体无碍，却没有了那股精气神，那她还是祝明霞吗？我要她成为祝明霞，而不仅仅是一个冠以祝明霞的躯壳的人。为此我不惜得罪刘舒和谭晓音，当场质疑她们。为此我上医院看望明霞，不介意她当时对我的态度。我在书页里夹上《人生颂》，我知道她会理解，就像……她让你问我那一句，她也知道我会理解一样。"

"你对祝明霞是欣赏，那后来你管的其他人的闲事是为了什么？"龚洁还是对她的行为有微词，"管来管去，差点把自己管得灰飞烟灭，要不是你那把雨伞……"

"那是我的方法有问题，不是我的动机有问题，"龚雪不打算跟姐姐争辩，却也不打算改变初衷，"对于其他人，我虽然不像对明霞那么欣赏，但就像祝明霞成为祝明霞，他们同样也有权成为他们自己，做自己所希望的事，为自己而努力。而偏偏就有人想要扼杀这一切……"

"他们不仅想要扼杀这一切，他们还想要扼杀你咧！"刘振邦突然嘻嘻地，"因为你的做法只对一部分人有益，对另一部分人却构成了妨碍，你就成了他们的眼中钉。"

"就是这个道理，"龚洁转向妹妹，"你妨碍了别人，别人自然恨你，该怎样对付这些恨你的人，你想过这个吗？这一次算你命大……"

龚雪微微颔首："我想了很多，自从回到龚家庄，我就一直在想这个问题。"

"你想出结果了？"龚洁问她。

大家便都盯住龚雪，想看她怎么回答，其中史达才更是眼睛眨都不眨，生怕错过了什么。事实上，刚才那一轮对话，他一直紧紧地盯着，谁说话就盯着谁看。他对这个话题非常地感兴趣，这个话题可以说是他最初寻找龚雪的动力之一。

面对提问，龚雪些许沉吟，她眼中的光亮又悄然隐没。但跟前一次不同，之前那光亮是被遮没的，黑暗突如其来，一时无法抗拒。这一次，仿佛是龚雪主动隐去了光亮，一点一点，深思熟虑地。

史达才有点等不及："你……你是不是也觉得这个问题很困扰？于老师说的'你自己的路子''你有力量，但是放不出来'指的是不是就是这个？那这种情况下，该怎么办呢？我……我好像也发现，帮助别人并不总会获得赞同，有些人会嘲笑你、讽刺你，怀疑你的动机，更别提打击报复什么的，可是……可是又没法真的变得铁石心肠，觉得别人的死活是别人的事情，跟我一点关系都没有……"他的语气里有种真诚的苦恼，在座的人都听出来了。

龚雪深深地看着史达才："你……好像特别地容易心软，容易同情别人。照你一开始说的，你跟我非亲非故，之前完全不认得，只不过听了几个老太太的劝，又从于老师那里听说些大概，就愿意花上这么多时间精力，花在一个陌生人身上。先不说你很可能找不到这个陌生人，而即使找到了，这个陌生人也不能给你带来什么实打实的好处。假如你一直都是这样的行事风格，假如你从小到大都是这样，那……我很能想象你经历的那些尴尬。"

"不用想象，我们的大才上一个工作就是这么丢的，就因为他特别会为别人着想……"刘振邦是个大嘴巴，嘴一张就把史达才被炒鱿鱼的事抖搂出来。之前史达才爱惜面皮，向龚雪说明来意的时候特意隐去了这一段，没想到还是被"振邦永远最伶俐"挑破。听得史达才那叫一个急啊，连忙学习刘振邦，在桌下用脚踢他，让他住嘴。可刘振邦是何许人，下面被踢，上面照说不误，反而史达才在那里踢人，动静大了，惹得龚洁来望他。史达才脸一赧，不敢再踢，只好把个大脑袋缩着，低头啃吃剩下的半个烧卖，觉得怪难为情的。

那边刘振邦溜溜地把话说完，龚雪听了，目光益发深沉："都是一样的，都是一样的……"

"你说什么，什么都一样？"史达才虽然埋怨刘振邦出了自己的糗，但同时又非常好奇龚雪对此事情的反应，因此那边龚雪一说话，他就追问上了。

龚雪道："我们这些人做事的风格、最后的结果都一样。你看，你由于为消费者着想，引起你前老板的不满，最后被他解雇。再看祝明霞，那回她在更衣室里帮我说话，令刘舒丢了面子，后来空翻时就出事了。我呢，想帮江飞一把，让他摆脱谭晓音的影响，结果就有人朝我泼硫酸。你看出这些事的共同点了吗？"

史达才愣着眼，有些迟疑："呃，共同点就是——我们都管了别人的闲事，然后被人报复了？"

龚雪微笑一下："我指的不是这个，我想说的是，我们这些人，由于喜欢扶助别人，身体里血的温度，可能就不是那么凉。换句话说，我们行热血之事，而我们在行热血之事的时候，用的又是一种热血的光明正大的态度，让别人一看就知道我们在做什么。如此他们在暗，我们在明，这就使得如果他们想要报复我们，总是能够成功。所以，用热血的态度，来做热血的事情，往往行不通——你会被解雇，会在空翻时跌下来，会被人泼硫酸。既然这样，又该怎么办呢？"

"怎么办呢？"

"当然只有改变了，"龚雪轻缓至极地道，"要么不行热血之事……"

史达才的脸就有些垮："呃，这个……好像……做不到。"

"要么就用凉血的态度，来做热血的事情。"说这句话的时候，龚雪眼中一片幽冥，她整个人霎时好像换了副颜色，日光转移，屋子里的阴影同她融为一体。

"呃，什么意思？"史达才是迟钝的，他完全听不懂龚雪的话。

刘振邦就不同了，望着阴影中的龚雪，背上忽然汗毛瑟瑟，他马上打个哈哈："哎，这个都不明白，就是让你小心点嘛！"

"哦……"史达才不禁大为失望，就这个，他自己也能想到嘛！

这时，龚洁突然道："我倒有个更稳妥的建议，那就是远离那些需要硬碰硬的场合，既然在一个地方待得那么费劲，那为什么不换一个地方待？一定要跟那些人死磕不可吗？你有多少力气可以耗在这上面？你自己就不觉得累？比如小雪你，在市里待不下了，待得太危险，那就回庄上来好了，这里又不是养不活你。再比如这位同学，你上个东家自己有问题，跟他闹翻就闹翻了，没什么好纠结不下的，那地方你一开始就不应该去。现在你经历过这一段，心里就应该有数，该找什么样的东家，什么样的东家才适合自己，这样慢慢地，找一个好地方，没那么多糟心事，也不需要钩心斗角，不是很好么!"后面那几句，是对史达才说的。

史达才在人家家里，吃人嘴软，听人家说，只有诺诺的份，龚雪就不一样了："换个地方，问题就解决了么? 我是可以回龚家庄，其他人也有个龚家庄给他们回么?"

"你管好你自己吧，烦那许多，"龚洁的性子，似乎是偏急的，被龚雪的慢腔一磨，火星子就出来了，"自己都差点自身难保，还这个那个的。都是爸妈把你惯的，处处跟人顶尖较真，世上那么多事，你较真得过来吗? 到时候，别把你自己搭进去不说，还带累别人，我那天就看到个新闻，说哪哪儿一家被人灭门了……"

龚雪便就缄口，脸上阴晴不定。

眼看姐妹两个起了龃龉，史达才真是难受，他向来怕见人起冲突，更怕跟人冲突。正搜肠刮肚地，想说些圆场话呢，旁边刘振邦已然快他一步，嘻嘻道："那种新闻，不要放在心上啦! 换个地方还是能解决大部分问题的，龚雪回龚家庄，其他人也可以回各自的老家嘛! 出了事，第一时间回老家没错的，就算老家不能久留，借点钱、歇个脚也是好的。之前那个孔明慧，不是跟你一样，跟谭晓音硬碰硬地碰不过，自己学都不上回老家去了……"

"孔明慧是谁?"龚雪眼一抬，敏锐地问。

"这个……"刘振邦跟史达才互相看看，以为那件事说出来该无妨，"这个……确切地说，我们该叫她孔阿姨……"两个人你一言，我一语，将孔明慧那件事说了个大概。

龚雪很仔细地倾听着："怪不得，之前你会提到高锰酸钾……"她望一眼史达才，表示还记得他说过的话，"唔，谭晓音的手法还真是几十年如一日，换汤不换药。"

"我劝你别再跟这个人纠缠了，这种人能做一做二，就能做三。"龚洁提醒道。

龚雪不闻："这个孔明慧的老家在哪里你们知道吗?"

"呃，不知道，"史达才是真的不知道，"只知道她有亲戚住北湖那边，我们也是听人传了好几手，也不知道哪些地方是真，哪些地方是假。"

龚雪听了，片刻不语。

龚洁就问："你问这个做什么？"直觉这个妹妹又在起什么心思。

龚雪道："我问这个……是想了解一个人受到创伤后的心理自愈情况。受到这么严重的伤害，这么多年她都是怎么过来的，当年她心里是怎么想的，现在她心里又是怎么想的。如果重来一遍，她是否想对自己的某些行为做出修正。方便的话，我还想对她现在的状态进行细分化评估，例如……询问她的睡眠质量、她做过的梦、她选择穿什么颜色的衣服、生活中她最愿意接触的人和最不愿意接触的人等等，这都是我的专业涉及的东西。以后不管是读研还是工作，了解这些都会对我有很大帮助。"

"是么，"龚洁一脸狐疑，压根儿不信这套冠冕堂皇的鬼话，"原来你那专业就是专门揭人伤疤的！"

史达才有点忘性了："你的专业，听曾成说，好像是什么社……社……"

"社会工作，简称社工，"龚雪微微笑，"根据服务对象的不同，可分为不同的领域，有帮助老年人的，有帮助青少年儿童的……像我之前在市里上班的地方，就是一家……"

说着，她望望史达才，见他大头大脑，俨然一派浑朴气象，胸中一动，"对了，你对这个感兴趣吗？如果你感兴趣，我可以替你向之前的那个机构写一封推荐信，推荐你去那里上班。去年出了事，我一声招呼不打就走了，后来还是姐姐秘密地去了一趟，向那个胡主任说明情况。没有说得太详细，但胡主任应该是领会了，并且他答应不对其他人说起。胡主任我是信得过的，他也最欢迎热心肠的人，怎么样，你愿不愿试一试？"

史达才又惊又喜："呃，我？呃……这个……"一种撞大运的感觉从天而降，砸得他晕晕乎乎，不能自已。他明明是出来找人的，负着无业游民的称号，冒着无功而返的风险。现在人找到了不说，还顺手找了个工作，二美合一，这、这真的是他史达才会碰上的事情？难、难道他要时来运转了吗？可、可他从来都没有期待过什么呀！

见这个大头鬼傻笑呵呵，语不成句，裹着身毛毯似乎以为自己成了天选之子，刘振邦就恨不能翻个大白眼来表达自己的嫌弃之情。他很愿意给这个大头呆泼点冷水，便问龚雪："听冯懋伟说，你之前是在一个关爱老年人的机构上班？"

"对，那一带老年人口很多，尤其是老年妇女，我们致力于向他们提供物质和精神方面的援助和支持。"龚雪道。

"老年妇女？"刘振邦心里嘀咕，"那不就是老姑婆？"忙向史达才使个眼色，希望他能领悟。

可史达才太高兴了，他的注意力已经飘飞到了九霄云外。他几乎没有听见刚才龚雪和刘振邦说的什么，他甚至想不起来多问一问那家机构的情况，他只是咧着个嘴，连连点头，说道："好，我愿意，我愿意……真、真的特别特别感谢你！"如果不是男女有别，他甚至想给龚雪一个大大的拥抱哩！

"看来祝明霞、顾盼盼她们说的真是不错，龚雪果然是一个大好人啊！"他想。

见他这副模样，龚洁忍不住"噗哧"笑出来："哎呀，这个同学可真是……"边笑边又给他们盛鸡汤去。

龚雪亦微微笑着："这没有什么的，之前听你说自己，因为帮助人经历了很多尴尬事，还为此没了工作，这么长时间下来想必积累了不少灰心了。而我呢，你哪里跌倒，就在哪里托你一把，你没工作，我就给你一个工作，一个多半会适合你的工作，好让你感觉一下，这世界并非那么凄凉。同时，你为了找我，也碰了钉子，吃了辛苦，花去了你本可以用在其他方面的时间和精力，你这么做的行为本身，不也证明了在某些角落，这世界还是一片光亮？"

这一番话，可谓鼓舞到史达才的心尖上，他左掌右拳，"砰砰"对击了好几下，奋悦道："哎，你这话说得、说得……太长志气！听你这么一说，我还真什么灰心丧气都扫光了，顿时觉得这世界……非常非常地明亮！"

刘振邦在一旁冷眼看觑："得，忙了一场，全给大头鬼做了嫁衣裳！光亮都是他的，我什么也没有，这个时候，要不再多吃一点……"筷子一夹，将汤里最后一块好肉，夹到嘴里。

一个月后，大洋彼岸的异国。

Last Christmas I gave you my heart

But the very next day you gave it away

This year to save me from tears

I'll give it to someone special...

　　还没真正的到圣诞节，雪却已开始下个不停。蓬松的缺乏水分的干雪，毫无故乡湿雪的多情，风一刮，便成一片雪雾，席卷整座后院。

　　谭晓音就坐在落地窗前看雪，电视机里正放出圣诞歌曲，那种尚处于妙龄的年轻女人唱出来的甜歌。曲子反反复复，滚动播出，她慢慢地听懂一点歌词，在心里发感慨："年轻就是好啊，就连失恋都是甜的，更别说那些正处在眉来眼去阶段的……"

　　她朝儿子江飞的方向望去。江飞正在厨房里跟他的一班朋友聊天，一面做饭一面聊天，紧挨着他的就是上次提到过的那个名叫"樊辰"的女孩儿。他们两个蹲在烤箱前，对着里面的菜观察分辨，头碰着头，样子非常地亲密。其中樊辰脑袋上还系着根鲜艳的绑带，扮得好像一个小主妇，如此模样，看在江飞这个年龄的男孩儿眼中，大约真的有几分可爱、俏皮？

　　看在江飞的眼中可爱，看在谭晓音的眼中就未必了。今天樊辰这个"小主妇"一来，她这个"大主妇"就让了位，虽说这是她早就答应儿子的——

　　"妈，这次聚会由我们来买材料，来做饭，你就坐着等吃饭就行了！我们做的东西……不一定合你口味，但本来就是为了聚一聚，吃饭是次要的，要不……再买点你喜欢吃的来？"

　　当时她的回答是"不用了，我跟着你们随便吃点儿就行"。儿子说的没错，吃饭是次要的，重要的是她能见到樊辰，那个据说让儿子倾心的女孩儿。本来她还以为儿子看上了一个什么样的天仙，结果一见面——

　　"阿姨好！"江飞把樊辰介绍给自己的时候，樊辰乖巧地叫她一声，同时乖巧地微笑。

　　谭晓音朝人望去，"就是她呀！"心里也不知失望还是庆幸。樊辰生个娃娃脸，看上去显小倒是真的，可除此之外，她大约也就是谭晓音的同学同事家养出来的姑娘那个水平吧。只要肯花钱，再在家教上下点功夫，养出这样的姑娘是不难的。就跟工厂流水线似的，只要管理、设备都到位，原材料又不出大差错，那闭着眼都能造出合格的产品。没有丝毫悬念，也没有丝毫惊喜。

想到自己可能要拱手把儿子出让给这样一个"产品"，谭晓音内心就一阵搅动。不期然地，她想起自己在樊辰这个年纪……比较起来，樊辰可不如那时的自己远甚。其实那个时候，周围可以说没任何女孩儿比得过自己，"才貌双全谭家女"这句话可不全是恭维。可即使这样，江东追求的还是那个姓孔的，当然除了那个姓孔的……

往事重现，谭晓音的心头亦笼上往日的阴云。她目光一闪，展开一个礼节性的微笑："你好，今天就辛苦你们了！"说完，再不多言，裙裾一旋，回到客厅坐着，开了电视来看。

看电视是假，偶尔看看雪、时刻监视着那边的江飞和樊辰才是真。一边看，她一边转动着心思。对这样一个未来的儿媳，她是不能服气的，要她说，这个樊辰连当年那个姓孔的都比不上，而那姓孔的最后的结局是……这个樊辰难道比姓孔的还强？

一些伎俩模模糊糊地在胸中展开，谭晓音独自沉浸，推敲定夺，正想得高兴，面前伸过来一只手，托着个盘子。

"阿姨，请尝一尝我们刚出炉的鲷鱼烧和蛋卷，没有放很多糖哦！"一个直发圆脸的女孩儿冲她微笑。

谭晓音直觉自己不喜欢这样的微笑，更不喜欢这样的女孩儿。年轻的无忧无虑的女孩儿的笑脸，想想就刺眼，更别说把笑脸伸到她面前来了。以前她做健美操比赛的评委，看着那些女孩儿在场上跳啊笑啊，心里就会想："……现在笑这么甜算不得什么，几十年后你们还能笑这么甜，那才叫本事。只是，这种高难度的动作连我都做不到，况乎你们？最后还不是一个个成为贾宝玉口中的鱼眼珠子收场，再怎么美妆华服都没用……"她唯一不讨厌的年轻女孩儿就是刘舒，她那个干女儿。她不讨厌的原因并不是因为刘舒是她的干女儿，而是因为刘舒年纪轻轻，就一副鱼眼珠子作风，无忧无虑没多少，患得患失倒很多，让人看了就好笑。

尽管不喜欢，谭晓音还是从盘子上取了个蛋卷："谢谢你啊！"出于礼貌，她开口询问那女孩儿的名字，尽管她一点儿也不想知道对方叫什么。

"啊，我叫贾妍。"

谭晓音点点头，没再多说什么。

这个叫贾妍的女孩儿不太识相，明明谭晓音态度冷清，仍然执意站在旁边，一边吃鲷鱼烧，一边跟谭晓音攀话："阿姨你看上去好年轻，姿态也特别棒，你以前是不是学过舞蹈？"

"是学过一点。"谭晓音受到恭维，到底有些愉悦，但她仍然忌讳别人打探她的过去，即使只是个擦边球，她心中的警铃已然作响。

贾妍又问："果然哎……你学的是不是芭蕾？我看跳过芭蕾的人几乎都像你这样，挺拔得不得了。"

谭晓音愈发警惕地看着她："不是芭蕾……"其实，她当然有跳过芭蕾，而且还跳得相当不错，只是这个事实她为什么要告诉面前这个陌生的女孩儿呢？

"哦……"贾妍等待着，以为谭晓音还会有下文。

但谭晓音那边没有了，她吃了两口，就把蛋卷搁下，目视电视屏，自动结束了对话。

贾妍吐下舌头，自己给自己找台阶："哎呀，掉到衣服上了。"掸着身上的食物屑离开了。

几分钟后，快乐的年轻人仍在厨房里快乐地发挥生涩的厨艺，不快乐的谭晓音仍端坐在一隅，时而不快乐地看雪，时而盯着樊辰和江飞，预备置快乐的他人于不快乐，再从他人的不快乐中汲取快乐，贾妍借口上厕所，溜进卫生门，把门锁上，摸出手机发消息——

"我今天终于见到了她，她看上去非常警觉，也非常地高傲。你到底有些什么计划呢，亲爱的表妹？在这边太无聊了，我已经忍不住想要早点见到你，早点跟你一起做些有趣的事情。你不会要等到明年九月份开学才过来吧？你为什么不试一试冬季入学，这样你可以早一点来。"

千万里之外，龚雪看到贾妍发来的消息，迅速回复道："请务必少安勿躁，冬季入学已经来不及，而且也太匆忙了。我不久前得知了一件事，关于她的一件往事，具体内容等见了面再说，大致就是她曾在多年前如法炮制，做下一件类似的事……我对这件事很有兴趣，准备去找找那个当事人，如果可能的话，我将邀请她一同前往，只是不知道她会不会同意。当然首先我要能找得到那个人，现在手上的线索太少了，希望渺茫，但我会竭尽全力。我需要见到那个当事人，以了解更多关于她的情况，这样才能确定我的计划。如果那个当事人愿意一道出谋划策，那再好不过。最后，读完后请按老规矩立即删除所有你我之间的往来对话，我们之间的亲戚关系，以前体操班的人不知，现在也就不必张扬出去。以前住你们家，你爸妈就不愿我们太过亲密，将来到了那边，我们仍然不必走得太近，最好像普通朋友那样交流，表姐表妹之类，绝对不能提起。"

这边贾妍坐在马桶上，收到了龚雪的回复，心痒难耐，恨不得马上把龚雪抓到面前，要她把"多年前那件类似的事"说清楚："太不够意思了，要把我的胃口吊到明年，这个不能，那个也不能，也未免太小心翼翼了！"

尽管不情愿，她还是照龚雪说的，将对话全部删除，又转手冲了马桶，让外边的人听到了，都以为自己真的在上厕所。洗手池的水龙头"哗哗"着，她对镜收拾一番，关水出去。

东方欲晓，龚雪对窗坐着，手指一下一下、平匀地敲在已经黑屏的手机屏幕上，向着那一片正在酝酿着朝日的远天，心里也在酝酿着她的行动计划。

她已经复苏过来了，这是目前可以肯定的。经过了去年夏天那一场劫难，在像一只受伤的猎物小心翼翼地避在龚家庄里一年多之后，终于，她复苏过来了，全身心地复苏。

"复苏"，却不是回到过去，回到过去的那个状态。过去的龚雪看去一切正常，现在的龚雪看去也一切正常，但正常和正常是不一样的。就好比一株植物，被人恶意地泼硫酸，泼硫酸的人希望这植物会死的，却料不到，在经历了最初的枯萎之后，这株植物慢慢地改换了颜色。泼下去的硫酸被消化吸收，化为养分，滋养着植物重新生长，愤怒地生长。它长出了不同以往的根茎、枝叶，它甚至生出了触角，触角悄无声息地延展，直到看不见的地方……

如今龚雪的心思就延伸到了那些地方，她对史达才说的那句"用凉血的态度做热血的事"可不是说说而已。史达才没来之前，她就有了点儿计划的雏形，只是缺少具体的填充；史达才他们来过之后，她的计划愈臻完善，她终于知道该从哪里着手了。之前那么长时间，都是谭晓音在出牌，她被动接牌。谭晓音出的牌，她费力地接下，这一回，该轮到她出牌了。这一回，她不仅自己出牌，还会拉着那个叫孔明慧的一起。据史达才的说法，那个孔明慧比她伤得要重很多，按一般人的心理，孔明慧的愤恨也应该更加深切。一个怀有深切愤恨的人，对当初施以毒手的主谋进行还击，当会表现出一定的兴趣吧？

但凡那个孔阿姨还有一点生命的热力，她就应当表现出兴趣，龚雪这样想。而就算自己不走运，那个孔明慧拒绝合作，那也没什么，她仍会继续她的计划。人多有人多的优势，人少也有人少的好处。重点不在于人数的多寡，而在于如何因势利导，巧妙行事。说到"巧妙行事"——

当年谭晓音和刘舒让祝明霞跌下来那一幕，就可谓个中典范。而今回想往事，抛开立场地看，那次事故中暗藏的玄机，值得如今的龚雪一遍遍地学习。一个被精心伪造的意外，一个无法被证明的"是否故意"，不要说当年祝明霞仅仅是骨折，就算祝明霞伤得更重，乃至于一命呜呼，你也无从指控刘舒。而同时刘舒的家底也能提供足够丰厚的赔偿，使得祝明霞的父母无论如何，只能将之作为一个意外看待，随着时间的推移，慢慢地也就顺从了现实。这还是建立在祝明霞的父母对女儿有感情的情况下。试想，如果有一天谭晓音也遇到了"意外"，受了重伤，抑或身亡，那么作为其家庭成员的江东和江飞，会是个什么态度？他们会缅怀亡者，积极追讨真相，还是顺水推舟，顺其自然，迫不及待地结束一切善后，任谭晓音消失在时间那汨汨的长河？

龚雪愉快地想象着那个将来的时刻，朝日踊跃，两抹鲜明的红色的芒在她眼中浮动。不管怎么样，谭晓音都是一个"好老师"，她想，从祝明霞跌下来的那件事中她"受益良多"。而作为一个向来勤勉的学生，她也一定会在此基础上，精益求精，以一种更加自然、更加隐秘、更加了无痕迹的方式将手里的牌发还给谭晓音。到那个时候，刘舒那亲爱的干妈可不要接不下来啊！

Chapter 14

尾　声

自从从龚家庄归来，史达才就仿佛一直飘在云端，无论刘振邦给予他多大的讽刺挖苦，都不能把他从云上拉下来。

"马上我要被推荐去做一个非常适合的工作！"他几乎逢人便说，昂着颗大头，喜气洋洋，尽管这里"逢人"的"人"基本上就那仨老太太，顶多再加一个刘振邦。

仨老太太都很慷慨，不吝啬各种吉祥的话儿。李国珍道："大才时来运转，要高就喽！只是你这一走，我们就少了个好帮手，回头不管是老孙老婆还是别的什么人，都不能跟你比的哟！"

解德芳道："高就得好，高就得好！大才是好人有好报，为人家辛苦了这么多，人家回报他一个好工作，听起来就叫人暖心。大才，这是你应得的，跟这新东家好好干，以后你还会有好报的！"

向英道："大才，龚雪这次给你介绍的是个什么工作你知道吗？要是地方离得近，以后还常常过来，吃个饭，说个话，我们没有不欢迎的！"

史达才听了满心欢喜："好的，好的，谢谢，谢谢……"至于那个工作嘛，"就是龚雪以前实习过的地方，好像是一家服务老年人的机构，我也不知道会做什么，那个胡主任还没给我电话呢！"反正总不会是给老姑婆买菜跑腿这些琐碎的事情就对了。自从那日被龚雪鼓舞一场，史达才如今可谓踌躇满志，想着自己整天给老姑婆们打这些下手，到底是有点委屈了。如他这般给世界增添光亮的人，怎么着也得委以重任，譬如宣传口、策划口之类，都很可以去的。

这样想着，脸盘子上便满是红光，刘振邦实在看不下去，打击他说："大头鬼，你别高兴得太早，人家要不要你还另说呢！就算要你，你这个被硬塞过去的，也捞不到什么好，估计也就打打杂吧，比你在老姑婆这儿强不到哪儿去！"

这种酸话，史达才才不要听。他挺一挺他那极有分量的敦厚的身子——那身子对刘振邦的小身板形成了压倒性优势，再对刘振邦睥睨一眼，心道："你就嫉妒去吧，哼，嫉妒使人丑陋，燕雀安知鸿鹄之志哉！"

等了又等，盼星星，盼月亮，盼来了胡主任的来电。电话里是听不出来什么的，对方先提了龚雪的名字，问他是不是史达才，又问他什么时候有空，能不能约个时间到机构来做个简单的面试，互相了解一下，谈一谈。

史达才自然满口答应，与胡主任约了时间。通话结束后，他满怀憧憬，精心地为此次面试做起准备，其中包括出去租了一套面试专用的西装。试装的时候，颇费一番折腾，上装够大的那些下装嫌长，下装正好的那些上装又勒人。如此换来换去，史达才在镜子前试衣的时候，那个看店的时髦小姑娘就一直在后面抿嘴暗笑。

好不容易定下来一套，到了那天，史达才穿上西装，理顺了头发，打扮得人五人六的，前往"老年话"助老服务社面试。

"老年话"助老服务社的胡主任胡国梁这天坐在办公室里，就听见窗户外喜鹊叽喳，在这个节气里这是不寻常的。公益机构里上班的人，多是软心肠，见天气冷，雀子又叫，不等胡国梁开口，一干人就捧着专门备下的鸟食，出去喂了。胡国梁就一面泡着茶叶渣子喝，一面冲着外面看，看那空地上一班小的们日行一善，人鸟和谐的，心里感到说不出的满足。

正满足着，门口一姑娘叫道："胡主任，来人了！"

胡国梁扭头一看，就见一正装大脑袋的年轻人一步一探地进来，进来了，张望一周："呃，我是史达才，今天约好来面试……"

"啊史达才，你好，你好，"胡国梁从桌后站起来，招呼道，"请过来坐。"

史达才望到他，有些发愣："呃，胡主任？"眨眼对着胡国梁的阔嘴、凹腮、华发和瘦精精的身架，以为看到了一只花果山上的来客。

"是我。"胡国梁含笑点头，他看着这样一个史达才，裹在西装里，仿佛一包装精良的土豆，同样乐不可支。

就在这轻松愉快的气氛中，两人坐下来，展开对话。

史达才首先递上自己的简历。胡国梁拿过去看了，不甚在意，嘴一动，接连问了史达才三个问题。第一个问题是："你小时候对这世界的感觉是怎样的？"第二个问题："你在成长过程中对这世界的感觉是怎样的？"第三个问题："现在你对这个世界的感觉又是怎样的？"问完了，不忘对窗外那群小的们发出欣慰的笑。

史达才一愣，这些问题可不在《面试常见问题及回答技巧》里，他并无准备。"对世界的感觉"，这个问题跟"介绍你自己"是不是差不多的意思？如果是，那他是不是可以套用之前准备好的答案呢？

看他始终没动静，欲言又止，胡国梁循循善诱道："就是随便说说你心里的想法，从你记事起到现在，这么多年，你总体的感受……你有没有感受到困惑、压抑什么的？"

怎么会不困惑压抑呢？胡国梁这一问，可谓打开了闸门，史达才那积蓄了多少年的苦水、甜水、不苦不甜的水，浩浩汤汤地倾泻而下。他把他在龚雪那儿便说的不便说的、说出来的没说出来的，跟祥林嫂一般，尽数给胡国梁听。大凡人都是热衷于谈论自己、谈论自己的感受的，史达才也不例外。起先他还记着是在面试，显得拘束些，随着说话的展开，他越讲越真情流露，时而高亢，时而低回，时而对着空气出拳。从他幼儿园开始，夹叙夹议，直说到后来遇见了刘振邦和老太太们，眼看着要吐出龚雪那件事，他心弦一跳，戛然而止："呃，差不多……就这些……"

胡国梁笑眯眯地听着他说，一边听，一边在心里点头，知道自己这块山头上又要加入一员猛将了："很好，很好，我们这里正需要你这样同情心强又富于感情的人，确切地说，我们现在正需要一个热情的社区协调员，不知道你有没有兴趣？"

"社区协调员？"

"是的，社区协调员主要工作在一线，负责了解所在社区部分老人生活上的困难，然后回来汇报，我们想办法替他们解决。当然，有时候人手不够，因为天气啊身体啊等原因，老人家一些事情实在没法做的，像是买买菜、跑跑腿什么的，协调员就得临时顶上。老年人女多男少，长寿的老太太很多，你的服务对象主要也就是她们。这些老太太们的心理、喜好、生活方式，不知道你了解多少？"

"买菜、跑腿、老太太……"史达才听到这几个关键词，脑子一懵，"啪嗒"从他梦中的云端掉了下来。

每月的十五号是本市退休人员工资到账的日子，所谓"贯饷日"。尽管拿卡到自动柜员机上取钱早已普及，但众多保守的老人家仍对存折和人工服务情有独钟。每逢十五号，无论寒暑，天刚蒙蒙亮，就有老头老太陆续到相应的银行门口，等待开门拿钱。一等好几个小时，自动排起长龙，不仅纪律性可观，意志力更加了得。七点多钟前来的，已经算是晚客，每每到场，问起那排在长龙前头的："老张，你来得好早哟，这么冷的天，怎么起得来的！"那老张便道："反正睡不着觉，爽性来排队等钱，我还不算早的，排第一个那个住街对面的，四点多就来等了，你瞧瞧人家！"那排第一的老者听见人议论，自傲地转个身，睥睨一眼，又转回去，觉得这些个老家伙对拿工资如此不上心，不值一哂。

这日又到十五号，李国珍和向英两个，一边一个，搀着解德芳，菜也不买，随大流到银行门口，排队取工资。排着队，就听李国珍在那儿发感想，什么龚雪那件事，总觉得没有完，什么时候再打电话，问问她怎么样，什么龚雪的事摆下了，大才又找了工作，小刘年底又忙，剩我们仨，重新闲得发慌，什么那个老孙老婆又回来了，她晓得老解找大才帮忙的事，怕丢了外快，现在可学乖了，天天给老解买好菜，嘿……

身子回过来，跟向英和解德芳说话，没注意快到钟点，银行的人已经在开门了。排在她们后边的一个老头儿，见队伍一动，人向前拥，偏那个该死的尖鼻子老太还在那儿回头说个不停，就气道："哎，你走不走，你不走我插队了！排个队还注意力不集中，你当这是你家客厅呢！"说着，就要挤上前。

李国珍岂是个好惹的，她手一抓，抓着那老头儿："你插队还有脸呐！我说话怎么了，我不能说话？哪条规矩不许我说话？"仔细一看，那人细胳膊细腿，顶上一颗小小的元宵脑袋，面孔有点熟。

那老头儿指着她道："你放开，你抓着我想干吗！"

"你想插队，我不抓你抓谁！"李国珍并不多强壮，可对上那老头儿，就有一股兀鹫扑鸡的气势。

这时银行彻底开门营业，激动的老人们乌泱泱地往里冲。那老头儿看大家都进去了，心急得推搡李国珍："神经病，没事找事！"

却没把人搡开，被李国珍牢牢扯住："哎哟，还敢动手，你了不起啊！"顺势把挎包丢给向英，"帮我拿一下！"就跟那老头儿在银行门口搡起来，"来来来，我今天就是不拿钱，也要跟你把话掰清楚了！……"

一些过路的人就停下来看热闹，解德芳跟在边上劝。向英本也要上前劝架，一片闹哄哄中，却听着歌声响："亭亭白桦，悠悠碧空，微微南来风……"

"有电话，唉老李别吵架了，快来接电话！"向英一听，从李国珍的包里摸出手机，嚷了两句，可谁来听她？

无奈只好替李国珍接电话，摁了一下："喂，找哪一个？"

只听对方道："喂，你好……请问是杨华吗？"

…后记…

没有了英雄的世界

/兆斜

　　小时候看"福尔摩斯探案"系列，看无论面对多么困难的形势、多么邪恶的对手，聪明的主人公都能出奇制胜，化险为夷，最后成功伸张正义。这样的故事很好看，这样的结局很圆满。而随着年岁渐长，耳闻目睹得多了，再回过头来看"福尔摩斯"，只剩下一个感觉，像主人公这种绝顶聪明又主持正义的存在，这种只需客户前往一趟贝克街，便愿意力扛千钧、解人急难的存在，是多么不可思议啊！

　　这种英雄般的存在，是人心的渴求。渴求即便一个强大如莫里亚蒂这样的人来伤害自己时，我们都有人可以求助。他将替我们排忧解难，成为我们坚强的后盾，在这个危机四伏世界上替我们支起一张金钟罩、安全网。这样的英雄，有时叫"福尔摩斯"，有时叫"波洛"，有时叫别的名字……重要的不是名字，而是他在那里，我们可以求助。重要的是"他在"。

　　"他"到底在不在呢？假如——我是说假如，没有可爱的福尔摩斯，有的只是可怕的莫里亚蒂，故事里的人该怎么办？再无人可以求助，再无贝克街可去，那些客户该怎么办？他们会怎样办？包括那些不小心被波及的人、那些知情的人、旁观的人、好奇的人……当时无英雄，这些人便要上场了。他们充满缺陷，他们一头雾水，他们可能到最后都不知道真相是什么，但某些时刻，也只剩下他们了。

　　这就是我假设出来的世界，一个没有了英雄、却有着形形色色的"莫里亚蒂"的世界。"莫里亚蒂"一定要伤害人的，对此其他人该怎么办？他们会怎么做？结局又会如何？我仅以这里的几个故事，来提供一些浅表的解答。